Une incroyable surprise

*

Pour le cœur d’une infirmière

CAROL MARINELLI

Une incroyable surprise

Blanche

HARLEQUIN

Collection : Blanche

Cet ouvrage a été publié en langue anglaise
sous le titre :
BABY TWINS TO BIND THEM

Traduction française de
CECILE LOMBARD

HARLEQUIN
83-85, boulevard Vincent-Auriol, 75646 PARIS CEDEX 13.
Service Lectrices — Tél. : 01 45 82 47 47

www.harlequin.fr

ISBN 978-2-2803-2880-7 — ISSN 0223-5056

1.

Avant

— Mademoiselle, c'est vous qui m'avez bipé ?

— Non, pas du tout.

Candy, bouche bée, une pile de draps dans les bras, s'efforça de sourire au type renversant qui lui faisait face : il était grand et mince, en costume cravate, des cheveux noirs coupés court… Sa voix grave et autoritaire et son regard brun la troublaient tant qu'elle eut de la peine à articuler.

— Qui venez-vous voir ?

— Un certain M. Thomas Heath.

Les urgences du London Royal Hospital étaient calmes, mais elle travaillait en réanimation et n'était pas au courant des entrées. Elle se dirigea vers le tableau et parcourut la liste des yeux.

— Box 7. L'infirmier qui s'occupe de lui est Trevor, ce doit être lui qui vous a bipé.

— Merci. Au fait, je me présente : Guy.

— Pardon ?

— Le Dr Guy Steele, si vous préférez les titres officiels.

— Va pour Guy !

Elle souriait malgré elle de toutes ses dents. Elle devait ressembler à une pub pour dentifrice.

Il devait avoir entre trente et trente-cinq ans, beaucoup plus que ses vingt-quatre à elle… Elle n'était généralement pas attirée par les hommes plus vieux, mais son charisme, sa présence, lui faisaient bondir le cœur dans la poitrine.

— A qui ai-je l'honneur ? demanda-t-il.

— Candy. Candy Anastasi.

Elle vit une lueur amusée passer dans ses yeux.

— Je sais, avec un nom pareil, je devrais être grande, blonde et toute en jambes !

Il l'étudia : elle était en effet plutôt petite et bien en chair, avec de longs cheveux noirs bouclés et des yeux bleus perçants.

— Mais mon prénom, c'est une longue histoire…

— Je suis impatient de la connaître, mademoiselle Candy.

Sa voix de baryton la fit frémir. Il avait le sérieux et l'autorité d'un directeur d'école, mais cette impression était adoucie par des lèvres sensuelles dont elle avait du mal à détacher le regard.

— Oh ! pas question que je vous raconte cela !

Il lui adressa un large sourire.

— Eh bien, nous verrons.

Tandis qu'il s'éloignait, elle le suivit des yeux, perplexe. Etait-ce une amorce de flirt, par hasard ?

— Qui c'était, ce type ? demanda Kelly pendant qu'elles refaisaient un lit en réa.

— Guy ! répondit-elle d'une voix profonde qui fit rire sa collègue.

Elle poursuivit sur le même ton.

— Ou le Dr Guy Steele, si vous préférez les titres officiels. Et, jeune fille, vos tympans vont résonner de ma…

— Mademoiselle Candy ?

Soudain paralysée, elle comprit qu'il était derrière elle.

— Pourrais-je vous emprunter votre stéthoscope ?

Elle éclata de rire et le lui tendit, pour le reprendre au moment où il allait le saisir.

— Pas de problème, à condition que vous cessiez de m'appeler « mademoiselle ».

Il se borna à sourire en prenant le stéthoscope, et tourna les talons.

Lorsque Kelly et elle eurent changé tous les draps et vérifié les chariots, elles considérèrent leur travail comme terminé. Lydia, la directrice, était toujours dans les couloirs, mais elles emportèrent du thé glacé au comptoir des infirmières. A leur grande surprise, Guy y était, pianotant sur un clavier d'ordinateur.

C'était une des premières journées d'été, la climatisation n'était pas très performante. Ce fut agréable de s'asseoir sur un banc pour bavarder. De temps à autre, le médecin les interrompait.

— Pardon, Candy, demanda-t-il, concentré sur son écran, comment entrez-vous en pathologie pour chercher des résultats ?

— Vous avez un mot de passe ?

— Oui, et je l'ai rentré… Parfait, j'y suis.

Kelly reprit la conversation qu'elles avaient commencée en préparant le thé dans la cuisine.

— Alors, tu as parlé d'Hawaii à tes parents ?

— Pas encore.

— Mais tu pars dans un mois !

Candy poussa un soupir.

— Avec un peu de chance, ils ne s'apercevront pas de mon absence !

Elle avait pris un ton sarcastique : ses parents, italiens, lui faisaient de fréquentes visites-surprises, et lui téléphonaient tous les jours.

— Si je ne les préviens pas, je finirai sur la liste des personnes recherchées par Interpol…

Sur un coup de tête, elle avait réservé un séjour de deux semaines à Hawaii. Elle avait vu l'offre à la télé — une réduction spéciale pour les dix premiers appels —, et avait sauté sur l'occasion. Elle avait tellement besoin de se changer les idées. Son aventure stupide avec Gerry, l'infirmier-chef du service, l'avait laissée contrariée et désabusée. Par chance, il était parti en Grèce pour deux mois, ce qui lui évitait, du moins provisoirement, de sursauter chaque fois qu'elle le croisait… Malgré tout, des vacances à l'autre bout du monde lui permettraient de se détendre et de recharger ses batteries.

A présent, elle avait hâte de se prélasser sur le sable doré et d'explorer à loisir cette île magnifique, tout en remettant ses pensées en ordre.

— Ils seront aux cent coups quand je le leur annoncerai. Ils savent que je n'ai pas vraiment les moyens…

— Tout est payé ?

— Hmm, je loge dans un bungalow près de la plage, mais il me faut de quoi vivre sur place ; je viens de demander des services en plus à l'administration. En fait, jusqu'à mon départ, je n'ai plus un jour de libre.

— Où vas-tu travailler ?

— En gériatrie.

— Beurk ! fit Kelly avec une grimace.

Candy haussa les épaules. Elle avait apprécié ses stages dans ce service, et, de toute façon, chaque heure supplémentaire était la bienvenue. Même si ne plus avoir un seul jour de libre de tout le mois l'épuisait à l'avance.

Ses parents lui objecteraient sans doute — quand ils apprendraient enfin son projet —, que se tuer au travail pour un repos dont on avait déjà besoin avant était idiot, mais elle avait pris sa décision.

— Quand commences-tu ?

— Ce week-end. Vendredi soir, puis la matinée de dimanche. Lundi matin je reviens ici.

Guy leva la tête de son écran et se tourna vers elles.

— Pardon de vous déranger, mais je viens de consulter les résultats de M. Heath. Sa circulation sanguine est totalement erratique. Il va entrer tout de suite en réa, et doit être surveillé dès le début du traitement.

— D'accord.

Candy aida Trevor à transférer le patient, puis elle nota son nom sur le tableau et regarda Guy.

— Je le marque dans quel service ?

— En gériatrie. Beurk ! fit-il avec un sourire pincé.

Les joues brûlantes, elle aurait voulu préciser que la remarque n'était pas d'elle, mais il ne lui en laissa pas le temps.

— Pas de problème, je suis habitué à ce genre de réflexion !

— Vous êtes le nouveau gérontologue ?

Il fit un signe de dénégation.

— Je remplace Kathy Jordan pendant son congé. Je suis ici pour six semaines.

— Seulement ? demanda-t-elle malgré elle.

— Seulement, répéta-t-il avant de disparaître.

Kelly prit un air émoustillé.

— Waouh ! Quelle chance de travailler avec ce beau mec ! Je parie que tu vas cesser de gémir, à présent !

— Je te ferai remarquer que je ne me suis pas plainte.

Une sirène d'ambulance les interrompit.

— Je me doutais bien que ce calme ne pouvait pas durer ! soupira Kelly.

Une heure plus tard, le service était plein et elles ne savaient plus où donner de la tête. Kelly s'occupait d'un bébé gravement malade tandis que Candy s'efforçait de calmer M. Heath qui, affolé de trembler plus fort qu'avant, voulait à toute force descendre de son lit.

— C'est le médicament qui accélère votre rythme cardiaque, ça va passer…

Peine perdue, le vieux monsieur s'entêtait. Elle recommença en haussant le ton.

— C'est le médicament…

— Laissez-moi faire, dit Guy, arrivant à la rescousse. M. Heath !

On devait l'entendre jusque dans la salle d'attente. Il

répéta ce qu'elle venait de dire en hurlant et le vieil homme, soulagé, reposa la tête sur l'oreiller.

— Parfait ! cria Guy.

Il sourit et baissa le ton.

— J'ai la voix idéale pour ce boulot.

Elle rit.

— C'est vrai !

— Vous allez travailler un peu avec nous, si j'ai bien compris ?

— Oui.

— Pour payer des vacances trop chères pour vous, c'est ça ?

— Inutile d'enfoncer le clou, répondit-elle en fronçant les sourcils.

— Eh bien, je trouve ça super ! Je vous souhaite d'en profiter.

Quelle gentillesse ! Elle le regarda avec des yeux ronds.

— O.K. A la fin du traitement, je veux M. Heath sous surveillance encore une bonne heure. Ensuite, nous l'admettrons dans mon service. Ils vous biperont quand ils seront prêts à le recevoir.

— Oh ! comme d'habitude !

Personne ne l'appellerait, elle devrait leur courir après et les harceler pour qu'une place se libère…

Guy semblait avoir perçu le sarcasme.

— J'espère vraiment qu'ils vous préviendront, et assez vite. C'est incroyable qu'il faille attendre aussi longtemps pour disposer d'un lit dans cet hôpital !

Et il tourna les talons.

Elle le suivit du regard. Allait-il remonter sur son nuage ?

Elle était perplexe : aucun homme, jusque-là, ne l'avait captivée en si peu de temps.

La pause-déjeuner de Candy approchant, Kelly la relaya au chevet de M. Heath. Comme Candy n'avait rien apporté pour manger, elle acheta un paquet de chips oignon-vinaigre au distributeur et, ayant rejoint la salle du personnel, les fourra entre deux tranches de pain de mie abondamment beurrées. Elle prit place à une table, souriant à Trevor qui déjeunait lui aussi, et vérifia ses appels sur son portable. Evidemment, ses parents avaient téléphoné et laissé des messages ; ils s'inquiétaient qu'elle ne soit pas passée les voir…

Elle poussa un soupir résigné. Malgré sa fatigue et son envie de se coucher tôt, ce soir elle irait leur parler de ses vacances. Autant en finir vite, elle se sentirait mieux après.

— Tenez, Candy !

La voix délicieuse de Guy la tira de ses réflexions. Elle leva la tête vers lui. Il lui tendait son stéthoscope.

Elle le remit autour de son cou.

— Merci, mais il n'y avait pas d'urgence, il appartient à l'hôpital, j'en aurais trouvé un autre…

— Oh ! je croyais que c'était le vôtre ! Ça ne fait rien, je descendais de toute façon. J'attends l'arrivée d'une patiente, Macey Anderson. Elle est envoyée par son généraliste. Je préfère être là, car il a pratiquement fallu la forcer à venir. Et encore, elle n'a accepté qu'une radio du thorax et des analyses de sang, elle compte rentrer chez elle aussitôt après !

— Comment cela, « elle compte rentrer » ?

Il s'assit à côté d'elle et étira ses longues jambes. Quelle chance que, sur la vingtaine de chaises de la pièce, il ait choisi celle à côté d'elle. Elle exhiba sa dentition. De nouveau…

— Son médecin traitant est inquiet, il juge son état vraiment sérieux. Il la suit depuis trente ans et soupçonne une dépression profonde, qui irait en s'aggravant ces derniers temps.

Lorsqu'il se tourna vers elle pour la regarder dans les yeux, elle sentit son cœur manquer un battement.

— Vous savez, Candy, c'est un gros problème, qui touche de nombreuses personnes âgées.

— Ah bon ?

Il hocha la tête et examina ce qu'elle mangeait.

— Ça paraît tellement mauvais que je suis sûr que c'est bon !

— Un régal, à condition de mettre beaucoup de beurre. Vous voulez essayer ?

Elle partagea son sandwich en deux et lui en tendit une moitié.

Il mordit dans son morceau, et son visage s'éclaira.

— Fantastique ! C'est délicieux !

— Je suis très douée pour tout ce qui est tartines. Grillées, à la crème glacée, aux haricots blancs…

— Je m'imaginais qu'une gentille Italienne comme vous serait un cordon-bleu ?

— Hélas non. Ma mère se fait beaucoup de souci à ce sujet.

Elle le regarda d'un air faussement perplexe.

— Mais qui a dit que j'étais gentille ?

Il sourit. Les yeux plongés dans son regard brun, malgré elle, elle sentit les coins de sa bouche s'étirer…

De nouveau, elle souriait comme elle n'avait jamais souri à personne. Et ce sourire était totalement déplacé avec un homme qu'elle avait rencontré à peine une heure plus tôt.

Troublé, Guy se reprit. Il avait pour principe de se tenir à l'écart des jeunes infirmières… mais celle-ci était vraiment splendide.

A l'entrée de Lydia, ils détachèrent leur regard l'un de l'autre. La directrice agitait une carte postale représentant une mer d'un bleu magnifique. Candy retint son souffle.

— Une carte de Gerry ! Elle est adressée à tout le monde, je vous la lis :

« Content d'être si loin de vous tous ! »

L'air pincé, Lydia punaisa la carte sur le tableau. Se sentant visée, Candy fixa l'écran de la télévision.

— Quand revient-il ? demanda Trevor.

— Fin juillet, je pense.

Le ton était délibérément vague : après certains déboires avec des patients, l'infirmier-chef des urgences avait été fortement incité par l'administration à prendre un long congé…

Candy était elle aussi ravie que Gerry ne soit plus dans les parages. Quand elle avait eu vingt-deux ans, elle avait rompu avec Franco, le fiancé imposé par sa famille, et annoncé qu'elle quittait la maison familiale. Mais cette perspective avait paru si insupportable à ses parents qu'elle s'était résignée à demeurer un an de plus.

Cependant, sa mère ne se gênait pas pour ouvrir son courrier, voulait savoir à qui elle parlait au téléphone… Et si par hasard Candy réclamait un peu d'intimité, elle lui demandait ce qu'elle avait à cacher ! Après avoir rongé son frein toute une année, Candy, n'y tenant plus, était enfin partie.

Depuis qu'elle avait déménagé, elle s'était à peine détendue. Elle avait vite mis fin à sa liaison avec Gerry, qui commençait à prendre les choses trop au sérieux. Depuis, elle était célibataire.

Pourtant, quelques mois après leur séparation, consciente que les ennuis professionnels sapaient le moral de son ex, elle avait accepté de prendre un verre avec lui. Une chose en entraînant une autre, ils avaient fini par passer la nuit ensemble. Dès le lendemain, elle s'était mordu les doigts de lui avoir malgré elle donné de faux espoirs. Depuis il semblait souffrir de ne pas avoir pu renouer.

Bref, si elle s'était montrée moins légère, tous ces regrets auraient pu être évités… Heureusement, personne n'était au courant de ce bref épisode, qu'elle n'aspirait plus qu'à oublier.

— Bientôt, Candy, c'est toi qui nous enverras des cartes postales ! fit Trevor.

Elle secoua la tête.

— N'y comptez pas ! Les vacances, c'est fait pour se libérer l'esprit. Je n'aurai pas le temps de penser à l'hôpital.

Ce n'était pas tout à fait vrai. Elle avait un problème professionnel à résoudre : elle envisageait sérieusement de quitter les urgences, pour ne plus croiser Gerry.

2.

Quand Candy retourna travailler, Guy était au téléphone. Macey Anderson refusait d'être hospitalisée et sommait les secouristes de la ramener chez elle.

— Je vais lui parler.

Elle se dirigea vers l'ambulance ; une jeune femme en pleurs se précipita à sa rencontre et se présenta comme étant Catherine, la nièce de la vieille dame.

— Je savais que ça se passerait comme ça ! Il a fallu deux jours pour la persuader de venir. Elle ne supporte pas l'idée de l'hôpital. En plus, elle a été surveillante ici, et elle s'imagine qu'elle l'est toujours.

Catherine eut un sourire las.

— Elle a fait un séjour ici il y a quelques mois. Une semaine après, au moment de sa sortie, c'était elle qui commandait le service.

Candy grimpa dans le fourgon par la porte arrière.

— Je veux rentrer chez moi ! cria Macey lorsqu'elle la vit approcher.

C'était une femme de haute taille, très belle, aux épais cheveux gris frisés. Pour le moment, son visage était très rouge et son regard vert sombre lançait des éclairs. Elle avait pourtant apporté une grande valise et de nombreux sacs qui encombraient l'habitacle.

— Madame Anderson…, dit Candy.

— Mademoiselle !

Zut. Première erreur.

— Pardon, mademoiselle. Je suis Candy Anastasi, infirmière aux urgences. C'est moi qui vous prends en charge aujourd'hui.

— Sur quel ton faut-il que je le répète ? Pas question qu'on s'occupe de moi ! Ramenez-moi à la maison.

Que faire… Plus Catherine et Candy s'efforçaient de persuader la vieille dame d'entrer, plus celle-ci s'énervait. Impossible de l'emmener de force sur le chariot roulant tant qu'elle criait de la sorte ; autant essayer une autre tactique. Si elle avait été surveillante, elle répugnerait peut-être à causer des ennuis à une infirmière…

— Mademoiselle Anderson, le Dr Steele vous attend. Dois-je lui annoncer que je n'ai pas réussi à vous convaincre ?

Macey la fixa longuement, puis regarda par-dessus l'épaule de Candy, qui eut aussitôt la certitude que Guy venait de les rejoindre.

— Ah, vous êtes là, Candy ! Eh bien, je n'ai pas toute la journée ! Un problème ?

Sa voix de baryton contenait un soupçon de menace.

Macey croisa un bref instant le regard de Candy.

— Pas du tout, docteur, elle était sur le point de m'emmener.

— Parfait. Je suis à vous tout de suite, mademoiselle Anderson.

Pendant qu'il regagnait le service, les secouristes descendirent le chariot.

— Au moins, il n'a pas douze ans et il n'est pas en jean, fit la vieille dame.

Peut-être était-ce pour cette raison qu'il s'habillait si élégamment… En tout cas, son apparence et son autorité avaient manifestement rassuré la patiente.

Ils la firent entrer dans le box 7 et Candy mit la planche en place pour la glisser du brancard au lit.

— Attention, mademoiselle Anderson, nous allons vous transférer.

— Je peux me débrouiller ! Et je m'appelle Macey.

Catherine s'approcha de Candy pour lui parler à l'oreille.

— Ça signifie qu'elle vous aime bien.

La jeune femme lui fit signe de la suivre dans le couloir.

— Franchement, je suis soulagée que ma tante soit ici, dit Catherine une fois dehors. Elle a de la fièvre, elle ne s'alimente pratiquement plus. Elle ne prend pas ses médicaments, ou alors elle se trompe dans les doses…

— Nous vérifierons tout ça.

— Elle énerve tout le monde avec ses manières brusques, mais elle est adorable. Elle a toujours vécu seule, elle campe sur ses habitudes et refuse de se dévêtir devant quelqu'un. Vous aurez du mal…

— Ne vous inquiétez pas, nous savons y faire. Nous avons vu pire !

— Merci.

Elles retournèrent dans le box, encombré de toutes les affaires de Macey, et Candy mit un peu d'ordre.

— Et si vous passiez une tunique, d'abord ?

— Quoi ? hurla la vieille dame. Je ne vous connais pas et vous me demandez de me déshabiller ?

Candy s'était pourtant déjà présentée. Mais Guy entra, et elle ne répondit pas à la vieille dame.

— Bonjour, mademoiselle Anderson. Je suis Guy, ou le Dr Steele, si vous préférez les titres officiels.

Candy réprima un sourire. Il devait répéter cette formule vingt fois par jour.

— Permettez-moi de vous poser quelques questions. Vous avez eu une attaque il y a trois mois, et vous êtes restée huit jours ici, c'est bien ça ?

— Ils m'ont bourrée de drogues. Je ne vous ai pas vu à ce moment-là.

— Non, j'étais à Newcastle, je crois.

— Depuis quand travaillez-vous ici ?

— Depuis avant-hier.

— Un remplaçant ? Vous serez parti demain !

— Un très bon remplaçant, et je suis là pour six semaines, ce qui me laisse tout le temps de vous soigner.

Il s'enquit de son histoire médicale. En dépit de son attaque, son hygiène de vie semblait excellente. Elle n'avait jamais fumé, jamais bu, et à quatre-vingts ans, faisait toujours la cuisine et le ménage, avec un peu d'aide de ses nièces Catherine et Linda. Jusqu'à l'avant-veille, elle allait faire ses courses dans les magasins.

— C'est assez loin, dit Catherine. Je lui ai proposé de lui acheter ce qu'il lui fallait au supermarché, mais elle a refusé.

— J'aime marcher.

— C'est un excellent exercice, dit Guy. Vous montez les escaliers, chez vous ?

— Sans problème. Je ne suis pas encore bonne pour le fauteuil roulant !

— Parfait. Candy va vous aider à vous changer, poser une perfusion et vous faire une prise de sang. Ensuite, je viendrai vous examiner.

Il étudia une boîte ouverte qui dépassait d'un sac, débordante de flacons et de plaquettes de cachets.

— J'emporte tout ça, je vais y jeter un coup d'œil.

Comme il sortait, Macey le rappela.

— Pas question qu'une infirmière me prélève du sang. C'est au médecin de le faire.

— Oh ! je vous assure qu'elle s'en tirera mieux que moi ! A partir de 6 heures du soir, j'ai la tremblote.

Candy vit les coins de la bouche de Macey se relever légèrement. Elle avait failli sourire…

En lui enfilant, non sans mal, une tunique, Candy s'aperçut qu'elle portait une compresse au tibia. Lorsqu'elle l'effleura, la vieille dame sursauta.

— C'est douloureux ?

Macey hocha la tête.

— Vous avez montré ça à votre généraliste ?

— Je n'ai pas besoin d'un médecin pour me faire un pansement !

Après avoir posé la perfusion, Candy partit à la recherche de Guy, qu'elle trouva derrière le comptoir des infirmières, en train de passer en revue les médicaments qu'il avait emportés.

— Elle a une vilaine plaie à la jambe.

— Grave ?

— Impossible à savoir, sous le pansement ; mais elle ne supporte même pas qu'on la frôle, et la peau autour est très rouge.

— Bon, je verrai ça tout à l'heure. En attendant, ne la laissez pas seule.

— Pardon ?

— Ces cachets ne me disent rien qui vaille, il ne faudrait pas qu'elle fasse une bêtise. Je viens l'examiner.

Il ausculta longuement Macey, palpa le ventre, puis, en arrivant à la jambe blessée, ôta le pansement d'un coup sec.

— Navré, mademoiselle Anderson. Depuis quand avez-vous cette plaie ulcéreuse ?

— Une quinzaine de jours…

— C'est très inquiétant, si ça s'est développé à ce point en deux semaines !

Candy perçut le sarcasme et observa Macey, qui regardait à présent Guy dans les yeux.

— Je me suis cognée juste après ma sortie de l'hôpital. Ce n'est pas guéri, ça empire même.

— Voilà qui est plus plausible, et qui explique votre fièvre.

Il prit un tampon d'ouate. Dès qu'il effleura la blessure, Macey hurla.

Il se contenta de poser une nouvelle compresse sur la plaie, sans appuyer.

— Désolé. Je vous donnerai un antalgique avant de refaire le pansement. Maintenant, vous partez passer votre radio.

Il se tourna vers Candy, qui terminait le prélèvement sanguin.

— Pouvez-vous l'emmener ?

Candy s'exécuta, et ramena ensuite Macey dans son box, où elle attendit avec la vieille dame et sa nièce.

Guy les rejoignit bientôt, le cliché à la main.

— Vous devriez aller boire quelque chose, dit-il à Catherine. J'en ai pour une vingtaine de minutes, profitez-en pour prendre un peu l'air.

Catherine parut soulagée.

— Merci, docteur.

Elle prit son sac et sortit aussitôt.

Candy jeta un regard interrogateur à Guy.

— J'ai l'intention de vérifier deux ou trois choses.

— Et je pourrai rentrer chez moi après ? demanda Macey.

— Pas tout de suite. Bon, à présent que nous sommes entre nous, combien de cigarettes fumez-vous par jour ?

— Aucune !

— Voulez-vous que nous examinions vos radios ensemble, mademoiselle Anderson ?

Elle haussa les épaules.

— Deux… Peut-être trois.

— Disons dix, alors, d'accord ? Je vous prescris des patchs de nicotine. Et combien de verres d'alcool ?

— Je ne bois jamais !

— Six côtes cassées, à des âges différents. Dois-je en conclure que votre sens de l'équilibre est défectueux ?

— J'ai glissé sur la glace, et une autre fois c'est un chat s'est fourré dans mes jambes !

— Très bien, dans ce cas, inutile que je vous prescrive deux verres de sherry le soir ? Qu'est-ce que vous préférez ? Le mauvais de l'hôpital, ou celui que vous avez apporté ? Si vous voulez le vôtre, dites-nous où est la bouteille.

La vieille dame prit une profonde inspiration.

— Dans ma valise.

— Bien. Nous tâcherons de la sortir sans que Catherine ne la voie.

Prise de court, Candy se gardait d'intervenir…

Guy brandit ensuite un flacon presque vide.

— Ces comprimés vous ont été prescrits avant-hier, il n'en reste plus que deux. Où sont passés les autres ?

— Euh… Ma nièce a dû les ranger dans un pilulier…

— Ne mentez pas, Macey !

La vieille dame baissa les yeux.

— Je les ai jetés dans les toilettes. Je me méfie des drogues.

— Etes-vous dépressive ? Vous perdez la mémoire ?

— Non, juste parfois des dates, ou de certains détails…

— Mais vous savez où vous en êtes dans vos prises de médicaments ?

— Oui.

— D'accord.

Candy écoutait toujours, de plus en plus intriguée.

— Laissez-moi tranquille, s'il vous plaît, docteur !

— Pas question.

Il baissa la barrière et s'assit sur le chariot.

— Pourquoi vous être débarrassée de ces cachets ? Parce que vous aviez peur d'être tentée de les prendre tous à la fois ?

Le visage de Macey se chiffonna. Aussitôt, Guy lui prit la main.

— Regardez-moi, mademoiselle Anderson. Vous arrive-t-il d'avoir des pensées suicidaires ?

Macey hésita un instant, puis hocha la tête et se mit à pleurer.

— Vous avez bien fait de jeter ces comprimés. Et de venir à l'hôpital pour en parler avec moi.

Candy, surprise par la soudaine douceur du ton, le vit entourer de ses bras la vieille dame orgueilleuse, qui sanglotait à présent sans retenue.

— Ne vous inquiétez pas. Nous allons nous occuper de vous…

3.

Après avoir dormi quelques heures le vendredi après-midi, Candy se prépara pour son service de nuit et prit le métro pour regagner l'hôpital.

Elle qui était habituée aux urgences, débuter dans une unité inconnue la rendait nerveuse.

Mais cela en valait la peine, se dit-elle en entrant en gériatrie. A elle Hawaii !

Le passage de relais dura longtemps, car l'équipe de jour détaillait chaque cas avec minutie, passant en revue les humeurs et les activités de jour des patients. Tout en écoutant, elle observait Guy, assis à un bureau, qui tournait le dos à tout le monde. Il n'avait pas quitté la pièce au début de la réunion et poursuivait son travail sur l'ordinateur. De temps à autre, il lançait un commentaire ou fournissait une précision.

Candy avait conscience qu'il l'intéressait plus que de raison… En tout cas, il était à l'évidence apprécié des membres du personnel.

A présent, c'était une élève infirmière, Elaine, qui parlait sous la supervision de sa tutrice, Gloria. Très autoritaire, la stagiaire semblait s'imaginer être la seule à connaître son métier. Lorsque Candy s'était présentée comme faisant partie du pool de réserve de l'hôpital, Elaine avait poussé un soupir exaspéré.

— Encore une !

Une lueur amusée était passée dans l'œil d'Abigail, la surveillante avec qui Candy travaillerait cette nuit.

Elle apprit avec plaisir que M. Heath allait mieux. Elle l'aurait en charge, ainsi que Toby Worthington, un malade en stade terminal à qui l'on administrait de fortes doses de morphine. Aux dires d'Elaine, il allumait sa radio à 6 heures du matin pour ne l'éteindre qu'à 11 heures du soir.

— Ensuite, Macey Anderson, dit l'élève infirmière.

— Je la connais, dit Candy. J'étais aux urgences quand elle est arrivée.

— Tu peux t'en occuper ? demanda Abigail.

— Oui, bien sûr.

— Depuis son admission, elle est totalement apathique, poursuivit Elaine à l'attention de Candy. Elle ne veut ni manger ni se laver. Pour l'instant, elle est sous perfusion hydratante, mais si elle continue à refuser toute nourriture, nous devrons poser une sonde gastrique. Guy a supprimé la plupart de ses médicaments et la traite aux antidépresseurs légers… Assure-toi qu'elle les prend, qu'elle ne fait pas semblant.

Candy fit un signe d'assentiment, mais Elaine jugea utile de préciser.

— Insiste pour qu'elle lève la langue.

Candy s'efforça de dissimuler son agacement.

— D'accord.

Guy se retourna.

— Pour quoi faire, Elaine ?

Candy réprima un sourire. Il la faisait marcher…

— Pour vérifier qu'elle ne cache rien dessous.

La stagiaire jeta un regard appuyé à Candy, comme pour enfoncer le clou.

— O.K. Je le ferai.

Quand Elaine fut sortie, Abigail lui adressa un clin d'œil.

— Notre surveillante !

— Elle a bon cœur, en fait, dit Gloria, mais elle a encore du travail. Elle s'obstine à tout appeler par son nom technique. Souvent, les malades ne comprennent pas ce qu'elle leur demande. Ce soir, elle a déclaré à M. Heath qu'elle voulait vérifier s'il avait un œdème scrotal. Il a répondu : « Vous voulez que je vous montre mes bijoux de famille, ma chère ? » C'était tordant.

Tout le monde éclata de rire. L'ambiance était manifestement joyeuse, et Candy put constater que l'équipe était très sympathique. Ses collègues, vraiment serviables, répondaient à ses questions avec patience. Elle se mit au travail avec les patients qui lui avaient été confiés.

M. Heath avait à l'évidence recouvré toute sa lucidité.

— Ah, bonsoir, Candy ! dit-il en posant son livre.

— Vous vous souvenez de moi ?

— Bien entendu !

— Eh bien, ravie de vous trouver en meilleure forme.

Tout en lui donnant ses cachets et en mesurant ses constantes, elle bavarda un peu.

— J'espère rentrer chez moi lundi. Ma petite-fille se marie la semaine prochaine.

— Super ! Ce sera un mariage en grande pompe ?

— Enorme ! Elle épouse un Italien.

Elle s'esclaffa.

— Oh ! je connais les mariages à l'italienne ! Tellement bien que je suis peut-être la seule fille au monde à redouter le jour de mes noces !

Il rit.

— Vous ferez ça en grand, vous aussi ?

— Je n'en sais rien. Ma mère en rêve tant qu'elle a commencé à rassembler mon trousseau. Il ne me manque plus que le fiancé !

Elle laissa M. Heath pour rejoindre Macey et lui administrer ses médicaments.

Après avoir lu la prescription, elle chercha Abigail des yeux pour lui demander conseil, mais la surveillante s'occupait de Mme Douglas, qui était au plus mal.

Guy, qui rédigeait une ordonnance pour un autre patient, la regarda.

— Un problème ?

— Euh… J'ai cru que vous plaisantiez. Vous avez réellement prescrit du sherry à Macey Anderson ?

Il haussa les épaules.

— De toute façon, on ne l'empêchera pas d'en faire à sa tête une fois qu'elle sera rentrée chez elle. Mais ne vous souciez pas de ça ce soir, elle refuse d'absorber quoi que ce soit.

En approchant du lit, Candy eut un choc : Macey, prostrée, le regard vide, ne répondit pas à son bonsoir et ne fit aucun effort pour lever le bras lorsqu'elle prit sa tension.

— J'ai des médicaments pour vous.

Elle l'aida à s'asseoir et lui offrit les comprimés, que la vieille dame se mit dans la bouche sans protester. Mais quand elle lui tendit un verre d'eau, elle s'aperçut que ses mains tremblaient au point qu'elle dut la faire boire elle-même.

— Navrée de vous demander ça, Macey. Pouvez-vous soulever la langue ?

Macey s'exécuta sans broncher, tel un automate. Elle avait bien avalé ses cachets.

Tandis que la vieille dame reposait sa tête sur l'oreiller, elle vérifia le niveau de sa perfusion de fluides. C'était tout ce qu'elle ingérait pour l'instant…

— Voulez-vous une boisson ?

Un signe de dénégation.

— Pas même un peu de lait ?

Pas de réponse… Au moins, elle n'avait pas dit non.

Guy observa Candy qui arrangeait les oreillers de Macey Anderson. Il redoutait un peu que la patiente ne lui hurle de lui ficher la paix, mais elle semblait plutôt apprécier cette attention.

Guy se passa la main dans les cheveux. A sa grande

surprise, et bien qu'elle ne soit pas du tout le genre de ses conquêtes habituelles, Candy l'avait attiré tout de suite.

En principe, il ne sortait qu'avec des femmes sophistiquées, et à la condition qu'elles comprennent que leur aventure serait de courte durée : il ne cessait de se déplacer. Six mois là, deux mois ailleurs, et à présent six semaines ici…

Il regarda la date et fit le compte : il était au Royal depuis près d'une semaine, il lui en restait cinq, et Candy serait partie pendant les deux dernières.

Il avait été marié, et ça n'avait pas marché. Mais peut-être mieux que ce qu'il avait cru à l'époque, puisque, dix ans après leur séparation, son ex-femme l'avait appelé. Elle venait de mettre fin à son second mariage et voulait lui dire que, depuis leur rupture, la technologie avait fait des progrès.

Il avait eu l'impression de recevoir un second coup sur la tête. Le premier datait du jour où il avait appris qu'il était stérile. La réaction d'Annie avait été terrible.

C'était aussi pour éviter de souffrir qu'il tâchait de ne plus s'attacher, de n'avoir que des aventures sans lendemain…

Candy passa devant lui, un gobelet plein à la main. Elle aida Macey à s'asseoir, puis lui sourit sans rien dire. La vieille dame se mit à boire le lait à petites gorgées.

Candy savait s'y prendre…

Elle était consciente du regard admiratif de Guy. Il pensait sans doute qu'elle aurait du mal à se débrouiller ; il ignorait qu'elle avait une certaine habitude. Elle avait dix ans quand sa *nonna* était venue vivre avec sa famille. Le matin, c'était elle qui était chargée de lui donner son *biscotti* et son café au lait, puis de l'emmener à la salle de bains et de refaire son lit. Une présence passionnante pour elle, car Nonna lui parlait des bals de sa jeunesse dans le village où elle avait grandi, lui racontait comment elle était tombée amoureuse de son grand-père lors d'une fête… Elle évoquait aussi parfois, hélas, son départ d'Italie et la mort de son mari. Pourtant, certains jours, il lui arrivait de rester silencieuse, enfermée dans son monde, comme Macey en ce moment, et Candy n'en était pas troublée.

— Je voudrais aller aux toilettes, dit Macey en repoussant ses couvertures.

Heureuse que la patiente fasse l'effort de se lever, Candy l'aida à passer pantoufles et robe de chambre, et l'accompagna. Elle l'attendit devant la porte, et la regarda ensuite se laver les mains avec minutie et observer, visiblement contrariée, ses ongles au vernis écaillé.

— Je vous ferai une manucure dimanche, dit-elle en la ramenant jusqu'à son lit.

Lorsque Macey fut installée, Candy remit les barrières et posa la sonnette sur la table de chevet.

— Appelez si vous avez besoin de quelque chose. Je vous souhaite une bonne nuit.

Vers 1 heure du matin, elle avait terminé la tournée de ses patients et Abigail lui proposa de faire une pause. Elle accepta avec gratitude et se dirigea vers la salle de repos. La télévision marchait en sourdine et Guy dormait à poings fermés sur le canapé. Elle fit du bruit en tirant une chaise, et il ouvrit les yeux.

— *Aloha !* s'écria-t-il.

Elle sourit, évidemment…

— *Aloha.* Vous n'êtes pas rentré chez vous ?

— J'attends la famille de Mme Douglas. Je crains qu'elle ne passe pas la nuit.

— Hmm.

— Combien vous reste-t-il avant vos vacances ?

— Trois semaines.

Elle programma la sonnerie du réveil sur son téléphone.

— Un peu moins, en fait. On est samedi et je pars un vendredi soir.

— Vous travaillez jusqu'au dernier moment ?

Elle réprima un bâillement.

— Je crois que j'irai tout droit d'ici à l'aéroport.

— Vous y allez seule ?

— Oui.

— Je pensais qu'Hawaii était plutôt une destination pour les couples.

— Peut-être, mais j'ai profité d'une promotion de la télé. Une offre limitée… Je me fais avoir à chaque fois !

— Je comprends. Moi, j'ai acheté un extracteur de jus, une moulinette et divers mixeurs, avant de m'apercevoir que rien, finalement, ne pourrait m'obliger à aimer les légumes.

Elle rit.

— C'est l'un des dangers du travail de nuit. A 2 heures du matin, tout paraît sensationnel, et quand le paquet arrive on trouve ça totalement ridicule.

Elle redevint sérieuse.

— Mais je ne regrette pas. De toute façon, j'ai besoin de changer d'air, je n'ai pas trop le moral.

— Ah ? Pourquoi ?

Ne s'étant encore confiée à personne, elle hésita. Mais à son retour, Guy serait loin. Ses confidences ne prêteraient pas à conséquence.

— Je ne suis pas sûre de vouloir continuer à travailler aux urgences.

— C'est sans doute très stressant.

— Il n'y a pas que ça. J'ai fait une bêtise il y a quelques mois…

Décidée à profiter d'un peu de sommeil, elle s'allongea sur le canapé qu'il venait de libérer.

— Une faute professionnelle ?

— Personnelle.

— Racontez-moi.

— Pas question. Laissez-moi me reposer, maintenant.

— Donc, ça me fait deux histoires à deviner. Celle de votre nom, et celle de votre erreur. J'espère que vous parlez en dormant.

Elle sourit et ferma les yeux, mais il ne se tut pas pour autant…

— Il nous arrive à tous de nous tromper, Candy. A mon avis, nous passons beaucoup trop de temps à le regretter.

Sa voix chaude et profonde la berçait. Elle rouvrit les paupières et croisa son regard.

— Votre métier vous passionne, n'est-ce pas ?

— C'est vrai.

Malgré sa fatigue, elle avait envie d'en savoir davantage sur lui.

— La gériatrie, c'était une vocation ?

— Eh bien, je n'en sais rien… J'ai été élevé par ma grand-mère, en fait.

— Vos parents sont…

Il la regarda en souriant.

— Rassurez-vous, ils vont bien. Mais ils se consacraient à leur carrière. Je suis né par accident, un peu tard dans leur existence. Je ne crois pas qu'ils souhaitaient avoir des enfants. Ma mère était chirurgien thoracique, une spécialité qui exige de gros muscles !

Elle éclata de rire.

— Je suis resté avec ma grand-mère jusqu'à mon départ pour le pensionnat, ensuite, c'était chez elle que je passais les vacances. Une fois, je l'ai trouvée un peu perdue, pour ne pas dire beaucoup. J'ai prévenu ma mère, qui a aussitôt envisagé de la placer dans une maison de retraite médicalisée.

— Comme ça, d'un coup ?

— Hmm. Comme je n'étais pas d'accord, j'ai fait venir son généraliste qui a détecté une infection. Il m'a expliqué l'effet qu'une forte fièvre pouvait produire sur les personnes âgées. Après deux jours d'antibiotiques, elle était totalement remise.

— Elle a eu de la chance de vous avoir ! dit-elle en réprimant un bâillement. Ma *nonna* vivait avec nous quand j'étais enfant, et c'était plutôt moi qui m'en occupais.

— Votre mère travaillait à l'extérieur ?

Elle secoua la tête, et sans insister, il plongea son regard dans le sien.

— Mais vous, vous avez une carrière.

— Hmm. J'ai dû me battre pour y parvenir.

— Vous avez bien fait. Bon, je vous laisse tranquille. Reposez-vous, maintenant.

Elle ferma les yeux. Elle avait vraiment dû batailler pour imposer sa façon de voir… Non seulement ses parents voulaient la marier à Franco, le fils d'amis italiens, mais ils avaient essayé de l'obliger à intégrer l'entreprise familiale. Ils ne comprenaient pas qu'elle veuille devenir infirmière.

Soudain, l'alarme de son téléphone la fit sursauter. Déjà ! Elle avait l'impression d'avoir dormi à peine cinq minutes ! La salle de repos était déserte, et Guy n'était plus dans le service.

La preuve qu'il lui plaisait, c'était qu'il lui manquait dès qu'il n'était plus dans la salle…

Le reste de la nuit passa rapidement. A 7 h 30, après le passage de relais, elle prit congé de ses patients, en particulier de Macey à qui elle confirma qu'elle lui vernirait les ongles le lendemain matin.

Elle n'obtint pas de réponse.

Dans le hall d'entrée, elle avisa Guy, les cheveux encore humides de sa douche, en costume sombre et chemise blanche. Il n'avait visiblement pas eu le temps de nouer sa cravate. Il contemplait l'un des cadres accrochés au mur, où des photos représentaient l'hôpital à divers stades de son existence. Le Royal était en rénovation…

— Qu'est-ce qui vous intéresse tant ?

— Approchez ! Vous ne reconnaissez personne ?

Tandis qu'il faisait son nœud de cravate, elle se plaça derrière lui et observa le cadre. Des infirmières en robe longue, tablier et coiffe blancs, accompagnées de médecins, posaient dans le parc à l'arrière des bâtiments. Certaines arboraient des médailles sportives épinglées sur leurs capes noires… Soudain, elle comprit ce qui intéressait Guy.

— Oh ! C'est Macey !

Pas de doute, en dépit de la coiffe qui domestiquait ses

épais cheveux frisés. Elle avait les pommettes hautes, et son sourire ne masquait pas tout à fait ses lèvres pincées. Malgré la cape qui la dissimulait presque tout entière, on apercevait sur sa poitrine l'insigne de la Croix-Rouge.

— Elle était si jeune ! Vous pensez qu'elle va guérir de sa dépression ?

— Maintenant, oui.

— Ah ?

— Hier soir, j'ai constaté avec plaisir que vous aviez pu lui faire absorber du lait, et qu'elle s'était levée pour se rendre aux toilettes. Comment était-elle, ce matin ?

— Toujours aussi peu loquace, mais elle a pris une boisson et avalé le *biscotti* que je lui avais préparé.

Il ouvrit de grands yeux.

— C'est italien, dit-elle. Des biscuits écrasés dans du lait chaud.

Elle sentit son estomac gronder.

— Voilà que j'ai faim, moi aussi ! Par contre, j'ai dû lui donner la becquée, elle tremble affreusement.

— Hmm, ça devrait s'arranger assez vite. Le changement de traitement, plus le manque d'alcool… Au fait, inutile de lui en offrir tant qu'elle n'en réclame pas.

— Comment avez-vous deviné qu'elle buvait ?

— C'est assez courant chez les personnes âgées, beaucoup plus qu'on ne le croit. En réalité, ce n'est pas si mauvais : imaginez la tête de ses nièces, si elle leur demandait de lui acheter quatre bouteilles de sherry par semaine ! Elle doit se les procurer elle-même, ce qui l'oblige à marcher. Je frémis à l'idée qu'un jour ou l'autre mes patients découvrent les achats en ligne sur internet…

Elle s'aperçut qu'elle affichait une fois de plus un sourire de publicité pour dentifrice. Impossible de s'en empêcher…

— Je rentre. Et je vous dis bonsoir, puisque je vais me coucher.

— Dormez bien, et ne parlez pas trop dans votre sommeil !

— Pas de danger. Du moins, à ma connaissance…

Elle tourna les talons, mais la voix de baryton la fit frissonner de nouveau.

— Voilà un troisième mystère à élucider !

Son dos se raidit. C'était ce qu'elle pensait, ils flirtaient… et elle était en train de déroger à sa règle de conduite établie récemment : ne jamais fréquenter un collègue de travail.

Pourtant, celui-ci valait la peine qu'elle fasse une exception.

4.

— Elaine, pouvez-vous m'aider à tourner M. Worthington, s'il vous plaît ?

Candy avait dormi pratiquement tout le samedi. Elle ne s'était levée que pour dîner et sortir deux heures avec Kelly, puis s'était remise au lit et rendormie pour la nuit.

Elaine s'exécuta, mais lui jeta soudain un regard lourd de reproche.

— Quoi ? Sa radio est éteinte ? fit Elaine.

Elle appuya sur le bouton pour l'allumer.

— Toby adore les émissions du dimanche matin. Je l'ai pourtant noté sur sa feuille de soins !

— Désolée, murmura Candy.

Tandis que la stagiaire s'éloignait, elle la suivit du regard. Gloria avait raison, Elaine avait bon cœur…

Pendant qu'elle le rasait, M. Worthington se mit à fredonner et elle se surprit à l'imiter. Une étincelle joyeuse brilla dans les yeux du malade, ce qui l'incita à chanter plus fort.

Gloria s'approcha du lit.

— Monsieur Worthington, vous avez de la visite !

Elle regarda Candy.

— Guy les a retenus une minute. Ils seront contents de le voir si gai !

Toute la famille arriva bientôt, et elle s'esquiva, pour trouver Guy au milieu de la salle, qui la regardait en souriant.

— Je vois que vous aimez les récitals matinaux !

— Beaucoup, mais je me demande ce qu'en dirait Toby s'il pouvait parler !

— Avec la dose de morphine qu'il a dans le sang, votre voix a dû lui paraître merveilleuse.

— Vous insinuez que je chante faux ?

— Euh, pas vraiment…

— Eh bien, je chanterai plus fort, la prochaine fois.

Mais Elaine s'avançait, la mine sévère…

— Venez, Candy, vous vous mettez en retard ! Je vous aide à vous occuper de Macey.

Candy eût préféré se passer d'elle…

— Amusez-vous bien ! lança Guy.

Curieusement, sa réflexion n'était pas si idiote… Candy prit conscience qu'elle appréciait vraiment ce travail.

— Bonjour, Macey. Aimeriez-vous prendre une douche ?

La vieille dame fit non de la tête.

— Nous allons vous laver dans votre lit. Ensuite, nous l'aérerons, et je referai votre pansement.

— Je m'en charge, dit Elaine. Je dois m'entraîner à aseptiser les plaies.

— D'accord.

Candy se tourna vers Macey.

— Et si je vous faisais un shampoing ? Vous vous sentiriez un peu mieux.

Elaine changea le pansement, puis mit des draps et des taies d'oreillers propres pendant que Candy lavait le visage et les mains de Macey.

— Je vous ôte ce vernis et je vous en remets.

— On n'a pas le temps, dit Elaine.

Candy haussa les épaules en regardant la patiente.

— Je viendrai pendant ma pause-café. J'adore vernir les ongles.

Elaine commençait à lui taper sur les nerfs. Candy se réjouit du clin d'œil complice de Macey, certainement aussi agacée qu'elle. Ce qui était bon signe…

Elle lui rendit son clin d'œil et mit du savon sur le gant de toilette.

— Voulez-vous vous laver toute seule, là-dessous ?

— Candy, les sous-entendus sont inutiles, dit Elaine, appelez donc les choses par leur nom !

Le ton était péremptoire.

De nouveau, Candy échangea un regard avec la vieille dame, dont l'œil luisait de malice. Quel mot était-elle supposée employer ?

Elaine finit par s'approcher, l'air excédé.

— Macey, voulez-vous vous laver le « frifri » ?

Puis elle tourna les talons et sortit.

Candy et la vieille dame furent prises de fou rire, et Candy dut essuyer les larmes des yeux de Macey tout en essayant de se calmer.

Guy pointa son nez.

— Je suppose qu'Elaine vous a fait le coup du « frifri » ?

— Hmm, répondit Candy entre deux hoquets, c'est une habitude ?

— Je n'ai pas très envie de me dévouer, mais il faudrait que quelqu'un lui explique que ce n'est pas exactement un terme technique.

— Elle fera une excellente infirmière, dit Macey qui riait encore. Au moins, elle ne laisse rien au hasard !

A l'heure de sa pause, Candy alla se préparer un café et rapporta son mug au chevet de Macey, s'apprêtant à lui faire les ongles.

— Buvez votre café tranquille, ma petite.

— Ne vous en faites pas, j'adore faire ça. Je vernis ceux de maman une fois par semaine, et je regrette de ne pas avoir de sœurs. Vraiment, c'est une activité qui me détend.

Elle exhiba un flacon de vernis corail.

— Cette couleur vous convient ?

— C'est parfait. Vous êtes fille unique ?

— Hmm…

— Vos parents doivent être très stricts avec vous, non ?

— Oui, bien qu'ils soient adorables. Oh ! je n'ai pas à me plaindre, mais… je ne parviens pas à trouver le courage de leur annoncer que je pars en vacances à Hawaii. Ils vont être tellement furieux !

— Pourquoi ? Parce que votre petit ami vous accompagne ?

— Je n'en ai pas, dit-elle en prenant sa main gauche. Mais ça ne les rassurera pas, de me savoir toute seule à l'autre bout du monde…

Candy vit Macey fixer le fond de la salle et suivit son regard : Guy les observait, et la vieille dame lui adressa un léger signe de tête. En effet, peu de choses lui échappaient…

— Voilà, laissons-les sécher un moment.

— Merci.

En rapportant son mug dans la cuisine, Candy croisa Guy.

— Candy, vous terminez à midi ?

— Oui.

— Accepteriez-vous de déjeuner avec moi ?

Elle tenta de dissimuler sa surprise.

— A la cantine ?

— A votre guise, mais je connais un meilleur endroit. C'est tout de même dimanche…

Elle n'en revenait pas. Une invitation de l'homme le plus sexy qu'elle ait jamais rencontré ! Elle ne réfléchit pas longtemps.

— Volontiers, mais vous n'êtes pas de service ?

— Mon chef de clinique peut me remplacer une heure ou deux. J'ai quelques questions à vous poser.

— D'abord, j'aimerais qu'on se dise tu, si tu es d'accord.

Candy, qui avait suivi Guy dans un café très agréable, non loin de l'hôpital, tenta de dissimuler la joie que cette proposition lui procurait.

— Pourquoi pas ?

— Parfait. Et ensuite, j'aimerais savoir l'histoire de ton nom.

— Pas question, répondit-elle en consultant le menu. Voilà pourquoi je pars seule en vacances, et pourquoi je ne me marie pas. Personne n'a le droit de voir mon passeport.

— Je trouverai.

— Bonne chance.

— Tu as choisi ?

— J'ai envie de rôti de bœuf. Pour moi, c'est très exotique, je n'ai mangé que des pâtes pendant toute mon enfance.

Il sourit.

— Dans ce cas, c'est moi qui commande des spaghettis. Parce que pour moi, c'est exotique.

Elle se borna à lever les yeux au ciel.

— Passons à la seconde question. Quelle est cette erreur que tu as commise ?

Elle réfléchit un instant. Si elle devait aller plus loin avec lui, et cela en prenait le chemin, autant tout lui raconter. Même si elle n'y était pas obligée, puisqu'il serait parti quand Gerry reprendrait son service.

Mais Guy lui plaisait et elle souhaitait être sincère avec lui. De plus, ce serait un soulagement d'en parler enfin à quelqu'un.

— Je ne sais pas trop par où commencer… T'est-il arrivé, à toi, de recoucher avec une ex ?

En posant cette question, elle se sentit rougir de la tête aux pieds.

— Tout le monde le fait, non ? répondit-il, visiblement pas du tout choqué.

— Euh… Pour l'instant, mes anciens petits amis sont au nombre de deux, et je n'en ai revu qu'un.

Il parut songeur.

— Eh bien, par exemple, ça ne s'est pas produit avec mon ex-femme. Le jour où nous avons rompu, j'ai eu la certitude que c'était terminé.

Elle déglutit. Elle se doutait bien qu'il avait eu une vie sentimentale plus remplie que la sienne ; qu'il soit divorcé ne faisait que le confirmer.

— Tu as l'air désabusé.

Il se contenta d'un haussement d'épaules.

— Oh ! quand j'y repense, c'est-à-dire pas souvent. Elle m'a appelé récemment, elle voulait que je réfléchisse à l'éventualité de renouer avec elle.

Bien entendu, il n'était pas question de lui révéler la raison de leur rupture. D'ailleurs, autant clarifier les choses tout de suite.

Il lui jeta un regard pénétrant avant de poursuivre.

— Mais j'ai décidé depuis longtemps que je ne vivrai plus avec personne.

Elle était merveilleuse, l'attirance avait été mutuelle entre eux dès le premier instant, et il était tenté par une aventure avec elle… Mais elle était bien plus jeune et innocente que lui. Inutile de la faire souffrir, de lui laisser des illusions.

Elle ne réagissait pas… Autant en revenir à la question de départ.

— Donc, ton erreur a été de recoucher avec ton ex ?

Elle fit un signe affirmatif.

— Tu vois qui est Gerry, l'infirmier-chef des urgences ?

— J'en ai entendu parler. Un type arrogant, apparemment.

— Exact. Il ne l'était pas, avant. Il y a quelques mois, il a été pris à partie par deux patients, qui l'ont rossé. J'ai l'impression que ça l'a changé.

— Il est en Grèce en ce moment, non ? C'est lui qui a écrit la carte postale « Content que vous ne soyez pas là », ou un truc comme ça ?

— Hmm. Je l'ai fréquenté un moment, quand je me suis installée dans mes meubles, l'année dernière.

— Tu n'es partie de chez tes parents que depuis un an ?

Elle eut un sourire amer.

— D'après eux, vingt-quatre ans, c'est beaucoup trop jeune, sauf si c'est pour se marier. On m'avait d'ailleurs trouvé un fiancé… Mais je l'ai laissé tomber et j'ai loué un appartement.

— Oh ! Ça a dû leur faire un choc !

— Il y a eu beaucoup de cris et de disputes, oui. J'ai tenu bon, parce que c'était la seule solution pour moi. Gerry, à qui je me confiais un peu à l'époque, s'est proposé pour me donner un coup de main pour déménager, et nous avons commencé à sortir ensemble. Mais il s'est tout de suite mis à faire des projets d'avenir, et j'ai rompu assez vite.

Elle jouait avec la salière et semblait chercher ses mots.

— Il y a deux mois, il m'a invitée à boire un verre, et…

— De fil en aiguille, tu as recouché avec lui ?

Elle hocha la tête.

— Grosse erreur de ma part. Il a cru que j'étais d'accord pour reprendre notre relation, et quand il s'est aperçu que je n'y tenais pas, il a été furieux. Depuis, il me rend la vie difficile à l'hôpital. Par chance, personne n'est au courant…

Elle le regarda d'un air grave.

— Mais j'ai compris la leçon : je ne sortirai plus avec un collègue de travail.

— Trop tard, à mon avis ! Nous savons tous les deux que nous allons coucher ensemble, inutile de nous voiler la face, non ?

Elle rougit sans répondre, ce qui lui convint. A présent, il devait mettre les points sur les *i* : aussi agréable que ce soit, cela ne durerait pas longtemps.

— Et lorsque ce sera terminé, dit-il en articulant bien, je promets que je ne te ferai pas une réputation de monstre. Tu peux demander à mes ex, elles te le confirmeront.

Elle fut surprise de sa franchise : il lui annonçait tranquillement, avant que leur relation n'ait commencé, qu'elle s'achèverait vite. Un serveur posa une tranche de rôti de bœuf garnie devant elle, une diversion bienvenue qui lui laissait le temps de réfléchir à sa réponse.

En fait, elle n'était pas contrariée du tout… Cette sincérité était plutôt rafraîchissante. Elle était lasse de jouer un rôle. Gerry avait cru pouvoir se cramponner à elle, quant à Franco, il s'était réjoui de l'épouser dès le premier café qu'ils avaient bu ensemble. L'idée que le but d'une femme était le mariage lui avait toujours paru absurde. Elle avait envie de profiter de la vie, et Guy lui en offrait la possibilité : il lui proposait du plaisir, sans projets ni espoir d'autre chose.

De toute façon, il émanait de lui un sex-appeal si particulier qu'il fallait qu'elle fasse l'amour avec lui, au moins une fois.

— Qu'y a-t-il de si drôle ?

— Mes pensées. Et elles sont privées.

— Tes parents seraient déçus, s'ils les connaissaient ?

— A coup sûr.

— Parfait.

— Tu es là pour six semaines, c'est bien cela ?

— Cinq, maintenant. Et je passerai les deux dernières sans toi, puisque tu seras partie en vacances.

— Où iras-tu ensuite ?

— Dans le Kent. Une opportunité incroyable. Je supervise la refonte complète de l'unité de gériatrie. Je vais ouvrir un service de pointe, où on recevra les cas médicaux avant de les diriger ailleurs.

Elle le vit s'animer. Il éprouvait tant d'enthousiasme pour son travail !

Après un déjeuner très agréable, durant lequel ils parlèrent de leurs métiers respectifs, d'eux et de beaucoup d'autres choses, Guy donna le signal du départ.

— J'ai rendez-vous avec les nièces de Macey à 14 heures. Je te ramène en voiture…

— Inutile, ce n'est pas loin.

— Comment veux-tu que je sache où tu habites quand je viendrai te chercher ce soir ?

Elle sourit.

— Où m'emmènes-tu ?

— Je n'ai pas encore décidé.

Une fois dehors, il la saisit par le poignet et la fit pivoter vers lui.

— Où aimerais-tu aller ?

« Au lit », faillit-elle répondre, mais elle n'osa pas.

— Je préfère te laisser choisir. Je t'avertis, je ne suis pas très vaillante, avec tous ces services de nuit !

Elle lui indiqua son adresse, qu'il enregistra dans son téléphone.

— A tout à l'heure ?

— D'accord.

Bien que les rues soient bondées à ce moment de la journée, il la prit dans ses bras comme au sortir d'une soirée romantique.

— Merci d'avoir partagé mon déjeuner, Candy.

— Merci de m'avoir invitée.

C'était inouï, de se trouver là simplement parce qu'elle en avait envie. Il était plus âgé, plus sage et plus sexy que tous les hommes qu'elle avait connus, et elle était plus troublée qu'elle ne l'avait jamais été, alors qu'il ne l'avait pas encore embrassée.

Cela n'allait toutefois pas tarder. Son cœur battait plus fort que le jour où elle l'avait rencontré. Quand leurs lèvres se joignirent, une réaction jusque-là inconnue se déclencha en elle.

Elle aurait voulu qu'il la caresse, qu'il l'attire plus près. Et elle fut exaucée. Plus le baiser se faisait profond, moins elle percevait le brouhaha de la circulation et de la foule. Personne ne l'avait jamais embrassée ainsi. Sentant sa main puissante sur sa cage thoracique, elle mourut d'envie qu'il remonte vers ses seins. Elle se colla à lui, hors d'haleine.

Un instant, ils restèrent front contre front, et elle regretta qu'il ait un rendez-vous. Puis ils s'écartèrent pour se regarder dans les yeux.

« Ce soir », semblaient-ils se dire.

— Je vais être en retard, fit-il lorsqu'elle reprit sa bouche.

— Juste de deux minutes…

Elle voulait savourer ses lèvres encore une fois.

5.

Par chance, les règles de Candy étaient finies.

Elle prit un long bain parfumé et se prépara.

Elle fit taire le vague sentiment de culpabilité qui planait au fond de sa conscience et avala sa pilule. Elle cachait toujours la plaquette dans son sac à main. Si ses parents avaient su…

Après la nuit imprévue passée avec Gerry, qui par chance avait des préservatifs avec lui, elle avait décidé de la reprendre pour ne pas courir de risques.

En sortant du restaurant, elle s'était précipitée en ville pour s'acheter les sous-vêtements sexys dont elle ôtait à présent les étiquettes : un soutien-gorge argent qui mettait ses seins en valeur, et un shorty assorti qui lui moulait les fesses d'une façon fantastique. En les essayant, elle avait été tellement enchantée qu'elle avait aussi pris l'ensemble en violet. Depuis quelque temps, elle se trouvait trop grosse, mais aujourd'hui, elle était satisfaite de ses courbes généreuses.

Elle y repenserait plus tard, songea-t-elle en se contemplant dans le miroir.

Pas maintenant.

Elle enfila une robe droite, qui pouvait faire décontracté avec des ballerines ou très classe avec des stilettos. Mais qui lui écrasait un peu la poitrine…

Second essai.

Une robe portefeuille grise, un peu trop décolletée pour le goût de ses parents, fit l'affaire.

Peu habituée à se maquiller, elle se contenta de mascara et d'un rouge à lèvres discret.

En courant ouvrir à Guy, elle se sentit agréablement nerveuse.

En jean et T-shirt noirs, il était d'une beauté saisissante et semblait prêt à profiter de toutes les aubaines. Il lui tendit une bouteille de vin.

— Merci ! Mais tu me poses un problème.

— C'est-à-dire ?

— J'ignore où tu m'emmènes, j'hésite entre chaussures plates et talons hauts…

— Au cinéma. Comme tu es fatiguée, j'ai pensé que c'était tout indiqué. Mais je t'avertis, pas de pelotage au dernier rang. Pour moi, c'est une activité sérieuse.

— Qu'est-ce qu'on va voir ?

C'était une bonne idée, s'ils étaient vraiment obligés de sortir… Cela la délasserait.

— Tu as le choix entre deux films. Un très noir, même s'il n'est pas dénué d'humour, et l'autre vraiment triste. En fait, ça dépend de ton humeur.

Elle alla poser la bouteille sur le comptoir de la kitchenette.

— Ça m'est égal.

Il se mit à examiner la pièce.

— Ainsi, c'est pour cet appartement que tu as dû te battre avec tes parents ?

C'était un logement coquet, en dépit de son exiguïté. La porte principale ouvrait directement sur le salon, au fond se trouvait la cuisine, et un petit hall donnait sur la chambre et la salle de bains.

— C'est joli, chez toi !

— J'adore mon appart. Il est à dix minutes à pied du métro, et à cinq de mon restaurant indien préféré. Si ça te dit de l'essayer…

— On peut manger avant, ou après. Comme tu veux.

L'idée d'un curry était alléchante, mais d'autres sens le sollicitaient. Le désir partagé dégageait un arôme aussi puissant que celui des plats épicés.

Candy, qui sentait qu'elle n'avait pas le dixième de l'expérience de Guy en matière de sexe, souhaitait brûler les étapes. Pour passer cette épreuve, pour plonger dans l'inconnu… Et il était si beau !

— Un verre de vin ?

— Pas pour moi, merci. Je conduis. Mais que ça ne t'empêche pas…

Il fit mine d'ouvrir la bouteille, mais elle l'arrêta.

— Je travaille tôt demain matin, mieux vaut que je ne boive pas non plus. Je vais me chausser.

Elle revint en ballerines et il fronça les sourcils.

— Et les talons hauts ?

— Pour le cinéma ?

— Pour moi.

Souriante, elle rentra dans sa chambre pour faire l'échange. Il la regardait depuis le seuil.

Elle frissonna. Si Gerry avait été à sa place, elle aurait protesté qu'il était trop curieux, mais avec lui, elle ne pensait plus qu'à déchirer sa robe et l'entraîner sur le lit…

Elle sentit son regard sur ses mollets, puis sur ses reins, comme une brûlure. Elle se retourna, provocante pour la première fois de sa vie. C'était agréable, et c'était lui qui la rendait ainsi, qui lui donnait envie de l'embrasser…

C'était aussi naturel que de respirer, de lui passer les bras autour du cou et de presser la bouche sur la sienne. Elle ne se sentait pas du tout naïve, parce qu'elle avait perdu tout bon sens. Le désir revint, aussi fort que devant le restaurant…

Cette fois, il lui caressa les seins, et ses mamelons durcirent. Laissant une main dans ses cheveux soyeux, elle plaqua l'autre sur ses fesses fermes et l'attira contre elle.

Il gémit et descendit la paume vers son ventre… Ils n'iraient pas au cinéma, en fin de compte.

Il faisait encore jour, ce qui était nouveau pour elle.

Qu'à cela ne tienne… Elle lui déboutonna sa chemise et défit la fermeture de son jean.

Une fois qu'ils furent peau contre peau, il dégrafa son soutien-gorge. Elle en eut la respiration coupée, anticipant le moment où elle pourrait coller sa poitrine contre son torse et où ses mains exploreraient son corps…

Elle n'avait jamais fait l'amour debout, et n'y aurait même jamais pensé, parce qu'elle était si petite ! Pourtant, elle savait son corps assez souple pour épouser celui de Guy. Tout à coup, cela lui semblait si normal…

Soudain, on frappa à la porte. Il s'écarta légèrement d'elle.

— Ne réponds pas, dit-il.

Le cœur de Candy se mit à cogner contre ses côtes et elle se figea une seconde.

— Mes parents !

— Ne réponds pas, répéta-t-il.

— Ils vont entrer, ils ont la clé !

La nouvelle dut l'affoler, car il tenta de la rhabiller en même temps que lui. Puis, manifestement, il décida de se concentrer sur elle.

Il la regarda, espérant que le rouge de ses joues aurait disparu lorsqu'elle ouvrirait. Elle avait l'air d'une femme qui vient de jouir ou qui est sur le point de le faire. Ses mamelons étaient dressés et ses lèvres gonflées…

— Respire, Candy !

— Si jamais ils te trouvent…

Il s'agenouilla et remplaça ses talons par les ballerines tandis que les coups à la porte se faisaient insistants.

— Tu crois qu'ils vont m'obliger à t'épouser ?

— Tu ne te rends pas compte. Ne bouge pas d'ici.

— D'accord ! Ils ne risquent pas d'entrer dans ta chambre ?

— J'espère que non… Sans doute que non.

— Respire à fond ! dit-il quand elle sortit.

Il se pencha pour voir s'il pouvait se cacher sous le lit, et sourit en découvrant les étiquettes de ses sous-vêtements. Elle était vraiment magnifique. Il boutonna sa chemise et effaça les traces de rouge à lèvres de ses joues. Il n'avait pas l'habitude de penser quoi que ce soit de sérieux de ses conquêtes, mais elle était touchante, à lutter ainsi pour son indépendance… Et si gentille.

En ouvrant la porte d'entrée, Candy n'en menait pas large. Ses parents apparurent sur le seuil, les bras chargés de bocaux de coulis de tomate fait maison.

— J'avais dit que je les prendrais la semaine prochaine !

— Pourquoi cette tenue ?

— Je sors.

— Avec ce décolleté ?

Ils rangèrent les bocaux sur le comptoir et elle mit la cafetière en route. Impossible de ne pas leur offrir un café… Mais les yeux de son père s'allumèrent quand il avisa la bouteille de vin, et elle lui en servit un verre.

— Où allais-tu ?

— Au cinéma, avec une amie.

— Laquelle ?

— Kelly.

Elle regarda la pendule.

— Maman, il faut vraiment que je parte.

— On t'a à peine vue, ces dernières semaines !

Ils bavardèrent en italien une vingtaine de minutes. Candy s'était promis de leur annoncer son voyage à Hawaii, mais avec Guy dans l'appartement, le moment était mal choisi. Cris, pleurs et menaces, elle ne tenait pas à ce qu'il entende les échos d'un drame à l'italienne…

Lorsque son père et sa mère, qui semblaient installés pour la soirée, eurent fini leurs boissons, elle se leva.

— Je vais être en retard. Je dois me préparer tout de suite.

Elle se sentit coupable de les mettre à la porte, puis

furieuse de devoir le faire. Pourquoi ne téléphonaient-ils jamais avant de lui rendre visite ? Mais ils seraient offensés si elle le leur demandait…

Après leur départ, elle retourna dans la chambre. Une fois encore, ils avaient tout gâché. Guy lisait, allongé sur le lit, jambes croisées.

— Désolée.

— Ce n'est pas grave, dit-il en souriant. En revanche, si je comprends bien, ça aurait chauffé s'ils m'avaient trouvé ici.

— Hmm. Merci.

— Ils viennent souvent ?

— Oui. Ils n'ont pas de voiture, et pour les rassurer, j'ai choisi d'habiter tout près de chez eux. Quelle erreur !

Elle soupira.

— Une de plus. Décidément, je les accumule. C'est trop tard pour le cinéma ?

— Je n'ai pas pris les billets, je ne savais pas si ça te plairait…

— Beaucoup. Je n'y suis pas allée depuis une éternité.

— Je ne peux pas m'en passer ; pour moi, c'est comme la lecture. En principe, je préfère être seul.

C'était surprenant, d'ailleurs, qu'il ait eu envie d'y emmener Candy. C'était déroger à sa règle…

— Ah ? Et pourquoi ? Tu n'as pas d'amis ?

— Si, mais pour certaines activités, j'aime la solitude. Je ne supporte pas les vibrations culpabilisantes d'un voisin qui se demande pourquoi je l'ai traîné voir un truc aussi débile.

Elle éclata de rire.

— Tout à fait le style de Kelly.

Elle lui raconta une anecdote qui le fit rire.

— Elle a juré qu'elle ne me laisserait plus jamais choisir le film.

Elle baissa les yeux et s'aperçut qu'elle avait posé les mains sur son torse et qu'elle jouait avec ses boutons de chemise. Il lui caressait les cheveux… Soudain, il lui appuya sur la nuque et elle l'embrassa. Son cœur battait encore à coups redoublés depuis la visite-surprise de ses parents, et ce baiser ardent ne le calma pas, bien au contraire. Cependant, peu à peu, la frayeur causée par cette intrusion soudaine s'évanouissait.

Une fois la chemise de Guy ouverte, elle effleura les mamelons qu'elle sentait sous ses doigts ; de nouveau, sa robe fut déboutonnée et elle regretta de devoir ôter les mains de son torse si doux pour dégrafer son soutien-gorge…

Jusqu'à ce soir, elle avait toujours éprouvé un sentiment de gêne au moment du déshabillage. A présent, elle ne se posait même pas la question, ne ressentait qu'un désir fou. Peu importait ce qu'il pensait, de toute façon, ce ne pouvait être que des choses agréables.

Habitué à la minceur de ses conquêtes, il se surprit à adorer les courbes généreuses de Candy et la poitrine épanouie qui jaillit lorsqu'il la débarrassa de son soutien-gorge. Cependant, ce qui l'excitait et le satisfaisait vraiment, c'était qu'elle le désire à l'évidence autant qu'il la désirait.

Il s'écarta pour la regarder dans les yeux.

— Attends… J'ai quelque chose à te dire.

— Quoi ?

Il sourit en voyant l'inquiétude assombrir son regard.

— Je ne coucherai pas avec toi tant que tu ne m'auras pas raconté l'histoire de ton nom.

Il lui caressa les seins.

— Non. Pas question, répondit-elle, haletante.

Il l'attira contre lui et la fit pivoter sur le dos ; elle gardait les yeux fixés sur lui, mourant d'envie qu'il se remette à l'embrasser. Elle s'était débarrassée de ses ballerines, elle ne portait plus que son shorty, que Guy admirait à présent.

— Tu ne la sauras jamais.

Il se leva et ramassa sa chemise.

— Viens, habille-toi !

— C'est du chantage.

— Oui.

Eh bien, elle pouvait jouer le même jeu.

— D'accord.

Elle se redressa et se pencha pour reprendre ses vêtements.

— Allons manger quelque chose…

Alors qu'elle prenait son soutien-gorge, il le lui ôta des mains, le plaça sous ses seins et tenta de le lui agrafer dans le dos. Elle sentait son souffle court, et son érection contre elle. Il saisit un sein, l'ajusta dans le tissu, mais laissa la main dessus et commença à le caresser, à agacer le mamelon. Quand il pressa les lèvres sur l'autre, qu'il se mit à lécher, elle resta d'abord immobile, puis, n'en pouvant plus, lui plaqua les mains sur le crâne et appuya pour qu'il approche sa bouche plus près. Mais il cessa d'un coup et replaça ses seins érigés dans les bonnets de son soutien-gorge. Il était impitoyable ! Si elle ne lui racontait pas son histoire, d'ici une demi-heure elle serait assise devant un curry, ou un film.

— Bon, d'accord. Tu as gagné.

Elle avait parlé d'une voix rauque, qu'elle ne reconnut pas. Elle se racla la gorge, sans résultat.

— Comme tu le sais, mes parents sont italiens.

Il dégrafa son soutien-gorge et elle posa la tête sur son épaule.

— Stricts.

Il avait reposé les mains sur ses hanches, et elle se souleva pour lui permettre de lui ôter son shorty.

— Continue.

C'était difficile, il venait de se remettre à l'embrasser… Il s'écarta un peu.

— Alors ?

— Qu'est-ce qui est à l'origine des angines à répétition ?

— Le Candida, répondit-il en souriant.

— Voilà. En italien, ça signifie « pure », mais qui le sait ici ? J'ai raccourci en Candy. Pas pour mes parents, hélas, qui s'obstinent à m'appeler par mon prénom entier.

— On t'a beaucoup taquinée ? demanda-t-il contre sa bouche en lui ouvrant les jambes pour la caresser.

Il était sans pitié.

— Pauvre bébé… dit-il.

Elle gémit, les cuisses tremblantes. Il les sentit se refermer sur sa main, et hésita entre la faire jouir de cette façon ou attendre de l'avoir pénétrée.

Ce fut son propre désir qui l'emporta. Quand il ôta sa main, elle eut un léger sanglot de frustration et de plaisir mêlés. Il se redressa pour se débarrasser de son pantalon, et lui tendit un préservatif. Elle secoua la tête.

— Fais-le, toi.

— Non, toi.

Elle n'était pas très douée, mais son érection était si impressionnante qu'elle se léchait les lèvres en défaisant l'emballage. Elle n'avait jamais rien vu d'aussi fier, d'aussi tentant. Plus vite elle en aurait fini avec le préservatif, plus vite elle en profiterait…

Elle joua avec son sexe un instant, finalement ravie de ce contact avec sa peau nue, l'agaçant de son haleine, le caressant…

— Candy !

Sa voix était encore plus grave, si c'était possible, impatiente et délicieusement sérieuse. Que se passerait-il si elle insistait ? Elle croisa son regard.

— Dépêche-toi.

Elle obéit, prenant toutefois son temps, jouissant de son souffle court et de son impatience à repousser ses mains quand ce fut terminé.

Il lui pressa l'épaule pour l'allonger, et elle tomba en arrière lorsqu'il lui souleva les cuisses pour se venger qu'elle l'ait fait attendre. Sans protester, elle se laissa pénétrer et l'entoura de ses jambes. Il savait exactement que faire, son érection était ferme et chaque coup de boutoir lui procurait des sensations inouïes, qu'elle n'avait jamais éprouvées…

— Je vais jouir, fit-elle presque en s'excusant.

— C'est un peu le but, non ? dit-il en s'efforçant de se retenir tandis que les muscles de Candy se contractaient sous l'effet du plaisir.

C'était si profond, si intense. Avait-elle vraiment déjà ressenti un orgasme auparavant ?

Il poursuivait son mouvement de va-et-vient. Elle aurait voulu faire une pause, mais changea très vite d'idée, c'était si agréable qu'il continue ! Puis elle ne pensa plus à rien d'autre qu'au plaisir qu'il lui donnait. Il la regardait. Soudain il s'immobilisa et elle le sentit se répandre en elle. Lorsqu'elle vit cet homme splendide au-dessus d'elle, les traits crispés par une violente jouissance, elle eut un second orgasme, encore plus violent que le précédent.

Jamais elle ne le regretterait, se jura-t-elle tandis qu'il s'écroulait sur elle.

Petit à petit, ils reprirent leur souffle.

Allongé à côté d'elle, Guy huma l'effluve de ses cheveux. Ce qu'il venait de vivre était différent de tout ce qu'il avait pu éprouver jusque-là. Servie par son inexpérience, elle se moulait sur lui, se fondait en lui… Il dut se retenir de ramasser ses affaires et de la soulever dans ses bras pour la porter chez lui.

Puis son bon sens lui revint, et il se contenta de l'embrasser.

Ils allèrent enfin dîner dans son restaurant indien favori, sur une table en Formica et dans des assiettes très ordinaires, mais ils se jetèrent sur la nourriture comme des sauvages, sans doute conscients qu'ils devaient prendre des forces pour la nuit. Une fois rassasiés, ils se dirigèrent vers le cinéma.

— Triste ou noir ?

— Noir, répondit-elle.

Comme il l'avait annoncé, c'était très sombre, mais plein d'humour. Il s'efforça d'être attentif d'un bout à l'autre, mais cette fois, ce qui l'empêchait de se concentrer, c'était le désir qu'il avait de la toucher.

— Arrête ! chuchota-t-elle tandis que sa paume remontait sur sa cuisse chaude et que sa bouche cherchait son cou. Regarde le film !

On aurait dit deux ados à la séance du dimanche après-midi. Il aurait pourtant cru disparue à jamais cette période où l'on profitait de l'obscurité pour se câliner…

Malgré ses protestations, elle était ravie de sentir les mains de Guy sur elle. Lui qui aimait tant voir les films seul, il avait manifestement du mal à se concentrer. Pour elle, c'était très nouveau d'embrasser un homme au cinéma : toutes ses années d'adolescence, elle s'était arrangée pour tenir Franco à distance…

Il soupira.

— Je vais devoir revenir sans toi, si je veux savoir de quoi ça parle !

— Moi aussi, répondit-elle avant de reposer les lèvres sur les siennes.

Ils en avaient pour jusqu'au matin.

Et ils recommenceraient le lendemain, et le surlendemain… Il eut une vision des parents italiens sonnant à la porte pendant qu'il lui faisait l'amour.

— Candy, viens chez moi ce soir.

— D'accord.

Il avait le sentiment qu'ils n'étaient pas près de se séparer…

6.

— Comment vous sentez-vous, mademoiselle Anderson ?

Guy faisait sa visite de début de matinée.

— Macey.

— Pardon. Comment allez-vous, Macey ?

— Un peu mieux.

— J'en suis ravi. Laissez-moi vous examiner.

— Votre week-end a été agréable, docteur ?

— Oh ! excellent !

La vieille dame eut un doux sourire.

Il avait du mal à reprendre ses esprits : cela faisait une semaine qu'il ne lâchait plus Candy, des journées qui avaient été les plus intenses de sa vie. Ils avaient passé chaque moment possible ensemble, et il se réjouissait de la savoir comme lui délicieusement épuisée, privée de sommeil, mais heureuse.

— Candy n'est pas de service, ce matin ? demanda Macey sur un ton innocent.

Il savait à quoi s'en tenir : sa patiente avait compris, et il s'en moquait. Qu'elle remarque ce qui arrivait autour d'elle était plutôt bon signe.

— Non, je pense qu'elle viendra plus tard dans la semaine.

— Oh ! j'ai hâte de la revoir !

— Vous l'aimez bien, n'est-ce pas ? dit-il en s'asseyant sur le bord du lit.

Il avait déjà interrogé la vieille dame avant le week-end, mais elle ne lui avait rien confié de plus…

— Macey… Je vous ai reconnue sur une photographie accrochée dans l'entrée. En ce moment, on met des vues de l'hôpital sur les murs. Avant et après la rénovation. Tout le service d'urgence est en réfection, on aménage une nouvelle aile de réa.

Macey ne répondit pas tout de suite. Elle n'avait pas l'air enthousiasmée. Sans doute redoutait-elle les changements survenus sur un lieu de travail qu'elle avait apprécié, où elle avait passé une grande partie de sa vie.

— Vous comprenez, docteur, je préfère me le rappeler tel qu'il était de mon temps.

— Tout change, Macey. Ou plutôt, pas tout. Bref. Sur la photo, vous êtes dans le parc avec vos collègues, en train de recevoir une médaille apparemment, une décoration…

Les yeux de la vieille dame s'emplirent de larmes.

— Voulez-vous m'en parler ? demanda-t-il.

Elle secoua la tête.

— Je peux peut-être vous aider ?

— Non, je ne crois pas.

— D'accord.

Autant ne pas insister pour l'instant. Elle commençait à sortir de son effondrement émotionnel. Le traitement et les séances avec la thérapeute occupationnelle semblaient donner de bons résultats.

Cependant, il était certain qu'elle n'avait pas tout raconté… Le soir, en préparant un sauté de bœuf aux légumes, il évoqua le problème avec Candy.

— Macey me cache encore des choses.

— Comment le sais-tu ?

— J'en suis sûr, c'est tout. Tu peux me passer la sauce d'huîtres ?

Elle dut se contorsionner pour accéder à l'étagère à épices.

Il regarda autour de lui.

— Vraiment, je déteste cette cuisine. Elle est tellement mal agencée !

— Tu aimes cuisiner, sinon ?

— Pas trop, mais j'aime manger.

— Est-ce que…

Elle se tut. Elle avait failli demander si c'était lui qui se chargeait des repas quand il était marié. Elle préféra changer de sujet.

— Pourquoi as-tu acheté cet appartement, s'il ne te convenait pas ?

Il n'était pas dupe ; il avait parfaitement deviné la fin de sa question. Il commençait à la connaître… Il répondit avec soulagement.

— Parce que je choisis toujours d'être chez moi, partout où je travaille. Mais toutes mes affaires sont au garde-meuble. Je ne sais même plus où est la cafetière.

Elle ouvrit la bouteille de vin tandis qu'il remuait le plat de viande. Le fumet qui s'en dégageait incommoda Candy. Elle se tourna vers l'évier, but un verre d'eau et prit discrètement quelques profondes inspirations.

Elle n'était pas bien du tout, de petits points blancs dansaient devant ses yeux, mais mieux valait ne pas le montrer. Guy, comme ses parents, incriminerait le surcroît de travail qu'elle s'était donné.

— Candy, ça va ?

— Hmm.

— Tu es crevée. Tu devrais te coucher tôt. Si tu allais te reposer tout de suite ?

Il paraissait inquiet. Elle jeta un coup d'œil à la pendule.

— Il n'est que 7 heures, mais oui, tu as raison.

— Je t'accompagne, nous dînerons au lit.

Quand il rapporta le plateau dans la cuisine, elle se sentit dorlotée comme elle ne l'avait jamais été…

— Tu veux regarder un film ? proposa-t-il à son retour.

— Je crois que je vais m'endormir.

— Comme tu préfères.

Il se glissa à côté d'elle, et elle le chercha entre les draps, se collant contre lui.

— J'aime ton ventre, Guy.

— Si tu continues à le caresser, tu n'es pas près de dormir !

— Je peux te demander quelque chose ?

— Hmm, dit-il, appréhendant la question.

— Pourquoi ton mariage n'a-t-il pas marché ?

— Nous ne nous entendions pas, c'est tout.

Il n'avait pas envie de poursuivre, mais il avait toujours été très franc avec elle, cela l'aurait gêné de rester évasif.

— Je n'en ai jamais parlé à personne.

— Tu la harcelais ?

Il éclata de rire.

— Quelle idée !

— Alors aucune importance, dit-elle en l'embrassant sur le torse. Tu n'es pas obligé de me répondre.

— Oh ! après tout, autant que tu saches…

Il prit une profonde inspiration.

— Quand j'ai épousé Annie, j'avais vingt-trois ans, et elle vingt-deux. Nous sortions ensemble depuis des années. Nous avons acheté une maison, un chien…

Elle se raidit. Le fait qu'il vienne de nommer son ex-femme rendait son passé plus réel, ce qui la faisait souffrir plus qu'elle ne l'aurait pensé.

— Ensuite, nous avons décidé de fonder une famille. Pendant des mois, nous avons essayé en vain d'avoir un bébé. Puis nous avons commencé à courir d'un spécialiste à l'autre, à faire des tests… Si tout fonctionnait bien chez elle, j'ai découvert, en revanche, que j'étais stérile.

Elle le scruta dans la pénombre.

— C'est pour ça que vous avez divorcé ? demanda-t-elle, visiblement incrédule.

— Oui. Annie était anéantie. C'est un stress important, dans un mariage. Tu imagines la réaction de tes parents, si tu leur annonçais que ton mari ne te donnera pas d'enfants ?

— Euh… D'abord, je n'ai pas très envie de me marier, de toute façon.

— Je ne te crois pas.

— Si, je te jure ! Ensuite, je ne leur dirais rien, parce que ça ne les regarde pas. Tu sais, ce n'est pas facile de parler de ces choses-là avec eux. J'en suis encore à cacher ma plaquette de pilules dans mon sac.

Il éclata de rire.

— Ça ne m'étonne pas, tu m'as bien caché dans ta chambre !

— Ton ex-femme t'a recontacté, c'est ça ?

— Oui. Elle sort d'un second divorce, et elle m'a proposé de réessayer de vivre ensemble… sous prétexte que la technologie a fait beaucoup de progrès.

— Quoi ? Quel toupet !

— J'ai même pensé pire sur le moment, mais j'ai préféré lui raccrocher au nez. Je ne l'aime plus depuis longtemps.

Il se remémora des épisodes de sa vie avec Annie qu'il n'évoquait pas volontiers.

— Quand j'ai su que j'étais stérile, elle m'a traîné chez tous les médecins, elle est allée jusqu'à envisager de faire appel à un donneur de sperme… Mais j'avais déjà compris que ce n'était pas le fond du problème.

— Ah ?

— Eh bien, vu l'enfance que j'ai vécue, je souhaitais depuis toujours avoir des enfants que je ne confierais pas à leur grand-mère. Au début, j'étais impatient, je voulais vraiment être père. Mais quand on m'a annoncé que je ne le serais jamais, cette envie m'a quitté, brusquement, et je l'ai avoué à Annie. Elle a éclaté en sanglots, et elle est partie continuer à pleurer chez ses parents, où elle est restée des semaines. Et…

— Quoi ?

— J'ai eu le temps de réfléchir, et je me suis aperçu que finalement, avant ça, nous n'avions rencontré aucun obstacle depuis que nous nous connaissions. Sa façon de réagir m'a ouvert les yeux : elle n'a pensé qu'à elle, pas du tout à ce que je pouvais ressentir moi, et encore moins à notre couple. Je crois que c'est à ce moment-là que j'ai cessé de l'aimer.

Il était heureux et soulagé d'avoir parlé. Candy n'avait même pas bronché quand il lui avait avoué sa stérilité. Peut-être parce que leur liaison était temporaire… Quoi qu'il en soit, elle était restée impassible, et il lui en était reconnaissant.

— Guy… Elle était blonde et grande, avec de longues jambes ?

— Dors, dit-il en l'embrassant sur le sommet du crâne. Tu sais que ça n'a aucune importance.

Elle ne répondit pas. Elle dormait déjà à poings fermés.

7.

Candy soupira d'aise. Elle n'avait jamais aussi bien dormi qu'à côté de Guy. Sa respiration, le battement de son cœur, son bras passé autour d'elle la rassuraient.

Lorsqu'elle émergea du sommeil, le visage dans l'oreiller, les bras au-dessus de la tête, il la tenait par la taille. Tout en s'emplissant les narines de son odeur, elle se remémora leur conversation de la veille. Savoir qu'il ne s'était jamais confié à personne avant elle, qu'il lui faisait confiance, l'emplissait de bonheur et de satisfaction. C'était formidable. Et elle adorait sentir son corps bouger contre elle quand il s'éveillait…

La main de Guy errait sur son dos. Ces caresses paresseuses la faisaient fondre. Puis il descendit vers son flanc, remonta, et s'arrêta sur sa poitrine. Elle voulut se soulever pour lui faciliter la tâche, mais il roula sur elle, enfouit la bouche dans ses cheveux pour chercher sa nuque et l'embrassa derrière l'oreille.

— Tu parles en dormant.

Sa voix vibrante était aussi une caresse… bien qu'il soit en train de lui répéter des obscénités que, soi-disant, elle aurait prononcées dans son sommeil.

— Je ne te crois pas, dit-elle en souriant.

— Tu vas mieux ? Tu es reposée ?

— Oui. Je n'ai pas envie de bouger.

— Alors ne bouge pas.

En sentant son poids sur son dos, elle éprouva un frisson

venu du plus profond de son ventre. Elle n'avait jamais fait l'amour le matin… Elle referma les paupières et écarta un peu les jambes. Pour la première fois, il n'utilisait pas de préservatif, et le contact de sa peau nue contre l'intérieur de ses cuisses la troubla encore davantage.

Puis il la pénétra en douceur, et elle laissa échapper un gémissement…

Ses confidences de la veille lui permettaient d'éviter désormais les précautions : il adorait sentir la moiteur intime de Candy autour de son sexe. Depuis longtemps, il n'avait plus connu ce genre de proximité…

— Croise les chevilles, murmura-t-il à son oreille.

Elle s'exécuta, et crut mourir de plaisir lorsqu'ils commencèrent ensemble leur mouvement de va-et-vient. Le frottement délicieux de son sexe en elle la rendait folle, et son halètement à son oreille augmentait sa jouissance.

Il était au paradis, excité en même temps par ses fesses douces et épanouies contre son ventre et par ses petits geignements étouffés. Quand il la sentit jouir, il en fut ébloui et s'abandonna à son tour.

— Oh…

Seul existait le poids de Guy sur elle et les ondes de plaisir qui la parcouraient toujours. La sonnerie du réveil lui parvenait en arrière-fond, comme à des kilomètres.

— Peux-tu me réveiller encore comme ça demain matin ?

— D'accord.

Il roula sur le côté et ils échangèrent un sourire.

— Je vais tâcher de me libérer ce week-end. Tu pars bientôt…

Ah, oui, Hawaii… Elle n'en avait plus aucune envie.

Mais au moins, elle pourrait rester toute la première semaine au lit. Entre ses services supplémentaires et les nuits avec Guy, elle avait vraiment du sommeil à rattraper. Bien entendu, elle aurait préféré partir en congé après son départ…

Elle croisa son regard et s'efforça de regarder les choses

en face, d'être franche avec elle-même : en réalité, elle pleurerait pendant toutes ses vacances. Elle avait fait un effort pour ne pas s'attacher, pour profiter de l'instant sans penser à l'avenir, mais autant admettre, à présent. Comment pourrait-elle se passer de lui ?

— Guy…

Elle hésita, prit une profonde inspiration. Sa proposition le choquerait peut-être, mais puisqu'elle avait décidé de ne rien lui cacher…

— Pourquoi ne viendrais-tu pas me rejoindre quelques jours ?

— A Hawaii ? Je ne voudrais pas m'imposer !

— Quelle idée ! Ce serait super si tu montais dans un avion pour me retrouver vers le milieu de mon congé, pour un week-end que tu pourrais rallonger un peu…

— Formidable, en effet ! Mais je serais aussi complètement crevé.

— J'aurai déjà dormi toute une semaine, j'aurai assez d'énergie pour deux. Réfléchis-y.

Elle sortit du lit, regarda l'heure et fit la grimace.

— Je suis en retard, il faut encore que je fasse un saut chez moi. Je me dépêche de prendre ma douche.

— Attends, je t'accompagne en voiture.

Il surprit une brève lueur de contrariété dans ses yeux. Elle tenait à aller travailler en métro, cela faisait partie de sa lutte pour son indépendance.

— Non, merci, je me débrouille. De plus, si on nous voyait arriver ensemble… Pour moi, ça n'a pas d'importance, mais tu n'as pas idée de la vitesse à laquelle les rumeurs se propagent.

— Oh si ! Et je me moque de ce que les autres peuvent penser, si toi ça ne te dérange pas.

— Non, en fait, ça m'est égal.

— Comme ça, ils pourront imaginer que je t'ai brisé le cœur. Ce qui expliquerait que tu refuses de sortir avec quelqu'un après mon départ.

Elle éclata de rire. Il était en train de lui inventer une excuse pour éviter que Gerry ne l'importune à son retour de Grèce… Mais son regard grave l'étonna.

— Tu pourras aussi dire que nous continuons à nous voir.

— Je suppose qu'il n'aurait aucun moyen de vérifier, dans un cas comme dans l'autre.

Drôle de discours à double sens…

Il était d'accord pour qu'elle raconte ce qu'elle souhaitait à son sujet quand il ne serait plus là, si cela l'arrangeait.

Ou bien il envisageait la possibilité que leur liaison se poursuive malgré tout…

Ce qu'elle savait, c'était qu'elle ne voulait pas qu'il parte.

— Prépare-toi, Candy.

Ils s'arrêtèrent chez elle pour qu'elle se change. En principe, elle arrivait à l'hôpital en jean. Tout en parlant, elle se frotta les cheveux avec un sérum assouplissant pour discipliner ses boucles.

— On est venus pour ça ?

— Je ne peux pas m'en passer. Je devrais en acheter un autre flacon pour le laisser chez toi.

— Pourquoi ne pas prendre toute suite quelques affaires ? Nous éviterions ces allers-retours incessants !

Elle remplit une valise qu'il fourra dans le coffre avant de prendre le chemin de l'hôpital.

Alors qu'ils entraient dans le parking réservé au personnel, un véhicule les croisa. Candy reconnut Louise, une sage-femme qui avait effectué un stage aux urgences l'année précédente et avec qui elle s'était entendue à merveille. Une belle blonde, visiblement très enceinte. Bien que mariée à Anton, un obstétricien dont la discrétion était légendaire, Louise était très bavarde. Elle salua Candy d'un signe de la main.

— Voilà, plus de secret ! dit Candy en lui rendant son salut.

— Je t'ai dit que je m'en moquais.

Il était sincère. Il avait passé l'âge de jouer à cache-cache, et de toute façon, sa relation avec Candy n'était pas un jeu.

— O.K. Restons tout de même discrets dans la salle, tu veux bien ? Je suis en gériatrie jusqu'à midi.

— Pas de problème. Ce que je refuse, c'est de te laisser à une autre entrée, par exemple, pour faire croire que nous n'arrivons pas ensemble. Rejoins-moi chez moi ce soir. J'ai une réunion à 18 heures, je ne serai pas là avant 20 heures.

— Je ferai griller du pain en t'attendant.

Il sortit une clé, qu'elle accrocha à son trousseau comme si c'était la chose la plus naturelle du monde.

Et pourtant, c'était un geste important, pour elle autant que pour lui. Finalement, ils étaient perdus, tous les deux… Il projetait de la retrouver à Hawaii, elle emportait sa valise chez lui, et ils s'embrassaient comme s'ils se quittaient pour un an. Quand elle s'écarta de lui, elle revint à la question à laquelle il n'avait pas répondu la veille au soir. Elle le regarda en souriant.

— Est-ce qu'elle était grande, avec de longues jambes ?

Il secoua la tête, mais se crispa légèrement.

— Une femme-enfant ?

— Pas exactement…

— Attention, choisis bien tes mots, si tu ne veux pas les regretter.

Il se contenta de sourire en descendant de voiture.

Son seul regret, c'était que le temps passe trop vite.

8.

— Je viens vous ôter votre pansement, Macey, dit Candy. Guy veut examiner votre blessure.

— Vous êtes ici demain ?

— Oui, mais je travaille aux urgences.

Macey se remettait. Elle était à présent capable d'une conversation soutenue avec les membres du personnel ou les autres patients, et prenait ses repas toute seule.

Guy entra juste à ce moment-là. Si la plaie avait un peu meilleur aspect, elle était toujours purulente et dégageait une odeur qui donna la nausée à Candy. Elle se leva d'un bond.

— Je… je vais répondre au téléphone. Je reviens tout de suite.

Guy vit Macey la regarder d'un air songeur.

— J'avais ce problème, quand j'étais…

Après une hésitation, elle termina.

— Quand j'étais infirmière.

— Vous m'étonnez ! Une bonne infirmière ne peut pas être incommodée par une lésion infectée !

Macey lui jeta un regard inquiet.

Guy n'attendait qu'une confirmation, parce qu'il savait. Après avoir compris que la cape, sur la photo, dissimulait un ventre rond, il avait enquêté et appris que Macey Anderson avait fait un long séjour à Bournemouth. Soi-disant pour se remettre de la polio, une maladie qu'elle n'avait pas mentionnée lorsqu'il l'avait interrogée.

Il la fixa, vit ses yeux s'embuer, s'assit sur le bord du lit et lui prit la main.

— Parlez-moi, Macey.

— Quand j'étais… enceinte.

En révélant son lourd secret, elle fondit en larmes. Il la laissa pleurer, lui passant des mouchoirs en papier sans rien dire.

Lorsque Candy revint faire le pansement, il lui jeta un regard appuyé.

— Je m'en chargerai, merci.

Elle repartit aussitôt sans protester ; elle avait dû sentir que le moment était grave.

Enfin, les pleurs de la vieille dame se tarirent, mais il n'insista pas. Il pansa la plaie et arrangea les couvertures.

— Voulez-vous une tasse de thé ?

— J'aimerais mieux un sherry.

— A votre guise. Attendez-moi.

Il tira le rideau autour d'elle, pour lui permettre de rassembler ses esprits tranquillement.

Candy buvait un verre d'eau au comptoir.

— Peux-tu me donner les clés du placard où sont les affaires de Macey ?

— Elle va bien ?

— Elle est sur la bonne voie. Je retourne lui parler. En te voyant partir en courant, elle a cru que tu étais enceinte !

Il lui adressa un clin d'œil espiègle.

— Ne t'en fais pas, je l'ai détrompée. Elle est désormais persuadée que les infirmières sont plus fragiles, de nos jours.

Il sourit.

— En fait, elle a eu un enfant.

— Ah ?

— Elle ne l'a jamais confié à personne. Je lui laisse un peu de temps et je la rejoins. Peux-tu demander à Gloria de faire en sorte qu'on ne nous dérange pas ?

— Bien sûr.

— Merci.

Quand il souleva le rideau, Macey avait cessé de pleurer. Elle lui fit un pâle sourire.

— Je vous demande pardon, docteur.

— De quoi ?

Il lui tendit son verre de sherry.

— Je suis heureux que vous m'ayez choisi pour confident. Voulez-vous m'en dire davantage ?

— Je ne sais pas comment commencer. Ça a été si longtemps un secret…

— Ce n'en est plus un. Et cela vous fera du bien de vous épancher.

La vieille dame poussa un long soupir.

— J'avais vingt-sept ans, et il était marié. J'étais consciente de ne pas avoir beaucoup de charme, je suppose que j'ai été flattée qu'il me remarque… Bref, pas question de me confier à mes parents, qui auraient été horrifiés. J'ai osé en parler à une surveillante de l'hôpital, malgré ma crainte de la choquer ; apparemment, elle avait l'habitude de ce genre de chose et a tout organisé. Sous prétexte que j'avais contracté la polio, on m'a envoyée à Bournemouth pour accoucher. Mon fils a été adopté, bien entendu.

— Je suis navré, Macey ! Vous avez dû souffrir beaucoup.

— Et je souffre toujours. L'accouchement a été difficile, comme si je ne voulais pas le mettre au monde. J'ai perdu conscience au moment de la naissance ; je ne l'ai jamais vu, jamais tenu dans mes bras. Quand je me suis réveillée, j'ai demandé à lui faire un câlin, mais on m'a répondu que c'était mieux comme ça. Ce n'est pas mon avis.

— Avez-vous tenté de le retrouver, d'établir un contact ?

— Jamais. Je l'ai souvent envisagé, mais je craignais de gâcher sa vie, au cas où il aurait ignoré avoir été adopté. On m'avait dit de ne pas m'inquiéter pour lui parce qu'il avait été placé dans une famille excellente. Je me suis jetée à corps perdu dans le travail, mais je n'ai jamais cessé de penser à lui.

— Et son père ?

— J'ai travaillé encore quelques années avec lui. Il a essayé de continuer comme avant, mais je l'ai vite remis à sa place et je lui ai dit de s'occuper de sa femme.

Elle se cacha le visage.

— Oh ! Comme j'ai honte d'avoir eu une aventure avec un homme marié !

— Efforcez-vous d'oublier. Appelez ça du remords, si vous voulez, et laissez la honte en dehors de ça. Je sais combien il est angoissant d'affronter seule cette situation, mais c'est une chose qui est arrivée à beaucoup de femmes de votre génération.

— Il était marié, tout de même.

— Et alors ? Vous ne croyez pas que vous avez été suffisamment punie ?

— Si…

— Pardonnez-vous. Avez-vous envisagé d'en discuter avec vos nièces ?

— Parfois, je me réveille la nuit et j'imagine qu'elles découvrent mon secret après ma mort…

— Mieux vaut le leur dire, en effet. Si vous avez besoin d'aide pour ça, je suis là.

Elle fronça les sourcils.

— Mais si vous préférez en rester là, pas de problème.

— Je vais y réfléchir. Je me sens tellement coupable ! Souvent, quand je m'amuse, je pense que je ne le mérite pas.

— Débarrassez-vous de cette culpabilité. Vous avez le droit d'être heureuse.

Candy, qui n'était pourtant pas d'un naturel curieux, épiait les abords du lit de Macey, de derrière le comptoir.

Macey, qui l'avait crue enceinte à cause de son soudain malaise… Guy avait trouvé ça drôle, mais à présent une petite voix résonnait dans sa tête. Elle était si lasse… Réellement épuisée. Et elle avait eu deux fois la nausée en une semaine.

Elle avait aussi souffert d'une grippe intestinale le mois précédent… Ou du moins, c'était ce qu'elle avait diagnostiqué.

Bien sûr, ses règles avaient été peu abondantes, mais elle avait mis cela sur le compte de la pilule.

Etait-ce vraiment ce soutien-gorge sexy qui lui faisait une poitrine si pigeonnante ?

Elle tenta en vain de se rassurer…

Guy vint la rejoindre.

— Comment va Macey ? demanda-t-elle.

— Elle pleure encore, mieux vaut garder les rideaux tirés pour l'instant. Elle se demande si elle doit en parler à ses nièces.

Il dut s'apercevoir qu'elle avait une drôle de mine.

— Et toi, tu te sens bien ?

— Oui.

C'était faux… La remarque de Macey sur sa sensibilité aux odeurs la tracassait.

En sortant de l'hôpital, Candy monta ranger un peu son appartement, en fit le tour, ouvrit le réfrigérateur pour en ôter les produits périmés…

Elle laissa échapper un gémissement. Le ménage avait été fait.

Ses parents étaient venus.

Une lettre de sa banque, décachetée, était posée sur le comptoir de la cuisine, et la lumière clignotante sur son répondeur indiquait qu'elle avait des messages… d'eux, forcément, il n'y avait qu'eux qui lui téléphonaient sur son fixe.

Elle rassembla son courage et appela sa mère.

— Ah, c'est toi ? Où étais-tu passée ? On ne te trouve jamais…

— Je suis très occupée à l'hôpital, en ce moment.

Elle hésita à en dire plus, mais mentir davantage lui répugnait.

— Je fais des heures supplémentaires, j'ai besoin d'argent

pour mes vacances. Je pars à Hawaii pour deux semaines, j'ai décidé ça à la dernière minute.

— Quoi ?

— Je prends l'avion vendredi soir. Seule. Il fallait que je change d'air.

Elle ferma les yeux sous le feu roulant de questions.

— Je sais, je n'ai pas les moyens... Maman, écoute : c'est réservé, de toute façon, impossible de faire marche arrière.

— C'est toi qui dois m'écouter !

— Non ! Je t'aime beaucoup, mais je ne te laisserai plus gouverner ma vie.

Candy avait les tempes battantes... C'était l'horrible discussion qu'elle retardait depuis si longtemps, mais elle devait aller jusqu'au bout.

— Maman, ne nous disputons pas, s'il te plaît.

Elle faillit lui demander de téléphoner avant de faire irruption chez elle, et de lui rendre sa clé, mais renonça. Inutile de tout déballer à la fois. Une chose après l'autre.

— Je t'ai répété cent fois de ne pas entrer quand je suis absente. Et je ne veux plus que tu ouvres mon courrier !

Comme sa mère rétorquait qu'il faudrait bien qu'elle vienne s'occuper de sa maison pendant ses vacances, elle explosa.

— Ce n'est pas un palace, bon sang ! C'est un deux-pièces !

Et elle raccrocha, furieuse, les larmes aux yeux.

Certaine que ses requêtes resteraient ignorées, elle alla dans un magasin de bricolage acheter une serrure neuve et une perceuse visseuse.

Elle détestait ce que ses parents l'obligeaient à faire. Quelle erreur, vraiment, de s'être installée si près ! Pour eux, son appartement n'était que sa nouvelle chambre, un prolongement de leur maison. Elle revit Guy allongé sur son lit, souhaitant qu'ils n'entrent pas... C'était pour cette raison qu'ils dormaient toujours chez lui.

Eh bien, il s'agissait de sa vie privée, et elle les forcerait à en prendre conscience.

Après avoir tant bien que mal changé la serrure, elle retourna chez Guy.

Pour Guy, la journée fut très longue.

A la fin de son service, il s'arrêta pour saluer Macey. Elle lui demanda de parler à sa nièce, qui lui rendait visite le lendemain, et il promit de s'en charger.

Ensuite, il assista à sa réunion, d'autant moins motivé qu'il serait bientôt parti. Il souligna néanmoins les délais d'attente aux urgences et quelques autres dysfonctionnements.

Pour une fois, l'idée de quitter son poste ne l'enthousiasmait pas…

Il n'y avait pas de toasts qui l'attendaient. Il posa la valise de Candy dans le couloir et entra dans la chambre.

Elle dormait à poings fermés, la lumière allumée. Il contempla ses boucles brunes étalées sur l'oreiller, inquiet des cernes sombres qui marquaient son visage.

Puis il se fit griller du pain, prit une douche et tenta en vain de s'intéresser à un film. Quelque chose le tracassait.

Il éteignit la télévision et se mit au lit. Aussitôt, Candy roula de son côté.

— Pardon, je n'ai pas pu résister… J'ai changé la serrure de ma porte.

— Parfait. Rendors-toi.

Elle ne se fit pas prier. En revanche, il fut incapable de fermer l'œil. La remarque de Macey avait fait son chemin, et il prenait pleinement conscience de son sens.

9.

Après

Candy s'éveilla dans les bras de Guy et écouta sa respiration.

Elle avait envie qu'il lui fasse l'amour. Elle se pencha pour l'embrasser, mais changea aussitôt d'avis, envahie par la nausée.

Elle récapitula : cela faisait un mois qu'elle ne se sentait pas bien le matin, mais cela empirait.

En était-elle certaine ?

Elle se précipita dans la salle de bains, et, dans le miroir, lut la peur dans son regard.

Guy, toujours allongé, entendit l'eau couler dans le lavabo et retint son souffle.

Peu après, il la rejoignit ; elle était sous la douche.

— Bonjour !

— Bonjour !

Elle souriait, tout en évitant de le regarder en face…

La tension était palpable mais il préféra l'ignorer, puisque cela arrangeait Candy. Il mit autant de hâte qu'elle à se préparer, à trouver ses clés, bien qu'ils aient en réalité tout leur temps.

Dans la voiture, pour la première fois depuis qu'ils

étaient ensemble, le silence fut assourdissant. Il ne savait pas comment réagir, s'il y avait quelque chose à dire…

Marchant à côté de lui dans le parking, Candy cherchait vainement un sujet de conversation. Ils ne s'étaient pas embrassés. Elle prit la décision de faire sans tarder un test de grossesse.

Le hurlement de sirènes d'ambulance la tira de ses pensées, et elle leva les yeux : Lydia lui adressait des signes frénétiques depuis l'entrée des urgences.

— J'y vais !

— D'accord.

Il la regarda courir vers les trois fourgons dont les gyrophares clignotaient. Kelly le dépassa en trombe elle aussi, et, lorsqu'il entra dans le bâtiment, il vit l'anesthésiste et les équipes de trauma se hâter vers les urgences.

Une matinée chargée attendait Candy…

Candy se précipita au vestiaire et se changea le plus vite possible, en même temps que Kelly.

— Tu es au courant, Candy ?

— Quatre blessés graves, c'est tout ce que Lydia m'a dit. Une collision à grande vitesse, impliquant de nombreux véhicules. Il paraît que certains patients sont dirigés vers d'autres hôpitaux.

— C'est rare, non ? On a intérêt à ne pas chômer !

Ce matin, Candy appréciait de nouveau son travail aux urgences.

En dépit du stress important, aider à sauver des vies était une grande satisfaction. Par exemple, avoir tout fait pour une fillette arrivée en arrêt cardiaque, et qui maintenant toussait pendant que Rory, l'anesthésiste, lui ôtait le tube trachéal.

— Ne t'en fais pas, Bethany, murmura-t-elle alors que la fillette éclatait en sanglots. Je suis Candy. Tu es à l'hôpital, on va bien te soigner.

Elle écouta Rory et le chirurgien thoracique discuter de la suite du traitement, sédatifs et transfert en soins intensifs.

Lorsqu'elle amena sa patiente à l'USI, Patrick, l'infirmier-chef, lui jeta un regard intrigué.

— Beaucoup de travail ? Tu as l'air crevée.

— Hmm.

Puis il observa la petite fille, endormie, mais qui respirait seule.

— C'est Bethany ? Je vais la mettre dans une chambre individuelle. Je pensais l'installer près de sa maman, mais ça risque de l'effrayer.

— Comment est-elle ?

— Impossible de se prononcer pour l'instant. On la maintient en coma artificiel pour au moins quarante-huit heures. Et en bas, ça se calme un peu ?

— Je n'en sais rien, je n'ai pas eu le temps de regarder.

— Va boire quelque chose dans la cuisine, avant de redescendre.

Obéissant à ce gentil conseil, elle tira du réfrigérateur une boisson et quelques biscuits.

Quand elle regagna le service, tout était silencieux. Il ne restait plus qu'un homme âgé qu'on transférait sur un chariot.

En rejoignant Kelly en réa pour le nettoyage, elle poussa un long soupir. Elles en auraient pour un moment.

— Faisons d'abord un lit propre, au cas où quelqu'un arriverait. On s'occupera du reste après.

Alors qu'elles terminaient, Lydia entra.

— Pouvez-vous venir en salle du personnel ? J'ai une nouvelle à annoncer à tout le monde.

La matinée de Guy s'écoula très vite.

Après une vidéoconférence avec certains de ses futurs collègues du Kent, il décida de se rendre dans son nouvel hôpital le jeudi pour constater l'avancée des travaux et avoir une idée de ce qui l'attendait. Il en profiterait pour faire une seconde visite de la maison qu'il comptait acheter.

Toby Worthington s'éteignit juste après 11 heures, sa radio allumée, ses proches à ses côtés. Guy passa une bonne heure à parler à la famille dans son bureau.

Il devait ensuite recevoir la nièce de Macey, qu'il avait prié Gloria de lui envoyer après leur départ. Il mit l'intervalle à profit pour réfléchir à la situation abracadabrante dans laquelle il se trouvait avec Candy. Il ne savait plus qu'éprouver, ni comment se comporter.

Quand on frappa, il leva les yeux.

— Entrez, Catherine !

— Bonjour, docteur Guy. Il paraît que vous voulez me voir ? Ma tante vient de partir pour une séance de thérapie. Je suis si contente qu'elle marche de nouveau !

— Asseyez-vous.

Elle prit un siège et fixa sur lui un regard embué.

— Mauvaises nouvelles ?

— Pas du tout ! Elle est en bonne santé, du moins physique. Mais vous n'ignorez pas qu'elle a été déprimée.

— Il me semble qu'elle va mieux, pourtant. Son traitement a l'air de faire de l'effet.

— Bien sûr. Elle communique davantage. Mais elle a besoin d'autre chose, et c'est elle qui m'a demandé de vous parler. De vous confier ce qui a bouleversé sa vie et continue de la faire souffrir.

— Je ne vois pas…

— Votre tante a gardé le secret pendant très longtemps, mais elle ne veut pas prendre le risque que vous le découvriez après sa mort.

Il lui raconta ce que Macey lui avait appris.

— Très peu de gens étaient au courant, c'était ainsi en ce temps-là.

— Mais ce n'est pas son genre… Enfin, je veux dire, elle a tellement de principes ! Elle répète que les femmes doivent être indépendantes et…

Catherine s'arrêta net.

— Pauvre tante Macey. Que faire pour l'aider ?

— Discutez-en avec votre sœur, qui pourra peut-être vous seconder. Et avec Macey elle-même. Demandez-lui si elle souhaite rechercher son fils ou si elle préfère y renoncer. Elle craint surtout votre jugement.

— Nous ne la jugerons jamais. Ma mère aurait sans doute eu une attaque si elle avait su, mais nous ne sommes pas de cette génération. C'est le motif de sa dépression ?

— En grande partie, à mon avis. A présent qu'elle a ôté ce poids de sa poitrine, et après en avoir parlé avec sa famille, il se peut qu'elle se rétablisse vite.

Avant de descendre examiner un vieux monsieur qui venait d'arriver, il consulta brièvement des résultats d'analyses et remarqua un avis prévenant que les urgences, temporairement fermées, renvoyaient tout le monde vers d'autres hôpitaux. Il soupira, contrarié que son malade ait pu être dirigé ailleurs.

Pour avoir des détails, il consulta le courrier sur l'intranet, et n'en crut pas ses yeux.

> C'est avec chagrin que nous informons l'équipe du décès subit de Gerard (Gerry) O'Connor, infirmier-chef du service des urgences.
>
> Suite à un accident survenu en Grèce, où il était en congé, il a succombé à une blessure à la tête. Les patients sont redirigés pour quelques heures, afin de permettre à ses collègues de se recueillir.

La sonnerie de son bipeur le fit sursauter. M. Elber l'attendait. Il songea à appeler Donald, son chef de clinique, pour qu'il s'en charge. Il avait besoin de temps pour reprendre ses esprits et voir comment Candy réagissait à la nouvelle.

Il descendit en réanimation, où il découvrit un désordre indescriptible. Quelques rares membres du personnel tentaient d'y remédier. Après avoir cherché le box de M. Elber sur le tableau, Guy eut la surprise de trouver Candy auprès de lui, en train de mesurer ses constantes. Elle sortait du service, égarée, quand elle avait vu M. Elber assis sur un chariot, livré à lui-même, et avait décidé de s'occuper de lui avant tout.

— Bonjour, monsieur Elber. Je suis Guy.

— Ou le Dr Steele, si vous préférez les titres officiels ! fit Candy.

Elle s'efforçait de plaisanter, mais le tremblement de ses mains ne lui échappa pas…

— Puis-je te dire un mot ?

Elle acquiesça de la tête et le suivit dehors.

— Candy… Je suis navré.

— Inutile. Je ne peux pas en parler. Je pense que je vais rentrer, Lydia me l'a proposé.

— Passe chez moi ce soir. Ou si tu veux, je peux venir.

— Non. Je serais ridicule de pleurer mon ex devant toi.

— Ce n'est pas mon avis. Appelle-moi si tu changes d'idée.

— Merci.

Elle frappa chez la directrice pour prévenir qu'elle s'en allait enfin.

La nouvelle l'avait anéantie.

A présent que le choc s'estompait, elle se sentait proche des larmes, et horriblement angoissée.

Elle se dirigeait vers la sortie lorsque Louise, qui marchait derrière elle, la rattrapa et la prit dans ses bras.

— Candy ! J'ai appris, pour Gerry. C'est terrible…

Candy s'efforçait de ne pas pleurer, mais le contact du gros ventre de la sage-femme fut de trop : elle éclata en sanglots.

— Ma pauvre chérie, ce doit être si affreux !

Autant être franche…

— C'est vrai, mais ce n'est pas ce qui me met dans cet état. Je crains d'être enceinte, et je ne sais pas que faire…

— Viens, dit sa collègue.

Elle l'entraîna vers la cantine où des groupes discutaient ou sanglotaient comme elle.

— Tu as combien de retard ?

— J'ai eu mes règles normalement ; je suis épuisée, et j'ai la nausée… Bon sang ! Je ne peux pas être enceinte.

— Ne t'en fais pas, tout se passera bien.

— Ça m'étonnerait… C'est difficile de t'expliquer.

— Guy va partir, c'est ça ? Tu ne peux pas me parler ? Tu veux faire un test ? Je t'accompagne.

Elle ne protesta pas.

— Tu devrais consulter Anton, tu connais sa réputation en tant qu'obstétricien… Je dois le rejoindre pour déjeuner, je suis sûre qu'il prendra le temps de t'examiner.

Candy acquiesça. Il fallait qu'elle ait une certitude.

Louise envoya un texto à son mari, et eut la réponse presque aussitôt.

— Il peut te voir tout de suite, à la consultation prénatale. Je t'emmène.

— Les gens risquent de se demander ce que je vais y faire…

— Et alors ? On a bien le droit de retrouver un ami pour déjeuner !

En entrant dans le service, elle se sentit mal à l'aise de passer devant toutes ces femmes enceintes qui attendaient leur tour…

Parvenue au seuil du cabinet, elle se retourna.

— Tu peux venir, Louise.

— Oh ! pas question ! Ce serait contraire à l'éthique, tu ne le connais pas ! Je reste ici, tu me raconteras.

C'était vrai, elle n'avait jamais vraiment rencontré Anton.

Elle entra et referma la porte.

— Désolée de m'imposer ainsi, docteur…

— Pas de problème. Il paraît que vous êtes bouleversée ? Rien de ce que vous me direz ne sortira d'ici. Que vous arrive-t-il ?

— Je crois que je suis enceinte.

— C'est plutôt une bonne nouvelle !

— Pas vraiment… Parce que mon ami actuel ne peut pas être le père.

— Ah ? Et pourquoi donc ?

— Il est stérile.

— Vous avez eu des rapports avec un autre ?

— Non. Seulement lui, depuis quelques semaines. Mais il y a deux mois… ou peut-être trois, j'ai passé une nuit avec mon ex-compagnon. Pourtant, nous avons utilisé des préservatifs.

— Rien n'est jamais fiable à cent pour cent en ce domaine, vous le savez.

— J'ai pris la pilule ensuite. Je ne m'attendais à rien de spécial, juste au cas où… Je voulais éviter les risques. Et j'ai eu mes règles.

— Normales ?

— Un peu moins abondantes, mais j'ai cru que c'était l'effet de la contraception…

— Bon. La première chose, c'est d'avoir une certitude.

Il lui remit un test, et, quand elle fut de nouveau assise devant lui, elle n'eut plus de doute.

— Candy, vous êtes enceinte.

Il lui laissa un répit avant de poursuivre.

— Comment pensez-vous que votre ami va réagir ?

— Je l'ignore, et je ne vois aucune raison de le lui dire.

— Et le père ?

— Oh ! je n'ai pas précisé… C'était Gerry, l'infirmier-chef des urgences qui…

Anton se leva et lui prit la main.

— Navré. Je ne sors pas trop de mon bureau, mais j'ai appris la triste nouvelle par l'intranet.

— Je ne sais plus que faire.

— C'est normal, vous êtes en état de choc. Depuis quand soupçonniez-vous que vous pouviez être enceinte ?

— Hier, une patiente a fait une remarque à ce sujet, et comme je trouvais que j'avais grossi, j'ai…

— Compris qu'elle avait deviné juste ? Candy, moi aussi j'en étais sûr avant de connaître le résultat du test. Nous allons faire une échographie tout de suite. Défaites-vous et allongez-vous sur la table d'examen.

— Je suis vraiment désolée de vous prendre votre temps.

— Louise aurait insisté, de toute façon, dit-il en souriant.

Lorsqu'il posa la sonde sur son ventre, elle croisa son regard.

— Pouvez-vous éteindre le son ? Je préfère ne pas entendre…

— Pas de problème. Eh bien… Vous êtes enceinte de près de treize semaines, ce qui signifie que la conception date de onze.

— J'ai eu mes règles, pourtant.

— Cela arrive. Rien d'inquiétant.

— Et la pilule ?

— Non plus. Des tas de femmes ont pris la pilule en ignorant qu'elles étaient enceintes. D'autres symptômes ?

— Pas vraiment. Quelques nausées… Mais surtout une grande fatigue. J'avais même prévu des vacances pour me reposer.

L'obstétricien la regarda d'un air grave.

— Je ne suis pas surpris. Vous attendez des jumeaux.

Ses tempes se mirent à bourdonner, et elle crut défaillir. Heureusement qu'elle était allongée !

Affolée, elle tenta de se représenter en mère de deux bébés, puis se calma peu à peu, s'assit et accepta le verre d'eau qu'Anton lui tendait.

— Que puis-je faire ?

— Je comprends que vous soyez perturbée. En avez-vous parlé à quelqu'un ?

— Non. Mes parents ne…

— Candy, cela va se remarquer bientôt.

— Je ne peux pas le… les garder, Anton.

— Je conçois que ce soit un choc, mais il vous faut

digérer la nouvelle ; revenez me voir dans une semaine. Vous n'avez pas non plus beaucoup de temps pour vous décider.

Elle n'en avait pas besoin. Sa décision était déjà prise.

— Pas question de… me faire avorter.

— Parfait. Dans ce cas, préparez-vous à affronter les difficultés. Mais je peux vous assurer que, dans six mois, lorsque je vous accoucherai, vous aurez oublié ce moment pénible.

— Merci. Pourriez-vous me dire… Je dois partir à Hawaii vendredi en huit. Je peux y aller ?

— Bien sûr ! Prévenez le service de santé, et désignez-moi comme votre obstétricien. Je veux vous revoir avant votre départ, pour des analyses de sang et un examen plus approfondi.

Il la raccompagna jusqu'à la sortie.

Quand on frappa à la porte, Anton sourit et pria Louise d'entrer.

— Alors ?

— Tout va bien. Eloigne-toi de cette machine.

— Le bébé bouge beaucoup, dit Louise en se passant du gel sur le ventre. J'aimerais voir…

— Il sent que c'est l'heure du déjeuner, sans doute. Et moi aussi, je meurs de faim. Allons, viens !

— Et Candy ?

Anton avait confiance en sa femme, mais il regrettait qu'elle soit incapable de garder un secret. Il l'entraîna vers la cantine.

— Je ne te dirai rien.

Louise tourna la tête un instant, puis le regarda de nouveau.

— Elle sort avec lui, tu sais ?

— Avec qui ?

— Le nouveau spécialiste de gériatrie, là-bas. Il est tellement sexy !

En dépit de son horreur des cancans, Anton se retourna. Il était navré pour ce type. Il tenta de se figurer sa propre réaction si sa merveilleuse épouse avait été enceinte au moment de leur rencontre.

Eh bien, il n'y parvenait pas…

Candy entra chez elle, posa son sac à main et, proche du désespoir, s'allongea sur le canapé.

Par où commencer ?

Juste après 7 heures, on frappa à la porte et elle ouvrit avec appréhension.

— Où étais-tu ? Nous sommes venus plusieurs fois, impossible de te trouver !

— Pas maintenant, maman !

— Depuis deux semaines, tu n'es jamais chez toi. Et tu ne réponds pas au téléphone.

— J'ai vingt-quatre ans, je n'ai pas de comptes à te rendre.

— Si tu continues sur ce ton, tu vas avoir des ennuis ! On ne t'a pas élevée pour que tu passes toutes tes nuits dehors ! Et avec qui pars-tu à Hawaii ?

Avec un pincement au cœur, elle repensa à Guy, à leur projet… Comme la vie paraissait simple, alors !

— Ecoute, maman, j'ai eu une très longue journée, on en parlera à un autre moment. Je suis épuisée.

Enfin, ils cédèrent et elle resta debout sur le seuil un long moment.

Personne ne comprenait. Ses collègues la trouvaient ridicule de se soucier de ce que pensaient ses parents, mais comment faire autrement ? Elle les aimait, elle ne savait pas encore être elle-même tout en demeurant leur fille chérie.

Et comment leur annoncer qu'elle était enceinte ?

De jumeaux, dont le père était mort.

Elle fit la seule chose qui lui semblait possible en ce moment.

Elle entra dans sa chambre, se déshabilla, se mit au lit et tira les couvertures par-dessus sa tête.

10.

— Guy ?

Lorsque Candy l'appela le samedi, il perçut la tension dans sa voix.

— Salut !

— Ça t'ennuie si je te fais faux bond ce soir ?

Ils avaient prévu d'aller voir une comédie à succès pour laquelle ils avaient eu du mal à obtenir des places.

— Bien sûr que non ! Je me doute que tu n'as pas envie de rire. Veux-tu que je vienne te rejoindre ?

— J'aimerais disposer d'une nuit à moi.

Il ne protesta pas.

Elle en passa une autre, et encore une autre… Il ne la vit plus jusqu'au mardi, quatre jours avant son départ pour Hawaii, où il la croisa dans le couloir de l'administration.

— Candy ! Comment vas-tu ?

— Bien. Lydia s'était trompée dans le compte de mes heures supplémentaires, il a fallu que je lui demande de rectifier. Je… je suis assez pressée.

Il fit le chemin avec elle.

— Quelle est l'ambiance, dans le service ?

— Pas au beau fixe, tu t'en doutes. L'enterrement de Gerry a lieu à Sunderland, son lieu de naissance, mais l'hôpital a prévu un hommage… On a décidé de donner son nom à la nouvelle aile de réa.

Elle eut un demi-sourire.

— Heureusement, je serai loin.

— Pourquoi « heureusement » ?

Elle secoua la tête, peu désireuse de s'étendre sur les raisons pour lesquelles son esprit était troublé en ce moment. Surtout vis-à-vis de Guy. Elle avait envisagé de déplacer ses dates de vacances pour assister à la cérémonie, mais la pensée d'affronter ses parents l'en avait dissuadée. Bien entendu, elle ne pourrait leur cacher son état beaucoup plus longtemps… D'abord, elle avait besoin de mettre ses idées en ordre.

Elle se tourna et observa l'homme qu'elle était sûre d'aimer de toute son âme. Elle aurait tant souhaité revenir en arrière, ne pas être enceinte et passer du temps avec lui le cœur léger… Il n'était pour rien dans ses ennuis.

Elle eut un sourire pincé.

— Il faut vraiment que je te laisse.

Il hocha la tête et la suivit du regard.

Alors qu'il remontait en gériatrie, son bon sens lui conseilla de ne pas insister. Il alla s'enfermer dans son bureau.

A présent, il était certain qu'elle était enceinte et qu'elle le savait. Son corps s'était transformé en quelques jours, et elle évitait de le regarder dans les yeux…

Il fut tiré de ses pensées moroses par un coup frappé à la porte.

— Entrez !

— Pardon de vous déranger, docteur.

C'était Catherine, accompagnée d'une autre jeune femme. Il sourit.

— Vous ne me dérangez pas du tout !

— Voici ma sœur Linda.

— Enchanté.

— Quand tante Macey a eu son attaque cardiaque, c'est Linda qui s'est chargée de sa maison, de surveiller son courrier, de nourrir son chat, et elle a quelque chose à vous raconter.

— D'accord, je vous écoute, Linda.

— Eh bien… A ce moment-là, j'ai ouvert une lettre d'une

association qui s'occupe d'enfants adoptés. Le courrier disait que son fils souhaitait entrer en contact avec elle. Ça m'a fait un choc, et elle était si mal à l'époque que j'ai craint que ça n'empire son état…

— Je comprends. Vous n'avez pas su quoi faire.

— Je n'en ai même pas parlé à Catherine. J'ai demandé conseil à mon mari, qui a suggéré d'attendre que ma tante soit rétablie. Mais elle ne s'est jamais vraiment remise…

— Vous avez la lettre sur vous ?

Elle la sortit de son sac et la lui tendit.

— Cet homme veut retrouver sa mère, et je me sens coupable de me taire.

— Inutile de vous faire des reproches. A mon avis, maintenant, Macey sera heureuse et soulagée de cette nouvelle. Pourquoi ne pas lui raconter ça tout de suite ? Si jamais cela la bouleversait trop, je ne serai pas loin.

Il se posta au comptoir des infirmières, à côté d'Elaine, pour observer la réaction de Macey, mais il n'y eut pas d'éclat. Au contraire, il la vit même rire à un moment.

— Je suis si content pour elle ! dit-il.

— Pardon ?

— Macey. Elle va beaucoup mieux.

Il remarqua alors que la stagiaire avait les yeux gonflés.

— Et vous, Elaine ?

— Oh ! ce n'est rien, je m'inquiète pour ma titularisation.

— Quelle idée ! Vous vous débrouillez très bien. Je sais que vous traitez les patients d'une manière parfaite.

— Même si je n'emploie pas toujours les bons termes ?

Se doutant qu'Abigail lui avait parlé, il sourit.

— Même si vous vous trompez de mot de temps en temps. Il y a autre chose qui vous tracasse ?

— Non, répondit-elle en se levant. Merci.

Il se tourna de nouveau vers Macey et ses nièces, lut la joie sur leurs visages, et comprit qu'il était temps qu'il s'occupe de lui. Qu'il regarde les choses en face, qu'il affronte la situation. Il quitta la salle et prit la direction des urgences.

Quand il y arriva, Candy avait toujours le regard fuyant…

— Candy, je me trompe, ou tu m'évites ?

— Hmm, on peut le dire comme ça.

— Tu peux m'expliquer pourquoi ?

Elle était gênée de devoir lui mentir, mais comment lui parler de sa grossesse ?

— Eh bien… La mort de Gerry m'a bouleversée, même s'il ne représentait plus rien pour moi, et j'ai aussi eu une grosse dispute avec mes parents.

— C'est vrai ?

— Oui. Ils sont venus chez moi ces derniers temps et se sont aperçus que je n'y passais pas la nuit… C'est trop dur de les contrarier. Ce serait mieux de ne plus nous voir.

Il la contempla un long moment. C'était archifaux. Il savait à quel point elle tenait à son indépendance.

— Je ne te crois pas. Je comprends que tu aies besoin de prendre du recul après le décès de Gerry, mais je ne pense pas que la question soit là.

Devant son silence, il insista.

— Ce que j'ai le plus apprécié pendant notre liaison, c'est la franchise totale dont nous faisions preuve tous les deux. Si tu veux rompre, je n'y peux rien, mais donne-moi au moins des raisons.

Elle jeta un regard autour d'elle.

— Pouvons-nous parler ailleurs ?

— Dans mon bureau.

Muets et tête baissée, ils remontèrent le bâtiment jusqu'au service de gériatrie. Guy avait l'impression de marcher vers la potence.

Et à la mine de Candy, elle éprouvait le même sentiment.

Lorsqu'ils traversèrent la salle, il remarqua Macey qui les observait d'un air préoccupé.

En entrant, Candy refusa de s'asseoir, pressentant qu'elle ne resterait pas longtemps.

— Veux-tu me dire ce qui se passe ?

— Non, je préférerais ne pas.

— D'accord. *Vas*-tu me dire ce qui se passe ?

— Je suis enceinte.

C'était une étrange sensation, pour lui qui s'était demandé dix ans plus tôt comment il réagirait si la femme qu'il aimait lui annonçait une chose pareille. Et à présent, la femme qui l'aimait le lui annonçait pour de bon…

— De jumeaux.

Cette fois, il eut l'impression d'avoir reçu un coup de bâton derrière la tête. Et son seul sentiment fut le regret… qu'ils ne soient pas de lui.

— Ils ne sont pas de toi, dit-elle, comme en écho à ses pensées.

— Ça, je pense que c'était l'évidence, merci.

Aussitôt, il se reprocha son ton sec et amer.

— Pardon, Candy. Que veux-tu que je dise, maintenant ?

— Je n'en sais rien.

Lui non plus ne voyait pas comment réagir. S'approcher en s'écriant : « C'est super, ma chérie, nous les élèverons ensemble » ? Ou bien : « Ça tombe bien ! Moi qui ne peux pas en faire ! » ? Ou simplement déclarer que ce n'était pas un problème ?

C'était faux, le problème était énorme.

Au fond de lui-même, il savait qu'il devrait la prendre dans ses bras, lui dire que les choses allaient s'arranger, qu'elle pouvait surmonter cette épreuve.

Mais il ne bougea pas et resta muet.

— Bon, je m'en vais.

— Attends !

— Pour quoi faire ? Nous avons convenu de passer trois semaines ensemble, et nous avons dépassé les quinze jours. J'espérais pouvoir tenir jusqu'à la fin de la troisième sans rien te dire…

— Mais tu n'as pas pu.

— Hmm. En effet, nous avions décidé d'être francs. Je t'ai évité parce que je ne voulais pas gâcher nos moments heureux.

— Tu as prévenu tes parents ?

— Non.

— Et quelqu'un d'autre ?

Elle le regarda droit dans les yeux.

— Je viens de faire le plus dur.

Elle le pensait vraiment. Pour ses parents, ou ceux de Gerry, elle savait qu'elle y parviendrait avec le temps. En ce qui concernait Guy, c'était le plus douloureux.

— Je m'en vais, dit-elle de nouveau. Si tu pouvais me rapporter ma valise, ce serait super. Tu peux la laisser sur le seuil.

Lorsque la porte se fut refermée derrière elle, il eut l'impression de s'éveiller d'un mauvais rêve. Il sortit à son tour dans la salle pour la voir courir vers la sortie, et ferma les yeux. Comment avait-il pu ne pas réagir ? Puis il s'aperçut que Macey l'observait encore.

Il ne lui sourit pas.

Il alla droit sur Gloria au comptoir des infirmières.

— Je rentre chez moi. Appelle Donald si c'est nécessaire.

11.

Pour Candy, la nuit fut longue et solitaire.

Quand elle s'éveilla, elle fut tentée de se faire porter pâle. Elle travaillait en gériatrie pour la dernière fois. La pensée de se trouver nez à nez avec Guy l'effrayait, et, en même temps, elle mourait d'envie de le voir. Et elle tenait à faire ses adieux à Macey.

Ensuite, deux services aux urgences et elle s'envolait vers Hawaii.

Seule.

Elle se passa la main sur le ventre.

Pas tout à fait seule, en fait.

Elle n'aurait pu décrire à personne, et encore moins à elle-même, ce qu'elle ressentait à l'idée d'être enceinte. Et elle se demandait comment l'annoncer à ses parents ou à ses amis.

Mais pour l'instant, rien de tout cela n'avait d'importance. Elle aimait Guy, elle en était convaincue.

Jamais elle n'avait connu cette terrible souffrance après une rupture. L'impression d'avoir un bloc de béton dans l'estomac. Mieux valait se concentrer sur les jumeaux…

Des jumeaux ?

En enfilant sa chemise après une nuit d'insomnie, Guy aussi pensait à eux.

Et aux aveux de Candy… Il imaginait quel courage il lui avait fallu pour lui faire part d'une telle nouvelle.

En nouant sa cravate, il se surprit à éprouver une envie de pleurer bien plus forte qu'après la faillite de son mariage.

« Envie de pleurer » n'était pas vraiment le terme, car il était assis sur le bord de la baignoire, dans cet appartement détesté, en train de sangloter comme un perdu sur sa rupture, et sur ces jumeaux qui n'étaient pas de lui.

Il n'avait jamais pleuré, même après avoir appris qu'il n'aurait jamais d'enfants. A l'époque, il avait déjà assez à faire avec les pleurs d'Annie.

Dix ans plus tard, il s'autorisait à laisser couler les larmes qu'il avait si longtemps refoulées. Comme il avait autorisé Macey à laisser couler les siennes.

Il n'était que 7 heures, un peu tôt pour un verre de sherry… Il se prépara un thé très fort qu'il sucra un peu plus que d'habitude. Puis il s'installa dans un fauteuil pour réfléchir.

Rien de plus facile que d'éviter Candy à l'hôpital. Il lui suffisait de téléphoner qu'il était souffrant. Le lendemain était son jour de repos, et vendredi elle effectuait son dernier service aux urgences. En demandant à Donald de se charger des éventuelles consultations là-bas, il ne la reverrait plus jamais.

Mais il ne pouvait pas faire ça.

— Bonjour, dit Guy en passant devant la cuisine où Candy se versait une tasse de thé.

— Salut, répondit-elle très vite avant de sortir pour le passage de relais.

Il entra dans son bureau et alluma l'ordinateur pour consulter les messages intranet.

Oh ! parfait. Encore et toujours Gerry, le visage souriant, entouré de fleurs. Et Guy était invité, comme tous les membres de l'hôpital, à assister à l'hommage qui lui serait rendu dans quelques jours, ainsi qu'au baptême de la nouvelle salle de réa.

Candy s'efforçait de ne pas penser à Gerry.

Lydia, qui avait été sur le point de réclamer une sanction disciplinaire contre lui, en parlait à présent comme d'un ange. Qui laisserait une aile en souvenir, une aile où Candy travaillerait, qu'elle parcourrait, jour après jour…

En aidant Macey à prendre sa douche, elle se demandait comment affronter ses collègues. La veille, Kelly lui avait jeté un drôle de regard au vestiaire, et alors qu'elle approchait du comptoir des infirmières, toutes les conversations s'étaient tues.

Mais personne n'avait eu le cran de lui poser des questions. Elle se sentait de plus en plus grosse, et les autres devaient hésiter entre la croire atteinte de boulimie soudaine, ou, bien entendu, enceinte.

Si elles savaient que c'était l'œuvre de Gerry…

— Vous n'êtes pas bavarde, ce matin, ma petite !

— Désolée, Macey, j'étais ailleurs.

Candy ferma les robinets et aida la vieille dame à se sécher et à s'habiller.

— En train de rêver d'Hawaii, je suppose ? Vous êtes impatiente ?

— Très. Je pars vendredi soir.

— Et on est mercredi, aujourd'hui.

Macey sourit.

— Eh bien, ça faisait longtemps que je ne m'étais pas rappelé quel jour de la semaine on était !

— Vous allez bien mieux, c'est vrai !

Quand elle aurait regagné son lit, Candy lui ôterait son pansement pour que Guy examine l'ulcère, qui guérissait peu à peu. Après le déjeuner, Macey faisait une sieste de deux heures, mais le reste du temps, elle restait assise ou se promenait dans la salle. C'était merveilleux de constater ses progrès.

— Selon Guy, je peux rentrer chez moi la semaine prochaine.

— Vous êtes heureuse ?

— Oh ! très, je suis impatiente de retrouver ma maison. Je fais faire des modifications à la salle de bains et dans la cuisine, pour que ce soit plus pratique. C'est Linda qui s'en occupe.

— Vous avez des nièces adorables.

— Oh ! c'est vrai que j'ai de la chance !

Macey s'assit tandis que Candy refaisait le lit.

— Vous avez bien mérité vos vacances. Ça doit être si beau, Hawaii !

— Je vous enverrai une carte postale.

— Volontiers ! J'en serai ravie. Vous partez seule ?

— Oui.

— Pourtant, ce serait merveilleux d'être accompagnée de l'homme de vos pensées.

Le cœur de Candy se serra.

— Certainement.

— Vous n'avez pas de petit ami, n'est-ce pas ?

— Non.

— Et vous êtes enceinte.

Les yeux de Candy s'embuèrent.

— De jumeaux.

— Félicitations, ma chérie.

Macey était la première à la féliciter… Cette gentillesse déclencha un torrent de larmes.

— Tirez les rideaux, ma petite.

— Inutile, je vais dans la salle du personnel.

— Faites ce que je vous dis, et restez un peu avec moi.

Le ton était autoritaire, Candy n'avait plus qu'à obéir.

— L'avez-vous dit à…

Macey hésita. Elle n'avait pas les yeux dans sa poche, elle avait vu qu'il se passait quelque chose entre Guy et Candy.

Mais elle se souvint à temps du jour de son admission : elle avait reproché au médecin de n'être qu'un remplaçant, parce qu'il n'était là que depuis deux jours.

— L'avez-vous dit au père des bébés ?

— Macey…

Candy déglutit et lui prit les mains.

— J'ai fait une erreur il y a quelques mois. Surtout, inutile d'avoir de la peine pour moi, je n'ai rien d'une veuve éplorée. Le père est mort la semaine dernière.

— C'était ce Gerry ? J'entends tout, ici.

Candy sourit à travers ses larmes.

— Oui.

— C'est tout de même très triste.

— Hmm, j'ignore comment il aurait réagi. Nous n'aurions pas revécu ensemble pour autant, mais je suis sûre qu'il m'aurait épaulée.

— Et que faites-vous de Guy ?

Les pleurs redoublèrent.

— Pensez plutôt à vos vacances. Encore heureux que vous les ayez prévues avant d'apprendre que vous étiez enceinte !

— Vous avez raison.

Ce serait certainement son unique séjour seule à l'autre bout du monde. La prochaine fois qu'elle partirait, au lieu de se faire dorer sur la plage, elle bâtirait des châteaux de sable…

— Je ne sais pas ce que je peux faire.

— Moi aussi, j'ai été enceinte, et seule. Cela m'effraie toujours un peu quand j'y repense, mais je peux vous assurer une chose : à la fin de ma grossesse, je n'avais plus peur d'avoir un enfant. Je le désirais tellement… Et je sais que vous éprouverez la même chose.

— Je l'ai compris, oui. Merci, Macey. C'est terrible, ce qui vous est arrivé.

— Ne vous inquiétez pas pour moi. Mes nièces s'occupent

de contacter mon fils. Si je peux le rencontrer au moins une fois, je serai heureuse…

Elle regarda derrière l'épaule de Candy et se tut.

Candy se retourna : Guy approchait.

— Pardon, dit-elle en se levant.

Elle était doublement gênée, de ne pas encore avoir ôté le pansement, et de se laisser surprendre dans cet état pitoyable.

— Ne vous dérangez pas, je repasserai.

Guy s'éloigna, content de laisser Candy s'épancher un peu. Pleurer lui ferait du bien.

Quand elle arriva peu après pour le prévenir que la place était libre, il chercha son regard.

— Tu te sens mieux après t'être confiée à elle ?

— Hmm. Elle va me manquer.

Lui aussi allait lui manquer… Mais comment l'avouer sans fondre de nouveau en larmes ?

— Pouvons-nous nous voir en sortant ? Juste pour parler.

Elle fut tentée de refuser, mais lui faire ses adieux ici, dans ces conditions, était trop dur.

— Si tu veux.

Le cœur gros, elle le retrouva au café où il l'avait emmenée la première fois. Comme ils étaient joyeux et innocents, alors !

— Que vas-tu choisir ?

— Je prendrai seulement une tasse de thé. Je dîne chez mes parents.

— Ils sont au courant ?

— Non, je le leur dirai à mon retour.

— Ils ne tarderont pas à s'en apercevoir.

Il baissa le regard vers son ventre.

— En fin de compte, je ne suis pas un médecin très doué…

Il avait réussi à la faire sourire.

— Je pense que l'idée s'est imposée à moi très vite, dès l'instant où Macey me l'a soufflée. Je porterai une tunique vague, ce soir. Ils sont très fâchés, de toute façon, parce que j'ai changé la serrure et que je pars pour Hawaii. Je ne crois pas que je resterai longtemps.

— Mais tu y vas.

— Je les aime. Nous nous disputons souvent, mais je sais que, quand je leur annoncerai ma grossesse, ça leur brisera le cœur.

— Pour un petit moment, seulement.

Il rassembla son courage. Lui qui était si à l'aise avec ses patients, lorsqu'il s'agissait d'affaires intimes, il hésitait…

— Voudrais-tu que je m'en charge à ta place ?

— Tu ferais ça pour moi ?

— Pourquoi pas ? Je suis habitué à apporter de mauvaises nouvelles à des gens qui, pour la plupart, refusent de comprendre. Inutile d'évoquer notre relation, il me suffira de me présenter comme un collègue…

Elle sourit. Il avait raison de penser que ses parents ne réagiraient pas de la même façon avec lui. Ils n'oseraient pas se donner en spectacle devant le *dottore*.

— Je dois le faire moi-même, Guy. C'est très gentil de me le proposer, et je suis tentée d'accepter, mais non. Merci quand même.

— Si je peux t'aider à quelque chose…

— Tu n'as rien à voir là-dedans. Mais je suis soulagée de t'avoir parlé et de m'être confiée à Macey, ça rend la chose un peu plus réelle.

— Continue, alors.

Elle secoua la tête.

— Je ne peux pas. Je suis perturbée par le décès de Gerry, par cette grossesse que je dois annoncer aussi à sa famille, et j'estime que ça n'est pas juste envers toi. Moi, j'ai été jalouse le soir où tu as évoqué Annie.

Il sourit. Il adorait sa franchise.

— C'est bien que tu me le dises. Tu sais, juste après mon divorce, je suis sorti quelque temps avec une femme, qui n'était pas l'amour de ma vie, loin de là. Lorsque j'ai appris sa mort, des années plus tard, ça m'a pourtant fait très mal. Je comprends ce que tu éprouves.

— Tu n'es pas jaloux de m'entendre parler de Gerry ?

Ainsi, dans sa pénible situation, elle se préoccupait de ses sentiments…

— Difficile à dire, mais c'est mon problème. Pour l'instant, tu as d'autres chats à fouetter.

— Tu as raison !

— Il y a au moins une chose que je suis soulagé de m'être expliquée.

— Quoi ?

— Ta facilité à t'endormir. Je commençais à me demander si tu n'avalais pas des neuroleptiques.

Elle rit, puis, très vite, se souvint de leurs quinze jours de bonheur et sentit les larmes lui picoter les paupières.

— Candy…

Il tenta de lui prendre la main, mais elle le repoussa.

— Non. Ne me trouble pas, s'il te plaît. Tu me manques beaucoup, et je crois que nous savons tous les deux que nous aurions pu vivre davantage qu'une aventure sans lendemain. Que nos sentiments devenaient plus profonds.

Cet euphémisme lui évitait de prononcer le mot « amour »…

— Tu aimes ta vie de célibataire, Guy.

— Avant, oui, mais j'ai aussi adoré être avec toi.

— Tu as décidé de ne pas avoir d'enfants.

— C'est vrai.

— Dans deux semaines, tu commences un travail qui te passionne.

— Encore vrai.

— Et j'attends des jumeaux qui ne sont pas de toi.

Soudain, il se rendit compte qu'il avait toujours senti, inconsciemment, qu'elle était enceinte. En fait, ce qui avait changé, c'était qu'elle le savait aussi.

— Candy, c'était déjà fait au moment où je t'ai rencontrée. Je pense que nous…

— Il faut que je réfléchisse. En principe, je partage, je

discute de toute décision, mais pas maintenant. J'ai besoin de temps. Je tiens à être sûre que je peux me débrouiller seule.

— Je comprends.

— Et ne prétends pas que c'est facile à accepter pour toi.

Il repensa à la matinée, au moment où il pleurait sans retenue assis sur le rebord de la baignoire. Elle avait raison. Inutile de lui confier ce qu'il avait en tête. Elle devait d'abord partir en vacances, prendre l'air, et s'habituer à l'idée qu'elle allait être mère.

— Guy… Je te laisse, à présent.

Elle était au bord des larmes, parce qu'un léger contact de sa main avait réveillé son envie de lui… Elle aurait voulu qu'il la serre dans ses bras, qu'il la console.

Lorsqu'ils sortirent, elle eut l'impression de descendre d'un manège. Le monde autour d'elle tournait trop vite… Elle prit une profonde inspiration, s'efforça de garder l'équilibre… Il avait dû percevoir sa détresse, car il l'attira contre son torse. La tendre force qui émanait de lui lui apporta un peu de la paix qu'elle souhaitait.

— Tu verras, tout se passera bien.

Sa voix lui évoquait un air de guitare basse, un rythme qu'elle reconnaissait et comprenait. Elle s'accrocha à lui en espérant que cela dure toujours.

— Je sais que ce sera difficile avec tes parents, mais au fond tu vas leur annoncer qu'ils auront des petits-enfants dans quelques mois…

— Ce n'est pas eux qui m'inquiètent, pour l'instant.

Comment allait-elle surmonter l'épreuve d'être séparée de lui…

Elle n'osa pas l'avouer, et pour la première fois, elle lui mentit.

— C'est plutôt le fait d'avoir des vergetures et des seins qui gonflent au point d'exploser.

Et de le perdre…

— Bon, je m'en vais.

Il ne la lâcha pas.

— Je ne veux pas que tu partes. Je peux venir te rapporter tes affaires.

Il aurait préféré que la valise reste chez lui, et elle dans son lit, mais il comprenait qu'il ne devait pas insister, ni la troubler plus qu'elle ne l'était déjà.

— Un petit voyage, ça te dirait ?

— Ah ? Où ?

— Je pars dans le Kent demain, pour inspecter la nouvelle unité et voir une maison que j'envisage d'acheter…

— Tu comptes acheter une maison ?

— Je le fais toujours quand j'arrive quelque part pour un temps assez long. Je les rénove à mes moments perdus et je les revends ensuite, ou je les loue.

— Je travaille aux urgences, demain.

— Si quelqu'un a bien mérité un peu de repos, c'est toi. Ce qu'il te faut, c'est une balade et une bonne journée au grand air.

— Et ne pas me souvenir que je suis enceinte.

— Inutile de le nier, Candy.

— J'ai envie de l'oublier au moins un jour. Un jour entier où je n'aurais pas à y penser.

— Comme tu préfères.

Il la raccompagna jusqu'à la station de métro.

— A demain matin 8 heures ?

— D'accord.

— Et ne te fais pas de souci, pour tes parents !

— J'essaierai…

Assise dans le wagon, elle observait les autres passagers. Une dame âgée examina son ventre, puis sa main gauche, et quand elle s'aperçut qu'elle avait été surprise, Candy lui adressa un large sourire.

Oui, les temps avaient changé…

Elle ne se sentait plus aussi seule. Il était temps d'affronter la réalité.

Bien entendu, quand elle arriva chez ses parents, ils la boudaient toujours à cause de ses vacances.

— Vous vous souvenez de Gerry, l'infirmier-chef de mon service, celui qui m'a aidée à déménager ?

— Et alors ? C'est avec lui que tu pars à Hawaii ? demanda son père.

— Il est mort la semaine dernière.

Il y eut un concert de lamentations, et Candy prit une profonde inspiration. Ce serait difficile, mais il fallait qu'elle continue.

— Je viens d'apprendre que j'attends des jumeaux. Ils sont de lui.

Il y eut des hurlements et des pleurs, et sa mère alla jusqu'à s'évanouir.

En imaginant Guy devant ce spectacle affligeant, Candy comprit pourquoi celui-ci avait cessé d'aimer Annie…

Il s'agissait d'elle, et ses parents ne pensaient qu'à eux…

Son père finit par déclarer qu'il tuerait l'homme qui avait déshonoré sa fille.

— *Lui é già morto*, il est déjà mort, papa.

Elle se souvint du conseil de Guy.

— Vous devriez plutôt vous réjouir d'avoir bientôt des petits-enfants !

Sa voix nette et forte l'étonna elle-même.

— La faute et la honte n'ont rien à voir là-dedans. Dans quelques mois, ils seront nés, et vous savez très bien que vous les aimerez. Alors pourquoi me traiter ainsi ? Maintenant, je m'en vais, et je ne veux plus entendre parler de vous jusqu'à ce que vous soyez calmés.

Arrivée sur le seuil, elle se retourna.

— Et si vous voulez me rendre visite, téléphonez avant. J'ai une vie privée. Puisque vous ne tenez pas à la connaître, assurez-vous que vous venez à un moment où vous ne me dérangez pas.

En sortant de chez eux, au lieu de rentrer, elle suivit un second conseil de Guy : elle alla au cinéma voir le film qu'ils avaient manqué l'autre soir. C'était vraiment très drôle, et elle pleura de rire sans se cacher, du début à la fin.

C'était bon de ne plus penser à rien, ni à ses malheurs, ni à Guy.

Ni au bonheur qui était passé à côté d'elle.

12.

Candy arrivait à peine à fermer son jean.

Aussi nerveuse et excitée que la première fois que Guy était venu la chercher, elle ouvrit en souriant.

— Je suis prête. Tu veux boire un café ?

— Non, merci, il vaut mieux que nous partions tout de suite. La journée risque d'être assez chargée.

Il l'observa.

— Tu as pleuré.

— Hmm. Hier soir, ça s'est très mal passé avec mes parents.

— Tu leur as dit ?

— Oui. Ainsi que pas mal d'autres choses, pendant que j'y étais. Bon, n'en parlons plus, de toute façon. Pas aujourd'hui.

— D'accord. Mais tout de même, je suis fier de toi. Je te trouve très courageuse.

— Merci.

— Tu seras plus tranquille pendant tes vacances, maintenant que c'est fait.

— C'est sûr.

Il s'engagea sur l'autoroute.

— Je vais commencer par la visite de la nouvelle aile de l'hôpital, ce qui risque d'être mortel pour toi. Je peux te déposer en ville pour que tu te promènes ou que tu fasses du lèche-vitrines, si tu veux.

— Non, ça m'intéresse, à moins que ça t'ennuie d'être obligé d'expliquer ma présence.

— Je ne me sens jamais obligé de m'expliquer. En fait, j'ai préféré annuler un dîner avec mes parents ce soir.

— Désolée de t'avoir fait changer tes projets.

— J'en ai été ravi. De toute façon, dans peu de temps je vivrai près de chez eux.

Il sourit.

— Pas tout à fait autant que toi des tiens, mais ils me verront plus souvent.

— Tu t'entends bien avec eux, maintenant ?

— Ils se sont radoucis. Ils sont assez sympathiques. C'est assez curieux, il m'arrive d'avoir envie de les envoyer paître lorsqu'ils me questionnent sur ma vie amoureuse, de leur rappeler le peu d'intérêt qu'ils me portaient quand j'étais enfant. Mais je ne leur ferai pas ça.

Inutile qu'il le précise. Il était si gentil…

— Tu apprécies la compagnie des gens âgés, non ?

— C'est vrai. Pas tous. Il y en a de méchants, mais la plupart laissent de côté tout ce qui n'est pas important dans l'existence. Ils disent ce qu'ils pensent et partagent leur expérience. Ce qui me permet de supporter leur obstination, parfois. Chaque jour j'apprends quelque chose d'eux, de comment poser une poignée de porte à comment affronter la mort.

Une fois à l'hôpital, Guy serra la main à Reece, le spécialiste qui s'était démené pour la nouvelle unité, et lui présenta Candy.

— Ah, Guy ! Vous ne pourriez pas commencer plus tôt, par hasard ? Les urgences sont bondées.

— Impossible, répondit-il en souriant. Mais je peux visiter le chantier tout seul, si vous êtes occupé.

— Vous êtes sûr ?

— Pas de problème.

— A tout à l'heure à la réunion, dans ce cas. N'oubliez pas votre casque.

— J'ai l'impression d'être un maçon ! dit Candy en mettant le sien.

— Viens, Bob ! plaisanta Guy en la prenant par le bras.

Ils traversèrent le bâtiment presque terminé, dont le toit laissait encore entrevoir le ciel en certains endroits.

— Ce sera l'unité de pointe de gériatrie. Elle sera équipée d'un système informatique high-tech et possédera sa propre section de thérapie occupationnelle.

Il la fit entrer dans un espace gigantesque, où l'on installait l'électricité. Ensuite, ils passèrent devant deux cuisines et des montées d'escalier en construction, et pénétrèrent dans des salles de bains comportant des douches et des baignoires à des hauteurs différentes, ce qui permettrait de vérifier comment les malades se débrouilleraient une fois rentrés chez eux.

— Je vise une hospitalisation de quarante-huit heures, à la suite de quoi, soit le patient regagne ses pénates avec une aide, soit il est admis dans le service adéquat. Mais la plupart seront d'abord reçus ici.

— Deux jours, c'est peu !

— C'est l'idéal. Cela nous laisse le temps de mettre en place un soutien pour ceux que nous renvoyons chez eux.

Il continua la visite par l'aile de soins palliatifs et l'unité de pointe, puis ouvrit une porte qui donnait sur une immense salle vide.

— Et voici le rêve, qui est loin d'être réalisé. Nous rencontrons pas mal d'obstacles, de problèmes d'assurances et de sécurité, mais j'espère pouvoir en faire un gymnase. En fait, je n'ai pas le droit d'employer ce mot pour l'instant. Disons qu'il sera utilisé pour une amélioration de la qualité de vie…

— Pardon ?

— Je me sens toujours un peu coupable quand je reçois quelqu'un qui, même s'il vit seul, a la possibilité de partager un gâteau l'après-midi en bavardant avec des amis, et de faire un quart d'heure de marche pour les retrouver. Au lieu de les obliger à renoncer, je préfère leur proposer de venir ici pour avoir de la compagnie, et peut-être faire un peu d'exercice, de gymnastique pour recouvrer de la souplesse et leur poids de forme. Rien n'est acquis, mais au moins nous avons l'espace adéquat, si ça devait aboutir.

— Tu as un contrat de combien ?

— Deux ans. Ils voulaient que je signe pour cinq, mais j'ai refusé.

— Pourquoi ?

— Parce que je ne suis jamais resté plus de deux ans au même endroit. J'aime les commencements, mettre tout en place, donner toute mon énergie…

La visite et la réunion terminées, ils déjeunèrent dans un pub qui surplombait un gigantesque terrain de sport communal.

— Magnifique, n'est-ce pas ? dit Candy.

— C'est vrai. Si je n'obtiens pas l'autorisation d'ouvrir le gymnase, je commencerai par créer un club de marche sur ce terrain. Je me promène tous les matins avec mon chien. Pourquoi me priver de compagnie ?

— Tu as un chien ?

— Oui. Tu ne l'as jamais vu, pas plus que mes beaux meubles, mais quand je ne dors pas avec Candy, j'ai une vie sociale bien remplie.

— Où est-il ?

— Chez mes parents. C'est un labrador chocolat qui s'appelle Newman. Dès que tu le…

Sur le point de dire qu'elle comprendrait en le voyant, il se tut, se souvenant qu'il ne devait pas la presser. Cette journée lui faisait du bien, c'était évident. Elle avait les joues roses et semblait détendue pour la première fois depuis que Macey lui avait fait prendre conscience de son état.

— Il a les yeux bleus. Je l'adore, et il le sait.

— Est-ce qu'il couche sur ton lit ?

— Pas vraiment. Plutôt sur le sien, qu'il me fait la grâce de me laisser partager la nuit.

Le déjeuner fini, ils traversèrent l'immense pelouse et elle se figura Guy qui l'arpentait avec son groupe. Elle éclata de rire.

— J'imagine tes patients en train de faire du tai-chi…

— Moi aussi.

Elle s'arrêta pour le regarder.

— Et au bout de deux ans, tu t'en iras.

— C'est ce qui est prévu. Bien que le projet soit énorme…

Il jeta un regard à la ronde. Depuis son divorce, il n'avait jamais pensé pouvoir rester très longtemps au même endroit. Pourtant, ici, il serait assez proche de ses parents sans l'être trop, et le travail passionnant qui l'attendait était en quelque sorte l'aboutissement de sa carrière. Il dirigea son regard vers le bord de la route, où une voiture venait de se garer. Un homme entre deux âges leur fit signe et se mit à marcher dans leur direction.

— L'agent immobilier, dit Guy. Je ne lui dirai surtout pas que ce que je veux acheter est le rêve de tout amateur de biens à rénover.

C'était une imposante bâtisse avec un portail de bois, qui surplombait le terrain communal.

— Tu m'accompagnes, Candy ?

— Je préfère me promener encore un peu.

En réalité, elle n'avait pas envie de voir où il habiterait après…

Déçu, mais faisant contre mauvaise fortune bon cœur, il inspecta les corniches et les encadrements des ouvertures. Toutes les fenêtres étaient à remplacer.

Sans parler du système électrique. Ni de la plomberie… L'agent ne parvint pas à l'empêcher de tourner les robinets, et tous les murs se mirent à vibrer. Il sourit, réduisant mentalement la valeur de son offre.

Exception faite des réfections urgentes, la bâtisse était splendide.

— Pouvez-vous m'accorder une minute ? J'aimerais refaire un tour rapide tout seul.

Le tour se prolongea. La dernière fois qu'il avait visité une maison aussi grande, c'était avec Annie. A ce moment-là, il tenait pour acquis que toutes les chambres seraient vite occupées… Et à présent, il pensait la même chose.

C'était ainsi qu'il devait en être. Par une fenêtre, il vit Candy qui marchait sans but et faillit sortir la chercher, lui demander son avis. Mais c'était trop tôt.

Il remercia l'agent immobilier, lui assura qu'il le contacterait bientôt, et rejoignit Candy.

— Peut-être que je vais accepter de m'expliquer, après tout.

— Pardon ?

— Rien ne m'empêche de te présenter à mes parents comme une collègue que j'ai emmenée pour qu'elle prenne l'air. Tu feras la connaissance de Newman…

— Guy… C'est gentil, mais je n'en ai pas envie.

— Candy, puis-je te parler ?

— Pas maintenant. J'ai besoin de cette journée, tu le sais. Et ensuite, de mes vacances pour tout mettre à plat et réfléchir seule.

Il ne protesta pas. Ils en étaient convenus ainsi…

Il la ramena jusqu'à chez lui pour qu'elle récupère sa valise, qu'il n'avait pas emportée et dont elle avait besoin pour partir le lendemain.

Elle s'endormit durant le trajet, ce qui le fit sourire.

Elle fut éveillée par sa délicieuse voix grave lui annonçant qu'ils étaient devant chez lui.

— Je vais chercher ta valise.

— Puis-je utiliser ta salle de bains ?

Un endroit où elle se rendrait de plus en plus fréquemment dans les mois à venir…

Elle se souvint de la dernière fois où elle y était entrée, le jour où elle avait ressenti sa première nausée. Et de la peur dans ses yeux quand elle s'était regardée dans le miroir.

La peur avait disparu. Bien entendu, elle n'avait pas les idées très claires et sa fatigue était immense, ainsi que son appréhension d'avoir deux enfants à élever. Mais après cette merveilleuse journée de répit, elle commençait à se sentir de nouveau elle-même.

— Merci de m'avoir emmenée, Guy.

— Une tasse de thé ?

— Volontiers.

— Mets-toi à l'aise.

— Facile à dire !

Elle souleva son T-shirt sur la fermeture Eclair de son jean, qu'elle n'avait pas pu remonter jusqu'en haut.

C'était sans doute ce qu'elle souhaitait lui montrer, mais ce ne fut pas ce qu'il remarqua en priorité. Il vit un peu de dentelle rose et le ventre qu'il avait caressé si souvent…

Quand il lui demanda combien elle voulait de sucres, sa voix était étonnamment rauque.

— Comme d'habitude.

— Pardon, je suis un peu distrait. Deux ?

— Oui. Tu ne prends pas de thé ?

— Je préférerais du vin, mais je dois te ramener…

— Pauvres conducteurs ! Et si tu le buvais, ce verre, et que tu me raccompagnes plus tard ?

— Pas bête. Dans ce cas, ne garde pas ce jean qui te serre. Tu ferais mieux de l'ôter, carrément…

Il s'approcha pour l'embrasser, et ce fut le paradis, parce qu'elle avait oublié qu'on pouvait la désirer. Elle n'aurait même pas pensé qu'il pouvait encore avoir envie d'elle, vu les circonstances. Mais pendant qu'il descendait la fermeture de son pantalon, elle se sentit de nouveau femme.

Une fois son corps libéré, elle poussa un soupir de soulagement.

— C'est mieux ?

— Oui.

— Tu as l'air d'être aussi à l'étroit dans ce soutien-gorge.

Il le dégrafa et le laissa tomber. Elle était si bien dans ses bras…

— Je vais chercher mon vin.

Il la guida vers le canapé, où elle s'allongea tandis qu'il s'asseyait pour boire son verre en jouant avec ses cheveux. Ils ne se disaient rien, mais cela n'avait pas d'importance. Elle se souvint des matins avec sa *nonna*, et du silence qui consolait des mots.

— Tu as fini tes bagages ?

— Evidemment que non, nous sommes ici pour prendre ma valise, je te rappelle. Demain à la même heure, je serai à Heathrow.

Elle leva les yeux vers lui.

— Tu me permets de te faire une pédicure ?

— Hein ? Pour quoi faire ?

— Ma mère est toujours fâchée, et c'est une activité qui me détend.

— Tu as ce qu'il faut ?

— J'ai toujours ma trousse avec moi.

— Après tout, pourquoi pas ? Je suppose que ça ne peut être que bénéfique…

Il était si décontracté et si sévère à la fois… Un adorable mélange qui l'émouvait, et lui apportait la paix.

Il s'allongea et elle s'assit à cheval sur ses mollets, lui tournant le dos, pour commencer par le pied droit.

— J'aime les pieds d'hommes, ils sont plus grands.

— Ce qui veut dire que tu l'as fait à d'autres ? Oh !

— Qu'est-ce qui t'arrive ?

— Cette idée m'est insupportable. Je regardais tes merveilleuses fesses, et tout à coup, j'ai été jaloux de ceux qui ont profité de ce spectacle avant moi.

— Je ne l'ai jamais fait dans cette position.

— Ote ton shorty, alors.

Elle s'exécuta et se remit à l'ouvrage, mais ses mains se mirent à trembler, parce qu'elle entendit un bruit caractéristique de fermeture Eclair qui s'ouvre.

— Guy ! Je peux me retourner ?

A sa grande surprise, elle était de nouveau folle de désir…

— Finis ce que tu as commencé.

Elle serra les dents pour terminer.

— Voilà.

Puis elle se tourna vers lui, s'assit sur ses cuisses et se pencha pour l'embrasser avec fougue. Ses seins s'écrasèrent contre son torse, et elle sentit son érection contre son ventre.

Elle s'écarta et rejeta la tête en arrière pour le regarder. Il la fixait aussi, avec fièvre. Elle se mit à poser de légers baisers sur ses joues tandis qu'il lui caressait la poitrine et agaçait ses mamelons.

— Candy…

Il faillit dire quelque chose d'interdit. Nul besoin de la perturber, ce n'était pas le jour pour les déclarations. Il perçut sa soudaine tension.

— Attention à mes pieds tout neufs !

Elle le récompensa de son rire à son oreille.

Quand elle le chevaucha, il lui agrippa les hanches pour leur faire décrire de petits cercles, et, très vite, elle poursuivit le mouvement toute seule. Les caresses sur sa poitrine avaient exacerbé son désir, et elle s'inclina pour presser ses seins contre sa bouche pendant qu'il embrassait ses mamelons.

— Guy…

Il entendit une sorte de panique dans sa voix, une panique délicieuse. Manifestement, son corps ne lui appartenait plus, bougeait à son propre rythme…

Elle ne quittait pas des yeux le visage de l'homme qui se trouvait sous elle, ses lèvres entrouvertes et ses traits crispés…

Lorsqu'il cria, elle laissa échapper un gémissement, comme un sanglot, en le sentant jouir en même temps qu'elle.

Elle n'était plus ni enceinte, ni effrayée, ni gênée.

Le monde était meilleur quand elle était dans ses bras.

13.

Guy ouvrit les yeux sur la lumière de l'aube. Candy était blottie contre lui, et c'était le dernier matin où ils partageaient cette chambre.

— Impatiente d'être à Hawaii ?

— Oui. En fait, je suis contente de partir.

Et pourtant, en ce moment, elle ne pouvait s'empêcher de lui caresser le torse…

— Veux-tu que j'essaie de me libérer cet après-midi, pour t'emmener à l'aéroport ?

— Merci, mais je n'aime pas les au revoir.

Elle le regarda. Il avait été si gentil… Le temps passé avec lui avait été le plus heureux de sa vie, mais ce n'était pas la peine de se faire des illusions. D'ici à deux semaines, surtout s'il débutait son travail passionnant, il aurait changé de point de vue. Inutile de tenter l'expérience pour découvrir dans quelques mois qu'ils ne s'entendaient plus. Elle préférait le quitter tant qu'ils étaient fous l'un de l'autre et ne pensaient qu'à faire l'amour, avant que l'habitude ne gâche leur spontanéité.

Il se gara devant chez elle, et sortit sa valise. Arrivé sur le seuil, il éclata de rire en voyant la nouvelle serrure.

— Tu as percé combien de trous ?

— Eh bien, ça fonctionne, non ? Je suis très fière de moi.

— Je ne sais pas si ton propriétaire sera d'accord. Tu lui as demandé l'autorisation ?

— Non.

— Tu veux que j'arrange ça ?

— Merci, je le ferai moi-même.

— A ta guise !

Il l'entoura de ses bras, et elle se blottit un instant contre lui.

Dans le parking de l'hôpital, Candy, la gorge serrée, comprit que l'heure des adieux était venue.

— Je passerai dire au revoir à Macey, si tu es par là…

Pour toute réponse, il l'embrassa.

Elle trouva Kelly en train de se changer au vestiaire.

— Ah ! Candy ! Tu as été malade ? Tu n'as pas travaillé, hier !

Elle sourit. Sa collègue allait à la pêche aux informations…

— En réalité, j'ai pris un jour de repos. Toutes ces heures supplémentaires… Mon avion décolle dans dix heures.

Vers midi, elles s'occupaient d'un blessé grave qu'elles emmenaient en radiologie.

— Kelly… Je ne peux pas entrer, dans mon état…

— Quoi ?

L'expression de son visage dut dissuader son amie de la questionner plus avant, mais elle se sentit soulagée. Guy avait raison, elle aurait l'esprit plus libre pendant ses vacances si elle annonçait la nouvelle à tout le monde avant de partir.

— Je n'ai pas envie de parler du père pour l'instant, mais je suis enceinte de jumeaux, dit-elle dans la salle du personnel à l'heure du déjeuner.

Il y eut des sourires et des félicitations. A la fin de son service, elle eut la surprise de trouver l'équipe au comptoir des infirmières, où on l'attendait avec une bouteille de limonade glacée pour porter un toast à sa grossesse et à son départ.

— Amuse-toi bien, Candy ! dit Lydia.

— Merci !

Après avoir pris congé de ses collègues, elle monta en gériatrie où elle salua un ou deux patients avant d'aller voir Macey.

— J'espère que vous en profiterez, ma petite ! Vous

méritez d'être heureuse. C'est un excellent médecin qui me l'a dit, fit-elle avec un sourire espiègle.

Candy hocha la tête et entoura la vieille dame de ses bras.

— Macey… J'aimerais que ce soit si simple, mais comment savoir si l'autre a vraiment envie d'être avec vous ? Que ce n'est pas le sens du devoir qui le pousse ?

Macey eut l'air totalement ébahie.

— Le sens du devoir ? Envers qui ?

— Peu importe, dit-elle en souriant. Portez-vous bien, je vous enverrai une carte postale.

En quittant la salle, elle vit Guy entrer dans son bureau et frappa.

— Tu t'en vas, ça y est ?

— Oui. Je dois encore passer chez l'obstétricien, acheter un Bikini, faire ma valise, sauter dans le métro…

Il la prit dans ses bras.

— Tu es sûre que tu ne veux pas que je t'accompagne ?

— Merci. Tu m'as déjà beaucoup aidée, tu as été très gentil avec moi, et…

Sa voix s'étrangla et elle refréna son envie de pleurer.

— Je t'écrirai peut-être. Ou alors je t'appellerai, je ne sais pas…

— Ne t'inquiète pas de moi, passe de bonnes vacances. Fais ce que tu as à faire. Oh ! une chose encore…

Il sortit son portefeuille et en tira une liasse de dollars.

— Ah, non ! Pas question ! Tu n'es pas mon père !

Il rit.

— Je ne suis pas assez vieux pour ça. Sérieusement, ils datent de mon dernier voyage aux Etats-Unis, il y a cinq ans. Autant qu'ils servent à quelqu'un !

Elle sourit.

— Dans ce cas, merci.

— Vas-y, maintenant, Candy.

Elle saisit sa chance de partir à un moment où elle souriait. Elle n'était pas certaine de ne pas fondre en larmes dès la sortie…

Elle se rendit à son rendez-vous chez Anton, qui la regarda entrer avec un sourire satisfait.

— Je vous avais prévenue que ça ne tarderait pas à se voir. Vous croyez que d'autres l'ont remarqué ?

— Bien sûr, même s'ils n'ont pas osé me poser la question. Je viens de le leur confirmer, en précisant que je n'avais pas envie de leur parler du père pour le moment.

— C'est bien.

Il vérifia sa tension et, tandis qu'elle s'installait sur la table d'examen, il lui expliqua ce qu'attendre des jumeaux impliquait. Ils naissaient plus vite, à trente-sept semaines en moyenne. Il devrait la voir plus fréquemment que pour une grossesse normale.

— Vous avez prévenu vos parents ?

— Oui, et ils l'ont très mal pris.

— Ils s'y feront.

— Je sais, je leur ai demandé de m'appeler quand ils seraient calmés. Quant aux parents de Gerry, je pense les mettre au courant en rentrant d'Hawaii. Il le faut.

— Et votre nouveau compagnon ?

— Ce n'est pas exactement mon compagnon… Nous étions d'accord pour une liaison passagère, le temps de son séjour ici. A mon retour, il sera parti dans le Kent. Je ne sais pas ce qui se passera, si par hasard il se passe quelque chose…

Elle eut un sourire triste.

— Je n'avais qu'à ne pas tomber amoureuse.

— Alors, pleurez, riez, et guérissez. En tout cas, je vous souhaite de bonnes vacances.

— Merci.

Elle rentra finir ses bagages et appela un taxi pour se rendre à Heathrow Airport. En principe, ses parents l'accompagnaient à chacun de ses déplacements comme si elle partait pour un an. A l'évidence, ils n'avaient pas encore digéré la nouvelle…

A l'aéroport, elle surprit le reflet d'une femme enceinte

dans une vitre, et mit quelques secondes à réaliser qu'il s'agissait d'elle.

« Nous y arriverons », dit-elle à ses bébés. Le choc passé, elle les aimait déjà.

Alors qu'elle déposait sa valise à l'embarquement, un bruit de voix lui fit tourner la tête, et elle eut la surprise de reconnaître… son père et sa mère. Elle se précipita.

— Maman !

— Nous t'aimons, ma fille. Nous t'aiderons.

— Je n'en doute pas.

— Il faut que tu reviennes t'installer à la maison, ce sera plus pratique pour…

— Nous en parlerons à mon retour. Merci d'être venus me dire au revoir, j'en suis très heureuse.

En prenant sa place dans l'avion, elle avait décidé de déménager, mais pas pour retourner d'où elle avait eu tant de mal à partir…

Guy avait été confié tout jeune à sa grand-mère. Ce n'était pas ce qu'elle souhaitait pour ses jumeaux. Elle voulait les élever elle-même, à sa manière, et pas à celle de ses parents.

Candy avait tant de choses à penser !

Cependant, en débarquant à Hawaii le lendemain après un long voyage, elle sut tout de suite qu'elle n'aurait pas pu mieux choisir.

Et quand une Hawaiienne merveilleuse lui passa un collier de fleurs autour du cou, elle se sentit la touriste la plus heureuse du monde.

— *Aloha*, lui dit la jeune femme en souriant.

Oui, c'était agréable d'être la bienvenue…

Malgré tout, ce soir-là, en marchant sur la plage, elle regretta que Guy ne soit pas à ses côtés pour se baigner dans le Pacifique, la faire rire, lui permettre d'être elle-même.

Au fond, c'était surtout pour ça qu'elle l'aimait : parce qu'il l'acceptait comme elle était.

14.

— Vous allez à un enterrement ?

Macey étudia Guy, en costume sombre et cravate.

— Quand vous aurez mon âge, vous assisterez au moins à un par mois.

Il ne put s'empêcher de rire. Elle était si lucide !

— Ce n'est qu'une cérémonie de commémoration.

— Oh ! pour cet infirmier des urgences ? Celui que pleure Elaine ?

— Quoi ?

Il jeta un regard autour de lui. Elaine, qui avait perdu ses airs autoritaires, était assise, immobile, au comptoir au lieu de tout vérifier comme d'habitude.

— D'après ce que j'ai pu savoir, elle est sortie avec lui à une fête de Noël, et le lendemain il l'a totalement ignorée. Un drôle de goujat, si vous me permettez.

Guy fit la moue.

— Oh ! c'est devenu un saint, maintenant !

— Eh bien, moi aussi je serai une sainte après ma mort. Pas longtemps, parce qu'ensuite les gens se rappelleront combien j'étais acariâtre.

Il éclata de rire et la regarda dans les yeux.

— Rien ne vous échappe, n'est-ce pas ?

— Mon nouveau traitement y est pour beaucoup, mais oui, j'ai l'impression de revivre.

— J'en suis ravi.

— Vous ne le connaissiez pas, pourtant ?

Le sourire de Guy s'effaça.

— Pardon ?

— Gerry. Il était en congé en Grèce quand il s'est tué, si j'en crois l'aide-soignant qui m'a emmenée à la radio. Du moins, c'est ce qu'il a dit au radiologue.

— C'est vrai, oui.

— Alors pourquoi assister à cette cérémonie ?

Il se contenta d'un bref signe de tête et tourna les talons. Une fois dans son bureau, il tenta de remplir des dossiers, mais il lui était difficile de rester assis.

Candy lui manquait cruellement.

En réalité, il n'avait jamais souffert d'aucune absence, hormis de celle de sa grand-mère après sa mort. Et il avait cette même impression de deuil.

Il avait aussi la nostalgie de son ventre gonflé. Ou était-ce un effet de son imagination ?

En consultant ses e-mails, il tomba de nouveau sur la photo de Gerry, et s'aperçut que ce qu'il éprouvait n'était pas de la jalousie. Il comprenait à présent : c'était de la culpabilité.

Parce que cet homme jeune était mort. Et qu'il avait l'intention de s'approprier ses enfants, lui qui ne pouvait pas en avoir à lui.

Il poussa un soupir et sursauta en entendant une voix qu'il ne connaissait pas. Il avait laissé sa porte ouverte.

— Docteur Guy ? Je viens voir Macey Anderson.

Il regarda la personne qui se tenait sur le seuil : c'était un homme entre deux âges, à l'allure sympathique, en costume-cravate, avec un énorme bouquet de fleurs à la main.

Il semblait nerveux et impatient…

— Je vous accompagne.

Guy le pria de le suivre vers le lit de Macey. Avant qu'ils ne l'atteignent, un petit cri échappa à la vieille dame : elle avait reconnu son enfant de cinquante-cinq ans.

Qui se précipita vers elle.

Guy se retira pour leur laisser leur intimité. Ces deux-là s'aimaient.

Il retourna voir Macey quelques heures plus tard. Elle s'était allongée pour se reposer, mais il la trouva déjà assise, souriante, à côté du bouquet de fleurs, en train de feuilleter un album de photos que son fils lui avait apporté.

— Je suis grand-mère ! dit-elle en lui montrant un cliché. Et dans deux semaines, je serai arrière-grand-mère. Il n'osait pas trop me l'annoncer…

Le ravissement se peignit sur ses traits.

— Parce que ma petite-fille, Samantha, n'a que dix-huit ans. Ils viendront me rendre visite quand je serai rentrée chez moi.

— Vous allez avoir de l'occupation !

— Ne m'en parlez pas ! J'espère que vous me garderez encore un peu.

Son sourire s'effaça et elle prit un air songeur.

— Vous savez, je me suis souvent demandé dans quelle famille il était tombé, et ce qu'il pensait de moi. Il a été très bien élevé, on l'a entouré d'amour et ses parents adoptifs lui conservent toute leur affection. C'est un gros poids en moins sur ma conscience.

— J'en suis heureux.

Il tenta de s'échapper avant qu'elle ne poursuive sur ce sujet brûlant pour lui.

— Je me demandais s'ils l'aimeraient comme leur fils, et s'il leur en voudrait quand il apprendrait qu'il avait été adopté, mais ils ont été sincères avec lui dès le début…

— Fantastique ! Macey, excusez-moi, mais il faut que je vous laisse à présent.

Il tourna les talons, mais la voix de la vieille dame l'arrêta.

— Alors, elle est à Hawaii ?

— Pardon ?

Macey lui jeta un regard appuyé.

— Vous n'oserez tout de même pas prétendre que vous ignorez de qui je parle ?

— Non.

— Vous croyez qu'on cesse un jour d'être surveillante ? Quand je travaillais, je savais tout ce qui se passait dans mon service.

— Macey… Je vais être en retard.

— Vous m'avez interrompue, docteur. Pourquoi est-elle à Hawaii si vous êtes toujours là ?

— Je ne tiens pas à étaler ma vie privée…

— Mais ça ne vous gêne pas de m'écouter parler de la mienne ?

— C'est mon travail.

— Et vous m'en donnez aussi ! Vous avez une tête de déterré.

— Je vous demande pardon, je ne devrais pas montrer mes problèmes pendant le service.

— Comment vous sentez-vous, Guy ? C'est la surveillante qui vous le demande.

Il se souvint de Candy, pleurant à côté de ce lit. En fin de compte, c'était la vieille dame qui avait deviné qu'elle était enceinte… Résigné, il s'assit.

— Triste.

— J'en suis navrée.

— Elle me manque, mais elle a vraiment besoin de ce congé.

— Peut-être, mais à son retour, vous serez à des kilomètres, très occupé par votre nouveau poste. Ce n'est pas un bon départ pour une relation.

— Il lui faut du temps pour réfléchir.

— Oh ! je n'en doute pas, mais elle peut aussi prendre une décision qui ne soit pas en votre faveur.

Elle n'avait pas tort… Les parents de Candy allaient l'entourer, leur fille était tout pour eux. Ils voudraient l'aider, lui proposeraient sûrement de revenir s'installer chez eux.

Pas question. Pourquoi continuer à se torturer, à s'interroger sur ses motivations ?

Il l'aimait, c'était aussi simple que cela.

Macey vit le sourire s'épanouir sur le visage de Guy. Il venait de prendre conscience de quelque chose d'important.

Guy écouta patiemment vanter les qualités de Gerry ; c'était un peu long, mais il ne souffrait plus. Il réussit même à sourire au rappel de certaines anecdotes. Le vrai Gerry commençait à lui apparaître : un original, un peu sauvage, mais pas si antipathique que ça.

Il se leva avec les autres tandis que les parents coupaient le ruban bleu de la nouvelle salle de réanimation. Quand l'assistance fut invitée à se rendre dans le salon de réception de l'administration pour profiter du buffet et continuer à parler du disparu, il décida de ne pas suivre le troupeau.

— Guy !

Hugh, un chirurgien qu'il avait consulté au sujet d'un patient, vint lui serrer la main.

— Tu connais Rory ?

— Oui, bien sûr.

— Et voici Gina, anesthésiste elle aussi.

Guy ne l'avait jamais vue.

— Du moins, je l'étais…

— Enchanté.

Il remarqua une crispation fugitive sur les traits de Gina lorsqu'un autre homme s'approcha d'eux.

— Guy, je te présente Anton, le spécialiste en obstétrique.

— Ravi de faire votre connaissance, dit Guy. Eh bien, ceci explique pourquoi nous ne nous sommes jamais rencontrés. En principe, on ne fait guère appel à un obstétricien, en gériatrie…

— Je suis aussi spécialiste en infertilité, mais je suppose que vous n'avez pas non plus souvent ce genre de demandes !

Anton regarda Hugh.

— Tu vas boire un verre ?

— Non, je retourne au bloc. J'ai fait ma B.A., mais sincèrement, j'ai passé mon temps à me disputer avec ce type.

Anton vit Guy sourire.

— Je n'y tiens pas non plus, dit Gina. Je file.

Elle se tourna vers Guy.

— Peut-être à un de ces jours ? J'ai un entretien la semaine prochaine.

— Bonne chance !

Il remarqua qu'Anton n'avait plus prononcé un mot.

Après le départ de la jeune femme, un silence inconfortable s'installa.

— Comment va-t-elle ? demanda Hugh à Rory.

— Je n'en sais rien, elle ne me parle plus trop…

Les deux hommes s'éloignèrent, laissant Guy avec Anton.

— Il se passe des choses, on dirait ?

— Bon sang, oui…

L'obstétricien ne développa pas.

— J'ai bien envie de me prendre un verre, mais le buffet ne me dit rien. Voulez-vous m'accompagner au bar du coin, chez Imelda ?

— D'accord.

— Vous êtes en poste ici depuis longtemps ? demanda Guy lorsqu'ils furent au comptoir.

— Un peu plus d'un an, et vous ?

— Je termine mon remplacement dans deux semaines, et je pars pour le Kent.

— Quand je suis arrivé, c'était pour deux ans… Je comptais rentrer à Milan, mais mon épouse est sage-femme au Royal, et elle ne va pas tarder à accoucher. Je ne me vois pas quitter mon poste à la fin de l'année.

— Alors comme cela, vous travaillez aussi sur la fertilité ? Ce n'est pas trop difficile de concilier les deux ?

— J'ai établi des liens. J'ai d'abord été obstétricien, puis j'ai bifurqué, et j'ai repris l'obstétrique ici. Mon rêve serait de faire les deux à la fois, mais ça me prendrait tout mon temps. Je lis beaucoup, j'assiste à des stages et à des conférences, bref, je m'efforce de me tenir au courant.

— La technique avance vite, dans ce domaine, je crois.

— Constamment.

— Pour les hommes aussi ? Je veux dire, on parle davantage de la stérilité féminine…

Il regretta d'avoir aiguillé la conversation sur ce sujet. Pourquoi remuer le couteau dans la plaie ? S'il n'y avait pas d'espoir, autant l'ignorer.

— Oh ! elle progresse à pas de géant. Il existe depuis peu une nouvelle procédure. En gros, il suffit d'un spermatozoïde actif pour féconder un ovule. Si le spermogramme est mauvais, on fait un prélèvement directement dans le *vas deferens*…

Guy fit la grimace.

— Sous anesthésie locale, bien entendu !

Deux heures plus tard, il attendait dans le cabinet d'Anton le résultat d'une analyse de sperme.

— Si ce n'est pas suffisant, je prélève à la source.

— D'accord.

15.

Le premier jour, Candy pleura Gerry.

Le second et le troisième, elle se lamenta d'être enceinte de jumeaux à vingt-quatre ans.

Le quatrième jour, tandis qu'elle commençait son exploration de l'île, la digue se rompit et elle sanglota sans retenue sur l'injustice dont elle était victime, et le fait qu'elle ait rencontré l'homme de sa vie à un moment aussi inopportun.

Le cinquième jour, elle cessa de pleurer et utilisa les dollars de Guy, qu'elle avait rangés dans un porte-monnaie séparé, pour s'acheter un merveilleux sarong vert d'eau.

En tendant l'argent au marchand, elle sentit craquer les billets et vérifia la date d'émission.

Il lui avait menti. Il ne pouvait pas les avoir depuis cinq ans.

Elle l'aimait.

A la fin de l'après-midi, bien plus détendue, un peu brûlée par le soleil, elle prit une douche dans son bungalow, revêtit son sarong neuf et sortit. Munie d'un crayon et d'un bloc-notes, elle alla s'asseoir sur une dune d'où elle pouvait contempler l'océan tout en terminant de mettre ses pensées en ordre.

Elle commença par le plus facile : le travail.

L'idéal aurait été que personne ne sache qui était le père de ses enfants, mais c'était impossible. Et elle s'en moquait.

Elle adorait les urgences, et si elle devait travailler dans la salle qui portait son nom, elle s'en accommoderait.

De toute façon, elle serait bientôt en congé de maternité.

Ce qui l'amena à ce qui l'inquiétait ensuite, l'argent.

Elle ne le nota pas, inutile d'y réfléchir. Elle écrivit : *lol*, avant de passer à la ligne suivante.

Elle en arriva au troisième point : les parents de Gerry.

En rentrant, elle commencerait par les mettre au courant par téléphone, et, s'ils le souhaitaient, elle proposerait de leur rendre visite.

Ensuite…

Ses propres parents.

Sa décision était déjà prise, elle irait s'installer beaucoup plus loin de chez eux, pour qu'ils ne puissent pas venir facilement. Même si cela aurait été pratique de les avoir à côté…

Elle poussa un soupir. Le plus dur approchait.

Gerry.

J'aurais dû assister à la cérémonie, écrivit-elle.

Elle ne voyait pas quoi d'autre écrire. Comment coucher sur le papier que, même si elle ne l'aimait pas, sa mort l'avait bouleversée ? Non seulement le monde tournerait sans lui, mais il ne saurait jamais qu'il avait eu des enfants…

Elle se promit qu'elle leur parlerait de lui.

Je parlerai de lui aux jumeaux et je resterai en contact avec sa famille.

Enfin, elle en arriva au plus important, au plus difficile à résoudre.

Guy.

Peut-être devrait-elle lui écrire, ce serait plus facile dans une lettre. Mais déclarer son amour à un homme en étant enceinte d'un autre mort entre-temps, était un obstacle quasi-insurmontable.

Pas question qu'il s'imagine qu'elle se tournait vers lui pour donner un père à ses enfants.

Ils n'avaient pas eu le droit de procéder dans l'ordre normal…

Elle s'efforça de ne pas prendre les choses au tragique. *Ne pourrions-nous pas continuer à nous voir, poursuivre une sorte d'amitié amoureuse ?* Elle haussa les épaules et froissa la feuille de bloc : vu la façon dont son ventre avait grossi ces derniers temps, elle doutait qu'il ait encore envie d'elle.

Elle finit par lui écrire la carte postale qu'elle destinait à Macey.

« Guy,

» J'aimerais tant, oh, j'aimerais tant que tu sois là !

» Baisers,

Candy. »

Elle avait terminé. Maintenant qu'elle avait les idées claires, il fallait qu'elle se détende.

En redescendant vers son bungalow, elle crut avoir la berlue. Dans le fauteuil de jardin devant sa porte était assis… Guy. En jean et T-shirt noir, pas rasé, merveilleusement sexy.

— J'ignorais que j'avais un bon génie ! dit-elle en souriant.

En la voyant approcher, il sentit son cœur se gonfler de bonheur. Elle était telle qu'il se la rappelait avant que leur histoire ne commence : souriante, sensible et séduisante. Elle lui tendit la carte postale, il la lut et releva la tête pour la regarder.

— C'est donc ça l'explication ! J'étais en train de bavarder avec Macey, et pouf ! L'instant d'après j'étais à Hawaii.

Il l'observa. Elle avait profondément changé, et pas seulement physiquement. Elle avait eu raison de venir ici. Elle semblait détendue, en pleine forme et heureuse.

Elle faisait plaisir à voir.

— J'ai noté tous mes problèmes dans l'ordre, et j'ai tout résolu.

— Je peux lire ?

Aussitôt, il secoua la tête.

— Pardon, c'est idiot de te le demander.

Elle lui tendit son bloc.

— Si tu veux !

— Allons nous promener.

Il posa son sac dans le bungalow et lui prit la main pour l'entraîner sur la plage déserte, où ils s'assirent.

Il y eut un moment de silence, où Candy écouta le bruit du vent dans les palmiers. Elle avait l'estomac noué, mais d'une façon très agréable.

Guy était là.

— Pourquoi es-tu venu ?

— J'ai imaginé comment je pourrais te revoir quand je serai dans le Kent et toi chez tes parents.

— C'est déjà résolu, regarde !

Il parcourut des yeux la feuille qu'elle lui avait donnée. Elle lui montra du doigt ce qu'elle avait écrit au sujet de son déménagement.

— J'ai l'impression que c'est le professeur qui corrige mon travail. Je serai notée ?

— Je me contenterai de commentaires à l'oral, j'ai oublié mon stylo rouge. Bon, je pense que tu es courageuse de t'éloigner de tes parents, mais aussi pleine de bon sens.

— Merci.

— Et informer les parents de Gerry, c'est aussi très courageux de ta part, mais juste.

Il poursuivit sa lecture.

— Rester aux urgences…

Il agita la main en l'air.

— A mon avis, c'est plus dur, non ? demanda-t-il.

— J'aime mon travail.

— Hmm, je sais. Qu'est-ce que c'est que ce « lol » ? Qu'est-ce qui t'amuse tant ?

— L'argent.

Il éclata de rire, puis redevint sérieux pour lire la suite.

— « J'aurais dû assister à la cérémonie »…

— Je me sens coupable de ne pas y être allée. Il y avait beaucoup de monde ?

— Le personnel au grand complet.

Il décida de ne pas mentionner Elaine, à qui il avait parlé le lendemain. Il espérait que s'épancher l'avait soulagée.

— Rory était là, et j'ai fait la connaissance de Gina…

— Gina !

Candy ouvrait de grands yeux.

— Elle est en congé de longue durée, dit-elle. Je crois qu'elle est allée en cure de désintoxication.

— Eh bien, on dirait qu'elle revient. Oh ! et j'ai aussi rencontré Anton. Je suis allé boire un verre avec lui en sortant.

Il la regarda rougir.

— C'est lui qui suit ta grossesse ?

— Oui.

— Lui aurais-tu parlé de ma stérilité, par hasard ?

— Euh… Désolée, il m'a demandé pourquoi tu ne pouvais pas être le père.

— Ne t'inquiète pas, ça ne me pose aucun problème. Je comprends que ta situation était délicate à expliquer. D'ailleurs, je suis plutôt content que tu l'aies mentionné.

— Comment as-tu deviné que c'était mon obstétricien ?

— Un trajet d'Heathrow à Hawaii, ça laisse pas mal de temps pour réfléchir et tirer des conclusions…

Il la regarda d'un air grave.

— Candy… Ne t'imagine pas que je suis ici pour les enfants que tu attends. Je t'aime. Tu comprends ?

— Hmm.

— Bien entendu, j'ai très envie d'élever ces bébés avec toi. Mais sache que tu pourrais très probablement en avoir de moi. Pas de façon naturelle, mais la possibilité existe. Cela change des choses, n'est-ce pas ?

Elle lui adressa un large sourire.

— Tu as refait des examens ?

— Oui. Et s'il le fallait, j'accepterais une anesthésie

locale dans un endroit délicat... Par chance, Anton semble penser que ce ne sera pas nécessaire.

— Tu t'es soumis à tous ces trucs embarrassants à cause de moi ?

Il soupira.

— Hmm. A ce moment-là, je n'avais pas encore compris qu'il m'y avait incité sans en avoir l'air. Pour mon bien, et le tien, évidemment. Tu as plus de supporters que tu ne l'imagines.

— Qui d'autre, par exemple ?

— Macey...

— Comment va-t-elle ?

— Oh ! elle n'a pas hésité à jouer les entremetteuses. Elle m'a pratiquement poussé dans l'avion.

Il soupira de nouveau. Il lui restait le plus dur.

— Les parents de Gerry, son frère et sa sœur, assistaient à la cérémonie. Ils ont raconté quelques anecdotes...

— Comment les as-tu trouvés ?

— Totalement perdus. J'ai l'impression que les jumeaux représenteront beaucoup pour eux.

— Pourquoi y es-tu allé, Guy ?

— J'avais envie d'en savoir plus sur l'homme dont je souhaite élever les enfants. Si un jour ils me posent des questions, je serai peut-être capable de répondre à certaines. Candy... je suis ici parce que je t'aime.

Devant son sérieux, elle sentit ses yeux s'embuer. Elle venait de comprendre la réaction de Macey quand elle lui avait parlé du « sens du devoir »...

Ils n'avaient passé que deux semaines ensemble avant que la nouvelle de sa grossesse ne perturbe leur liaison. S'il était parti sans insister, les choses se seraient peu à peu tassées d'elles-mêmes. Pourtant, il était là, assis près d'elle, la couvant d'un regard d'adoration.

— Je regrette qu'ils ne soient...

— Qu'ils ne soient pas de moi ? Tu ne le diras qu'une fois. Tout de suite. Après, c'est terminé.

Les larmes jaillirent, incontrôlables…

— Candy, il faut que nous ayons une conversation franche. Si jamais ça se prolonge, j'appellerai l'hôpital pour prévenir que je suis souffrant, mais je ne repars pas tant que ce n'est pas fini. Même si ça doit durer six mois.

— Ils seront nés dans cinq.

— Nous devons tout nous dire, absolument tout. Ma première réaction, quand j'ai appris que tu attendais des jumeaux, a été de… vouloir qu'ils soient de moi. Puis j'ai imaginé comment notre relation aurait évolué si tu n'avais pas été enceinte. Nous en serions au même point, puisque j'avais accepté de te rejoindre ici avant. En principe, je ne pars jamais en vacances avec une femme.

Elle repensa au jour où elle lui avait suggéré de venir passer un week-end à Hawaii. C'était si facile, alors…

— Dans ce cas, est-ce que tu aurais désiré un enfant, à un moment donné ?

— Je ne sais pas. Je pense que oui, mais si tu n'avais pas pu…

Elle le regarda dans les yeux. Cela changeait-il quelque chose à ce qu'elle éprouvait pour lui ? Pouvait-elle l'aimer moins ?

— … ça n'aurait pas eu d'importance.

— De toute façon, je serais allé consulter.

Elle hocha la tête.

— Ou alors, nous aurions adopté.

— D'accord. Et te serait-il venu à l'esprit, lors d'une dispute, de leur reprocher de ne pas être tes enfants ?

— Tu es fou !

— Si nous avions eu besoin d'un don de sperme, aurions-nous moins aimé notre bébé ?

— Bien sûr que non !

— Alors où est la différence ? Candy, je serai à tes côtés pour ta grossesse, la naissance, et les couches. Les jumeaux seront mes enfants. Ils connaîtront Gerry, et quand ils seront devenus des ados rebelles qui hurleront que je ne suis pas leur père, je n'en souffrirai pas, pas une seconde. Nous rirons tous les deux de leur mauvaise humeur et de leurs visages pleins d'acné, parce que nous nous serons mis d'accord là-dessus à Hawaii, des années auparavant.

Elle laissa échapper un soupir.

— Tu n'es pas la seule à qui l'idée de mariage cause des soucis. Moi aussi j'ai fait ma liste.

Il sortit sa carte d'embarquement et la lui tendit en lui présentant le verso.

Elle lut :

- Cinéma
- Football
- Cricket

— Elle est plus simple que la mienne !

— Oh ! je ne suis pas d'accord. J'apprécie beaucoup ma vie actuelle, et il y a certains engagements que je ne veux pas abandonner…

— Lesquels ?

— Le cinéma. J'aime y aller tout seul quelquefois. C'est comme ça. Je ne veux pas que tu me dises : « Mais avant, tu m'emmenais… »

Elle sourit.

— Et comme ce serait horriblement égoïste de ma part de me distraire en te laissant coincée à la maison avec des enfants qui hurlent, tu pourras aussi sortir seule à ton tour, pendant que je m'en occupe.

— Par exemple, pour aller au Spa ?

— Pourquoi pas ?

— Et tu ne diras jamais : « Oh ! tu es toujours fourrée au spa, pourquoi ne me laisses-tu pas t'accompagner, pour une fois ? »

— Jamais.

— Marché conclu.

— Pour le football et le cricket, c'est la même chose…

Il semblait un peu préoccupé. Candy aussi, car elle

détestait le sport, en particulier quand il s'agissait de regarder un match.

— Bien entendu, je passerai des vacances en famille, mais j'ai un groupe d'amis avec qui je pars quelquefois pour une quinzaine de jours…

— C'est-à-dire ?

— Nous avons réussi à négocier les sorties au cinéma, n'est-ce pas ?

— Oui, pourquoi ?

Elle n'était pas inquiète, mais curieuse de sa réponse. En fait, elle adorait leurs discussions.

— Quel genre ?

— Eh bien, ce n'est pas systématique, mais nous allons sur place assister à des matchs de cricket internationaux, ou à la Coupe du Monde de football…

— Oh ! je vois.

Elle réfléchit un instant, puis le regarda.

— Il faudrait que je t'accompagne ?

— Euh… On rit beaucoup, on boit beaucoup… et on échange peut-être quelques jurons, ce qui ne serait pas terrible pour les jumeaux.

Il attendit qu'elle réponde que ça ne l'intéressait pas. La situation était un peu embarrassante. Elle restait silencieuse… Autant aller jusqu'au bout.

— Comme c'est une affaire d'hommes, nous avons instauré une règle très stricte : nous n'emmenons ni femmes, ni progéniture.

Il vit un léger sourire jouer sur ses lèvres.

— Puisque je m'absenterai de temps à autre avec ces copains, quand tu auras envie de t'échapper quelques jours avec tes amies, je serai là pour m'occuper des jumeaux, et des autres enfants que nous pourrions avoir…

— Oh ! ça me convient tout à fait !

Elle souriait, se souvenant de ce qu'il lui avait dit dans le Kent. En effet, il avait une vie sociale si bien remplie qu'il ne cherchait pas forcément une moitié. Et pourtant, il l'avait trouvée, elle…

— Guy, je t'aime, les enfants n'ont rien à voir là-dedans. Tu n'en doutes pas, n'est-ce pas ?

— Pourquoi n'est-ce pas mentionné sur ta liste, alors ?

Elle était si adorable lorsqu'elle rougissait…

— J'ai essayé de t'écrire une lettre.

— Montre-la-moi.

— Pas question.

— J'ai besoin de savoir que tu m'aimes, dit-il en tendant la main.

Elle fut très gênée pendant qu'il lisait le brouillon qu'elle avait froissé, et encore plus quand il répéta en riant.

— « Ne pourrions-nous pas continuer à nous voir, poursuivre une sorte d'amitié amoureuse ? » Pardon, Candy, mais pour ça il faudrait que tu sois une grande blonde au ventre plat. Comme tu es enceinte, je préfère que tu sois ma femme. Veux-tu m'épouser ?

— Tu es sincère ?

— Absolument.

Malgré les apparences, il n'en menait pas large et son cœur tapait contre ses côtes.

— Vivre avec toi, d'accord. Mais je n'ai jamais souhaité me marier. Ce mariage en blanc dont rêvent mes parents, très peu pour moi. Je me vois mal devant l'autel en robe de mousseline blanche, surtout avec mon gros ventre…

Il sourit.

— Et pour épouser un divorcé… Nous sommes à Hawaii, Candy. Nous pouvons nous marier demain. Tes parents seront contrariés en l'apprenant, mais je suis convaincu qu'ils finiront par s'en réjouir.

Elle se contenta de sourire.

— Alors, c'est oui ? Je commence à m'inquiéter…

— C'est oui, de toute mon âme. Mais tes parents à toi ? Ils ne seront pas déçus ?

— Si, bien sûr. Mais ils s'en remettront vite, surtout quand ils sauront que des jumeaux sont en route.

Ils rentrèrent au bungalow le cœur léger. Elle adorait cette franchise mutuelle dont ils faisaient preuve depuis le début de leur relation.

— Je suis contente que nous ayons parlé en adultes.

— Pourtant, je ne me sens pas très mûr aujourd'hui. En fait, j'ai envie de faire quelque chose de très immature.

Il lui tendit son téléphone, sur lequel était affiché un message d'Annie qui lui demandait s'il avait réfléchi à sa proposition.

— Il est arrivé après l'atterrissage. Je peux répondre ?

— Vas-y.

Elle le regarda pianoter.

> Nous n'avons rien à discuter ni à décider. Je suis à Hawaii avec Candy, nous nous marions demain. Comme elle est enceinte de jumeaux, donc très soupe au lait en ce moment, il vaudrait mieux que tu ne m'écrives plus. Cordialement, Guy.

Il appuya sur « Envoyer », se débarrassant d'un seul coup du passé pour marcher vers un avenir radieux.

— Tu m'as tout de même menti une fois, dit-elle tandis qu'il l'attirait à lui.

— Moi ? Jamais de la vie !

Elle lui passa les bras autour du cou.

— Tu m'as raconté que tu avais ces dollars depuis cinq ans, alors qu'ils ont été imprimés il y a deux ans !

Il eut un sourire en coin.

— Je ne voulais pas que tu culpabilises d'avoir ôté le pain de la bouche à tes enfants en achetant ce merveilleux sarong, qui te va si bien.

Il caressa ses mamelons durcis à travers le tissu, et passa tendrement la main sur son ventre. A l'évidence, il n'était pas rebuté par les transformations de son corps, bien au contraire…

Son baiser le lui confirma.

Son fabuleux sarong glissa au sol, et il se dévêtit en un clin d'œil.

Elle était aux anges : c'était la seule chose qui manquait à ses vacances presque parfaites. A présent il était là, en train de lui faire l'amour sur une plage de sable fin…

Tous les doutes de Guy s'étaient évanouis. Quand il la pénétra, elle lui enlaça la taille et se souleva les hanches pour épouser son rythme.

— Je t'aime ! cria-t-elle lorsque le plaisir la submergea.

Plus de questions, désormais. Tous deux savaient à quel point l'amour qu'ils partageaient était précieux. Sentant contre lui la rondeur du ventre de Candy, il aurait voulu lui dire qu'il l'aimait aussi, mais il ne fut capable que de gémir.

Puis ils s'allongèrent, haletants, pour reprendre leur souffle.

— Moi aussi, je t'aime, dit-il enfin.

Elle eut un sourire espiègle.

— Il faudra que je te refasse une pédicure, si nous nous marions pieds nus !

— Euh… excellente idée. Si nous sommes filmés pour offrir la cassette à nos familles, autant que je sois à mon avantage !

Elle rit.

— Nous allons vivre dans le Kent ?

— Bien sûr. L'agence a accepté mon offre pour cette maison. J'avais l'intention de te demander en mariage là-bas, pendant que nous visitions l'intérieur, mais tu as refusé de m'accompagner.

— Déjà à ce moment-là ?

— Oui, mais je ne voulais pas te bousculer.

— Tu m'as accordé cinq jours de délai ?

— Je ne pouvais plus attendre.

Il lui posa un baiser sur le sommet du crâne.

— Allons chercher ce permis pour pouvoir nous marier et commencer notre lune de miel.

Elle lui adressa son plus beau sourire.

— C'est déjà fait, non ?

Epilogue

Guy avait choisi le moment du crépuscule, sans fournir d'explication à Candy.

Avant la cérémonie, ils marchèrent le long du rivage, puis s'arrêtèrent ; le sable soyeux caressait leurs pieds nus. Elle se sentait excitée, éperdue de bonheur. Pour elle qui ne tenait pas à se marier, ce mariage était parfait.

— *Aloha*, Guy ! dit-elle quand il lui prit les mains.

Lui, qui avait juré de ne jamais se remarier, se félicita de le faire dans un endroit si beau.

L'air sentait bon le frangipanier et la noix de coco. Candy portait une grosse fleur dans les cheveux. La brise soulevait sa robe légère, en taffetas bleu pâle, très simple, à taille haute, serrée sous la poitrine.

Elle admira Guy, en costume de lin couleur de sable humide et chemise blanche. Il était magnifique, et, tout comme le jour de leur première rencontre, elle ne pouvait s'empêcher de sourire en le regardant.

Les vagues rugissaient en s'écrasant sur le rivage avant de refluer vers l'océan, laissant le sable aussi lisse et pur que leur avenir.

Tandis que l'énorme boule écarlate du soleil se noyait lentement dans la mer, le service commença. Ils avaient opté pour des vœux traditionnels — classiques et intemporels.

Guy lui glissa une simple alliance en or au doigt, et un frisson agréable la parcourut tout entière lorsqu'il jura de sa voix chaude et profonde qu'il serait toujours à ses côtés.

— Par cet anneau, je t'épouse. Avec mon corps, je t'honore.

Puis ce fut son tour, et elle répéta la formule consacrée avec netteté.

Au moment où l'officiant les déclara mari et femme, le soleil avait disparu et on avait allumé des torches en bambou.

— Vous pouvez embrasser la mariée.

Il ne se fit pas prier, et leur baiser se prolongea un long moment, puis il approcha la bouche de son oreille.

— Je suis heureux comme je ne l'ai jamais été.

Le cœur de Candy se gonfla de bonheur.

La cérémonie terminée, les documents signés, ils traversèrent la plage main dans la main pour regagner le bungalow, en laissant les vagues leur lécher les pieds.

Elle était comblée, mais en voyant le photographe remballer son matériel, elle avait ressenti un pincement de culpabilité en songeant à ses parents…

Une pensée qu'elle s'était promis d'écarter pour l'instant. Une fois qu'ils eurent refermé la porte derrière eux, il l'embrassa encore puis se recula et prit son téléphone.

— Donne-moi le numéro de tes parents. Tu seras mieux quand tu les auras prévenus, tu le sais bien.

— Ils vont être fous de rage ! Je ne veux pas gâcher cette journée…

Malgré tout, elle s'exécuta et s'allongea sur le canapé, décidée à s'en remettre à cet homme patient, à la voix merveilleuse, habitué aux gens obstinés et bouleversés.

Elle l'entendit se présenter à son père comme un médecin qui travaillait avec elle à l'hôpital.

— Ne vous inquiétez pas, Candy et les bébés vont très bien !

Et expliquer ensuite qu'il était tombé amoureux de leur fille, qu'il s'occuperait d'elle et que cela ne le dérangeait pas du tout que les jumeaux ne soient pas de lui.

— De toute façon, nous comptons mettre les parents de Gerry au courant…

Il lui adressa un clin d'œil.

— Candy et moi, nous en avons discuté, nous sommes bien d'accord : les bébés n'auront jamais trop de grands-parents pour les aimer.

Il écouta la réponse, puis annonça enfin que Candy et lui venaient de se marier. Lorsqu'elle perçut des hurlements à l'autre bout de la ligne, elle comprit que sa mère avait pris le téléphone. Le drame aurait finalement lieu…

Le cœur cognant à se rompre, elle se leva et tendit la main vers le combiné. Il fallait qu'elle lui parle, qu'elle affronte leurs récriminations et sa propre culpabilité. Mais Guy écouta les jérémiades de sa mère avec une patience d'ange, puis profita d'un répit pour répliquer sans hausser le ton. Elle sentit la tension refluer peu à peu.

— Voyez-vous, madame, Candy n'a pas voulu se marier à l'église pour ne pas s'exhiber avec son gros ventre, ce qui se comprend. Mais il se peut que nous renouvelions nos vœux une fois rentrés.

Il affronta la suite de la tragédie en examinant l'ongle de son pouce, et finalement, il sourit.

— Peut-être aimeriez-vous le dire à votre fille ? demanda-t-il en lui tendant le téléphone.

Elle rassembla son courage et colla l'écouteur à son oreille.

— *Complimente*, ma fille…

C'était tellement inattendu qu'elle laissa couler des larmes de joie pendant que sa mère poursuivait.

— Je vois que tu as su choisir. Un homme très bien…

— Oui, maman.

Un homme très bien qui jouait avec ses seins et lui embrassait la nuque, prêt à poursuivre sa lune de miel…

— Tu te sens mieux ? demanda-t-il quand elle raccrocha.

— C'est pour ça que tu voulais te marier le soir ? A cause du décalage horaire ?

— Hmm. Un coup de fil au beau milieu de la nuit les aurait effrayés. Et je savais que tu serais préoccupée tant que ce ne serait pas fait.

Il lui adressa un large sourire.

— Viens ici, Guy.

— Pardon ?

Elle prit soudain conscience que c'était désormais son nom de famille…

— Ou madame Candida Steele, si tu préfères les titres officiels.

De nouveau, elle souriait comme sur une publicité pour dentifrice quand il la prit dans ses bras.

Ils étaient revenus au point de départ. A *avant*.

ANNIE O'NEIL

Pour le cœur d'une infirmière

Blanche

HARLEQUIN

Cet ouvrage a été publié en langue anglaise
sous le titre :
THE FIREFIGHTER TO HEAL HER HEART

Traduction française de
GENEVIEVE BLATTMANN

83-85, boulevard Vincent-Auriol, 75646 PARIS CEDEX 13
Service Lectrices — Tél. : 01 45 82 47 47

www.harlequin.fr

1.

— On devrait peut-être appeler Batman à la rescousse, qu'en penses-tu, Dev ?

Liesel sourit au petit garçon de sept ans. Elle s'était agenouillée sur le sol rougeâtre de la grange afin d'être à son niveau. La visite de la ferme, pour Devlin, tournait au cauchemar. Et pour elle aussi. L'institutrice avait insisté pour qu'elle l'accompagne, selon ses mots, en tant qu'« adulte responsable » lors de cette visite d'une ferme avec sa classe, et la promesse d'une virée par cette superbe journée de printemps avait eu raison de ses réticences. Ce qu'elle regrettait. Car en cet instant, tandis qu'elle rassurait de son mieux Devlin, dont la tête était coincée entre les barreaux métalliques de la barrière de l'enclos aux vaches, elle allait devoir se montrer à la hauteur du rôle qu'on lui avait attribué.

Elle se mordit la lèvre. Comment ce gamin avait-il réussi à se retrouver dans cette situation ? Son désir de vouloir en remontrer aux autres était peut-être bien le problème. A présent, il en payait le prix. Tous les élèves avaient bien ri, avant de se détourner pour aller voir les agneaux.

Si elle pouvait au moins l'aider à se détendre en attendant l'arrivée des secours… La BPR — Brigade de pompiers régionale — qui avait été appelée à la rescousse, ne devrait pas être longue à sortir Dev de là.

Elle tendit le bras pour ébouriffer les cheveux déjà en bataille du garçon.

— Et puis ne te plains pas, dit-elle d'un ton léger, cherchant à l'apaiser. Au moins tu n'es pas coincée ici avec une fille ! Tu imagines ?

Elle esquissa un sourire. La bouille grimaçante du garçon à cette idée était édifiante…

— Ce ne serait pas le pire, dit soudain une voix grave au-dessus d'elle.

Afin d'en découvrir le propriétaire, Liesel plissa ses yeux verts, qu'elle protégea de sa main en visière contre le soleil de fin d'après-midi. Depuis la disparition d'Eric, elle était quasiment imperméable au charme des hommes, mais cette voix, curieusement, l'avait troublée. Elle en avait eu un petit frisson, malgré la chaleur de cette journée.

Et ce qui lui apparut fut un homme d'au moins un mètre quatre-vingt-dix, large d'épaules, le type parfait de ceux qui illustraient les affiches des membres des brigades de pompiers volontaires de l'Australie méridionale — épais cheveux blonds sous le casque rouge — qu'il posa par terre alors qu'il s'agenouillait à côté d'elle devant Devlin —, yeux bleus et barbe naissante dorée sur sa mâchoire carrée. Machinalement, elle jeta un coup d'œil sur ses mains qu'elle découvrit nues. Pas d'alliance.

— Il y a longtemps que tu es coincé ici, mon gars ?

Devlin tourna les yeux vers elle.

— Ça fait bien deux heures, hein, mademoiselle ?

— Je dirais plutôt vingt minutes, Dev, répondit-elle, amusée.

— Très bien, Dev, reprit l'homme. Tu permets que je t'appelle Dev ? Moi, c'est Jack, et on va te sortir d'ici aussi vite que possible.

Il se tourna vers elle pour poser la main sur son épaule, et elle eut droit à clin d'œil rieur. Elle détourna la tête. Mon Dieu ! Il avait un sourire ravageur…

— Avec l'aide de mademoiselle, bien sûr, ajouta-t-il.

— Liesel, dit-elle sans réfléchir. Liesel Adler. Je suis l'infirmière de l'école. Diplômée d'Etat.

Elle se morigéna intérieurement. Et pourquoi ne pas lui dérouler tout son CV, pendant qu'elle y était ? Il n'en demandait sans doute pas tant…

Jack adressa un clin d'œil à Devlin.

— Tu es entre de bonnes mains, mon vieux.

Elle rencontra brièvement ses yeux presque turquoise, avant de baisser de nouveau les siens vers Devlin. Celui-ci la fixait d'un air désespéré, en essayant toujours vainement de se sortir de sa très inconfortable situation. Elle secoua légèrement la tête. Ce pauvre gamin vivait un moment très pénible, et pendant ce temps, elle se comportait comme une adolescente troublée par le premier vrai regard d'un homme… Des images d'Eric passèrent fugacement devant ses yeux.

Eric. Elle sentit sa gorge se nouer.

Elle ne se montrait pas loyale envers lui — envers sa mémoire. Bien sûr, le jour viendrait où il lui faudrait aller de l'avant et poursuivre sa propre route, mais elle n'en était pas là.

A moins que… ?

— Mademoiselle Adler ?

— Euh… Oui, désolée. Bien. Donc, avez-vous besoin d'aide pour libérer ce garçon ?

Jack la regarda un instant, avant de se détourner. Il se secoua intérieurement. Où se croyait-il ? Il était ici en mission, et non pour tomber sous le charme d'une petite rouquine aux yeux de chat verts.

Il se dirigea vers le camion pour sortir le matériel du véhicule, et s'en sentit mieux. D'après ce qu'il avait pu constater, il faudrait pour délivrer ce gamin un peu plus qu'un produit savonneux ; les barreaux en acier épais n'allaient pas se laisser faire. Pauvre gosse. Il devrait en plus, après ça, subir les railleries de ses camarades. Mais peut-être aussi que, d'ici quelques années, il se présenterait au concours pour devenir membre de la Brigade des cadets. Il esquissa un sourire. Les vocations empruntent parfois des chemins inattendus.

Et maintenant qu'il y pensait, leur brigade aurait bien besoin aussi d'infirmières volontaires. Il n'était que depuis quelques semaines dans l'escouade de Murrey Valley, avec laquelle il participait à toutes les missions de catégorie A, mais il avait pu se rendre compte que son équipe de bénévoles avait besoin d'être soutenue et renforcée. Et sans tarder. Les gars, à la station, lui avaient dit que l'infirmière était une femme âgée, si bien qu'il n'avait même pas pensé à suggérer de l'amener avec eux sur cette mission.

— On va te boucher les oreilles, Dev, O.K. ? dit-il une fois revenu près de Dev. Cette machine est un écarteur hydraulique, et elle est plutôt bruyante. C'est comme une très grosse tenaille.

Il adressa un sourire rassurant à Devlin, qui le regardait attentivement, avec un rien de méfiance.

— Maintenant, je vais écarter ces barreaux de quelques centimètres, et tu pourras sortir ta tête de là. Et M. Jones sera sûrement heureux que ses bêtes retrouvent leur calme habituel. D'accord ? Tu es prêt ?

Devant le soulagement évident de Devlin, Liesel ne put qu'apprécier le savoir-faire de cet homme. Elle-même se détendit soudain, ravie de ne pas avoir à annoncer aux parents de Dev que leur fils allait devoir passer la nuit dans une étable…

Et aussitôt des images de son propre fils assaillirent son esprit. Elle avait si souvent songé aux moments qu'il aurait dû vivre avec son père. Des moments comme celui-ci, un échange entre un adulte et un enfant, éveillaient immanquablement la douleur de savoir que son petit Liam n'aurait pas le moindre souvenir de lui. Elle avait été consciente, naturellement, que tomber amoureuse d'un patrouilleur de ski comportait des risques : le danger représentait un élément constant dans son travail. Et en tant qu'infirmière en traumatologie, elle avait suffisamment pu en constater les conséquences…

Aujourd'hui, elle vivait dans une petite ville calme, à la campagne. Désormais infirmière scolaire, elle avait bien sûr affaire à des mini-drames, mais les genoux écorchés, les foulures et autres maux de ventre étaient autant d'« accidents » qu'elle pouvait gérer. En outre, la crèche de l'école, pour Liam, était gratuite, ce qui était un avantage non négligeable pour son budget.

Elle avait vécu ces trois dernières années en avançant au jour le jour, après avoir définitivement banni les centres de traumatologie, les sports extrêmes et la quête de sensations fortes de ses choix de vie. Elle eut un petit soupir. Et les pompiers aux yeux bleus n'y avaient certainement pas leur place non plus.

— Vous devriez peut-être vous boucher les oreilles, vous aussi, si vous devez tenir la main de ce petit gars, pendant que je me sers de cette pince.

Surprise, elle regarda l'outil une seconde sans comprendre ce que l'homme tenait dans ses mains.

— Oh. Désolée, j'étais distraite.

— J'avais cru le remarquer, en effet, répondit-il gentiment, avec un point d'interrogation dans les yeux.

Elle se mordilla la lèvre. Rien d'accusateur. Une simple curiosité, rien de plus.

Mais pas question, cela allait de soi, de lui expliquer la raison de son trouble. Pas plus que celle des frissons qu'elle éprouva au contact de ses doigts, lorsqu'il lui tendit les bouchons à oreille. Que lui prenait-il ? Ce n'était pourtant pas la première fois qu'elle avait affaire à un homme séduisant. Après la mort d'Eric, rencontrer un autre homme ne lui était même jamais venu à l'esprit. Et neuf mois plus tard, son monde s'était totalement centré sur Liam. Aujourd'hui, deux ans après… Le moment était-il venu de tourner la page ? Mais allait-elle cesser de divaguer ? Elle se redressa.

— Je me demandais juste s'il serait mieux de prendre une photo pour ses parents ou de les laisser imaginer la scène, lança-t-elle, improvisant au débotté.

Jack lui adressa un nouveau sourire en allumant sa pince.

— Pour ce qui est de cette partie-là de l'intervention, mieux vaut sans doute les laisser dans le flou.

Sur un signe de lui, elle enfonça les bouchons dans ses oreilles, et s'assura que ceux de Dev étaient bien en place. Puis, elle lui tint la tête, tandis que Jack mettait son outil en marche, et le glissait entre les deux barreaux.

En moins d'une minute, le garçon fut libéré. Elle sourit en le voyant rejoindre en courant ses camarades pour, nul doute, jouer les héros auprès d'eux.

L'humeur beaucoup plus légère, elle se retourna vers Jack qui replaçait les barreaux dans leur position initiale. Et dès qu'il eut éteint son générateur, le calme de la campagne reprit ses droits.

Elle croisa son troublant regard bleu.

— Je ne vous remercierai jamais assez, dit-elle avec un petit soupir. Et désolée de vous avoir dérangé pour quelque chose d'aussi anodin.

— Anodin ? reprit-il, l'air faussement déçu. Et moi qui croyais avoir droit à un triomphe après cet exploit…

Malgré elle, elle fut conquise par sa plaisanterie. Car à ses yeux, la beauté et le charme n'étaient rien, s'ils n'étaient pas accompagnés d'un décapant sens de l'humour. Et son rire la surprit elle-même. Il y avait si longtemps qu'elle ne s'était pas laissée aller ainsi. Et cela, elle s'en rendait compte à cet instant, lui avait terriblement manqué.

— Vous comprenez ce que je veux dire, dit-elle. Ce n'était pas comme un feu de prairie ou un accident de voiture.

Elle se sentit rosir. Elle avait du mal à soutenir son regard. Les pompiers — et surtout ceux qui se portaient volontaires pour les situations dangereuses — étaient impérativement à maintenir à distance.

— Bien sûr que je comprends. Mais pour nous, toutes les missions sont importantes, répondit-il, reprenant son sérieux. Et je ne voudrais surtout pas que les gens hésitent à nous appeler, en cas de problème de ce type.

Son regard bleu fixé sur elle la troublait décidément au point de la mettre mal à l'aise.

— En attendant, je connais un petit gars qui va diffuser votre exploit autour de lui pendant des semaines.

Jack s'appuya contre la barrière en inclinant la tête.

— Donc vous me prenez pour un héros ?

Elle sentit le rouge monter de plus belle à ses joues. Pitié…

— Moi, non. Mais Devlin, oui, sûrement. Ce qui ne veut pas dire que je ne pense pas que… Enfin…

Elle s'embrouillait. C'était pathétique.

— Pas de souci, mademoiselle Adler. Tout compliment est bon à prendre, répondit-il.

Il conclut ces mots d'un autre de ses sourires, franchement irrésistibles.

Elle prit une longue inspiration. Elle devait à tout prix résister justement.

— Et si vous vous sentez redevable envers notre brigade, vous avez toujours la possibilité de vous engager, ajouta-t-il.

— M'engager ? Mais…

— Murray Valley a besoin de volontaires. Et une infirmière serait d'un grand secours à l'équipe locale.

Elle eut un mouvement de recul face à cette suggestion. Il en était hors de question.

Pour elle, il n'était plus envisageable de se mettre en situation de danger. Pas avec un enfant. Pas après la perte qu'elle avait subie.

Jack sut immédiatement qu'il avait franchi une ligne invisible. Le sourire de la jeune femme avait disparu à peine avait-il émis cette suggestion, remplacé par une expression douloureuse. Très bien. Il comprenait. Après tout, lui aussi avait ses secrets.

— Liesel ! appela à cet instant une voix féminine, de l'autre côté de la cour de la ferme. Ce n'est pas le moment de flirter, même avec un beau pompier ! Il faut que nous ramenions les enfants à l'école !

Tous deux, comme surpris en flagrant délit, s'écartèrent aussitôt l'un de l'autre, et il remarqua l'air atterré de la jeune femme. Lui-même revécut l'espace d'une seconde l'instant où, alors qu'il n'avait que treize ans, il avait été surpris en train d'embrasser la fille du directeur de l'école, derrière le hangar à vélos. Puis tous deux se regardèrent, et, aussitôt, échangèrent un sourire amusé.

— Désolé, je m'en voudrais de vous attirer des ennuis.

— Pas de problème, répondit-elle. Mais il faut que je vous laisse.

Il en fut aussitôt déçu.

— Ravi d'avoir fait votre connaissance, mademoiselle Adler.

Il s'éclaircit la gorge. Comme formule, on devait trouver plus original…

Elle glissa sa main dans celle qu'il lui tendait. Une main si douce qu'il eut aussitôt envie de la garder dans la sienne. Etrange… Ce n'était pas d'ordinaire l'attitude que lui inspiraient les femmes. Le plus souvent, il devait au contraire se protéger de leurs assiduités ; un engagement signifierait immanquablement pour lui moins de temps à passer à la caserne. Toutefois, cette jeune femme, elle, ne lui donnait pas ce sentiment. Elle semblait être centrée sur elle-même, sur le besoin de combattre une certaine fragilité…

Elle répondit d'un sourire un peu distant.

— Merci encore, dit-elle enfin, avant de s'éloigner en courant pour rejoindre le groupe.

*
* *

Cassie Monroe haussa un sourcil narquois.

— Il n'est pas mal, ce pompier, hein ? Tu n'aurais pas un faible pour l'uniforme, par hasard ?

Liesel réprima un soupir. Sa collègue et amie n'avait jamais été très subtile.

— Tu plaisantes ! répondit-elle, peut-être un peu plus vivement qu'elle ne l'aurait souhaité.

— Il t'a donné son numéro ? Parce que tu vas le revoir, je suppose, non ?

Cette fois, elle soupira, sentant l'agacement la gagner.

— Je ne vois pas pourquoi je devrais…

— Moi, si, l'interrompit Cassie. Il va bien falloir te décider un jour ou l'autre à revenir dans le monde des vivants, Liesel.

— Mais j'y suis.

— Tu sais très bien ce que je veux dire. Il est temps que tu…

Refusant d'entrer dans cette discussion trop souvent abordée, elle se tourna vivement vers les enfants.

— Allons-y ! lança-t-elle. On remonte dans le car. Faites attention à ne rien oublier. Ricky, tu as bien pris ton sac à dos ?

Cassie se pencha vers elle.

— Tu ne t'en sortiras pas aussi facilement, lui murmura-t-elle à l'oreille. Tout à l'heure, à la récréation, je veux tous les détails sur ce séduisant pompier.

Liesel ne put s'empêcher de sourire. Toutes les deux ne se connaissaient que depuis le début du trimestre, lorsqu'elle-même avait débuté dans ce nouveau poste. Le fils de Cassie, un jeune casse-cou de dix ans, très grand pour son âge, était un patient assidu de l'infirmerie — en vertu de quoi elles avaient fini par bien se connaître et s'apprécier. Après quelques soirées en célibataires et plusieurs « expéditions shopping » ensemble, elle considérait désormais Cassie comme une amie, sur qui elle pouvait compter.

Elle n'avait connu personne en arrivant ici, dans cette

région viticole. Rencontrer cette mère élevant seule son fils, même si celui-ci était bien plus âgé que le sien, avait quelque peu apaisé l'anxiété qu'elle éprouvait depuis sa décision de s'éloigner de chez ses parents, à Adelaïde.

Elle eut un petit soupir. A vrai dire, elle n'avait pas eu le choix. Une désastreuse période de deux semaines dans le plus grand service des urgences de la ville lui avait prouvé qu'elle n'était plus à la hauteur, pour la gestion de crises. Les autres membres du personnel, connaissant sa situation, l'avaient soutenue, mais leur aide l'avait rendue finalement plus anxieuse et à cran qu'autre chose. Ces quinze jours s'étaient achevés par le cas dramatique d'un patient, victime d'une abominable plaie causée par une scie électrique, devant lequel elle avait totalement perdu ses moyens. Elle avait donné sa démission le soir même, avant que ses supérieurs ne décident de se séparer d'elle.

Elle était donc venue s'installer à Engleton, et allait devoir s'y faire. De toute façon, elle n'avait pas le choix : elle n'aurait ni l'énergie, ni les moyens de changer de nouveau. Elle espérait que la vie d'une petite bourgade tranquille, et un travail, en principe, relativement paisible lui permettraient de sortir du chaos où elle avait plongé. Et de tourner une page. Alors peut-être un jour, Liam et elle parviendraient-ils à voir leur famille s'agrandir.

En fait, elle avait été agréablement surprise de découvrir que son nouveau poste d'infirmière scolaire était beaucoup moins calme, qu'elle ne l'avait imaginé. En dehors des formulaires et des papiers à remplir, elle prenait plaisir à passer du temps avec ces enfants qu'elle parvenait à détendre, et même parfois à faire rire, lorsqu'on les lui amenait à l'infirmerie avec des bobos allant du pincement de doigt à la bosse sur la tête, en passant par l'inévitable genou écorché.

Toutefois, dans certains cas, elle avait parfois du mal à maintenir sa distance professionnelle. Une clavicule cassée, une plaie profonde sur le front, un stylo planté dans le bras avaient été autant d'occasions de réveiller en elle ces cinq années qu'elle avait passées à se battre pour sauver des vies. Une activité qu'elle avait pourtant fermement décidé de laisser derrière elle. Et aujourd'hui elle considérait comme une mission personnelle de faire de l'école un abri sûr pour ces gamins. Tous ceux qui souffraient avaient besoin de se sentir en sécurité. Et les enfants tout particulièrement.

C'était pourquoi elle était revenue en Australie, après avoir donné naissance à Liam. La montagne — cette montagne qui lui avait pris Eric — avait été trop rude. Ses beaux-parents l'avaient beaucoup soutenue, et savoir qu'ils ne pourraient pas voir leur petit-fils aussi souvent qu'ils le souhaitaient avait rendu cette décision d'autant plus difficile. Ils avaient fait leur possible pour lui donner le sentiment de faire partie de leur famille, mais lorsque ses propres parents étaient venus les voir, elle et Liam, elle avait compris sans l'ombre d'un doute où était sa place. Chez elle. En Australie. Là où le soleil ardent et les paysages brûlés ne lui offriraient aucun rappel de ces monts enneigés, où son cœur avait été broyé, déchiré, trois courtes années plus tôt.

Elle gravit les marches du car, et sourit en voyant les enfants se bousculer pour avoir les meilleures places. Rien n'avait changé depuis qu'elle avait elle-même eu leur âge. Les places à l'avant et à l'arrière étaient toujours les plus recherchées, et à présent, la quinzaine de gamins restant se partageaient celles des rangs centraux.

Les plus petits, âgés de six à sept ans, avaient de toute évidence pris un grand plaisir à cette expédition. Certains tenaient précautionneusement sur leurs genoux le carton d'œufs que M. Jones leur avait donné. D'autres racontaient qu'ils avaient aidé ce dernier à nourrir les agneaux orphelins, mais malgré cela, il aurait fallu être vraiment sourd pour ne pas entendre Devlin expliquer comment il avait aidé le pompier à écarter les barreaux d'acier de ses propres mains, pour se libérer.

Se tournant instinctivement vers la grange, elle put voir à

cet instant le pompier en question remonter dans la cabine de son véhicule. Elle poussa un léger soupir, et sourit de nouveau en croisant le regard entendu de Cassie.

Elle se sentait bien, et pour une fois sans avoir besoin de s'en convaincre. La compagnie de ces enfants, toute la journée, lui avait rappelé les infinies possibilités qu'offrait la vie. Un an plus tôt, elle n'envisageait que des impasses. Aujourd'hui, elle se sentait prête à reconstruire doucement une nouvelle vie, pour Liam et elle.

Pour rien au monde, elle ne voudrait voir celle de son fils obscurcie par le poids de son chagrin. Il lui avait fallu faire appel à toute son énergie, mais lorsque ses parents lui avaient offert d'utiliser leur résidence de vacances — leur « fonds de retraite » — pour les premiers mois qu'elle passerait à Engleton, elle avait accepté sans hésiter. Certes, elle devrait déménager d'ici aux vacances d'été, mais au moins avait-elle un pied-à-terre dans l'immédiat.

Elle s'installa dans le siège passager à côté du chauffeur. Et pour son fils, elle était prête à tous les sacrifices.

Jack venait de rater sa petite route préférée, celle qui longeait la vallée de Murray. Quoi d'étonnant ? Quatre ans loin de la maison et de la famille, c'était long. Ils avaient échangé des coups de fil, bien sûr, mais une séparation nette s'était imposée, et il avait arrangé tout le monde en prenant le large avec son sac sur l'épaule.

Se laissant guider par son intuition, il franchit les collines avant de redescendre vers le bassin de la rivière. La contrée était tout entière consacrée aux vignes déployant en cette saison leurs feuilles nouvelles et leurs grappes minuscules. Le vin de l'année prochaine.

Machinalement, il leva les yeux vers le ciel. Toujours ce vieux réflexe de surveiller régulièrement le temps. Son père l'avait toujours fait, et à présent... La pomme ne tombe jamais loin de l'arbre, dit-on. En ce qui le concernait, juste un peu plus loin que d'habitude.

Il se rendit soudain compte qu'il sortait de la vallée, sans même avoir eu l'impression de la traverser. Et il n'avait pas besoin de réfléchir très longtemps pour comprendre qu'il s'était laissé distraire par les yeux verts d'une certaine infirmière scolaire. Ou par son petit nez piqueté de taches de son. A moins que ce fût par sa masse de bouclettes auburn. Il esquissa un sourire. Ou par autre chose encore, ce n'était pas le choix qui manquait.

Etre séduit par une jolie rouquine ne figurait pas à son programme, lorsqu'il avait reçu son ordre de transfert le renvoyant à Murray Valley. La perspective d'être confronté à ses vieux démons était déjà assez pesante comme ça.

Bientôt, il franchit l'entrée cintrée sous laquelle il était passé des milliers de fois au fil des années.

« Etablissement viticole de River's Bend. »

Son héritage familial. Plus précisément celui de son père. John Granville Keller.

Du coin de l'œil, il vit un groupe de touristes sortir de la galerie du centre de dégustation de vin. Il en avait vu les plans, mais pas encore la réalisation. Et ça avait de l'allure. Becca avait fait du bon boulot.

Becca, dont la silhouette familière se détachait justement du groupe en cet instant. Comme s'il avait pensé assez fort à elle pour qu'elle le perçoive. Il ralentit, arrêta le camion et en descendit pour aller étreindre sa sœur et la faire tourner, comme il le faisait quand ils étaient plus jeunes.

— Salut, frangin ! s'exclama-t-elle en riant. Hé… le bleu pompier te va très bien.

Il lui sourit. Chère Becca. Ce n'était pas elle qui l'aurait culpabilisé, c'était certain. Cette fâcheuse tendance ne concernait que leur père.

— Tu as l'air en pleine forme, Bec, dit-il. Et ton nouveau centre de dégustation en jette, lui aussi.

Tous deux se tournèrent ensemble vers la bâtisse de

bois, qui s'intégrait parfaitement au luxuriant paysage fluvial. Il était impatient d'aller fureter un peu partout, et de déboucher une bouteille de ce chardonnay bien frais élevé en cuve, dont Becca lui avait parlé.

— C'est tout de même mieux que ta vieille cabane ! reprit-il, riant quand sa sœur lui donna un coup de coude dans les côtes.

Il poursuivit d'un ton plus sérieux :

— Comment vas-tu ? Sincèrement ?

— Très bien, Jack. Sauf que tu me manques. Tu restes pour le thé, au moins ?

— Pas aujourd'hui.

Elle s'écarta de lui en soupirant, et il porta un doigt à sa casquette des BPR.

— Le devoir m'appelle !

Il croisa son regard. Ç'aurait pu être vrai — Dieu sait qu'il avait eu de nombreuses occasions au cours des dernières années d'utiliser cette excuse. Ils se parlaient souvent au téléphone, ou par e-mails, mais être loin de sa famille lui avait été plus pénible qu'il ne l'aurait cru. Toutefois, s'il voulait sérieusement prouver à son père qu'il était capable d'accomplir quelque chose dans sa vie, alors cet éloignement était indispensable.

Encore heureux que Becca soit là. Elle savait tout de ce qu'il y avait à savoir sur River's Bend — les récoltes, les terres, leur impressionnant rendement et, plus essentiel encore, elle faisait preuve d'une perspicacité exceptionnelle, digne d'un excellent trader.

— En attendant, tu es toujours le bienvenu, tu le sais, répondit-elle. Pas besoin de carton d'invitation.

— Oui, je le sais, Bec. Bon, je vais aller voir le vieux bonhomme, maintenant.

— Vas-y doucement, Jack. Ça n'a pas été facile, pour lui, ces dernières années.

— Ce n'est pas moi qui me suis mis en situation d'avoir à choisir entre la brigade et la ferme.

Devant la peine qu'il vit dans les yeux de sa sœur, il regretta aussitôt sa réaction trop vive, et essaya de se rattraper en plaisantant.

— Au moins tu en sors gagnante — tu es à la tête d'une affaire viticole de premier ordre !

— Pour moi, ça n'a jamais été une question de succès ou d'échec, Jack.

Son sourire s'effaça, et il saisit ses mains dans les siennes.

— Je sais. Excuse-moi, c'était mesquin de ma part. Tu as fait un boulot incroyable, ici. Bien mieux que ce que je n'aurais pu faire moi-même. Je suis sérieux, Becca.

Il haussa les épaules.

— Ne t'inquiète pas, reprit-il. Je suis devenu une version plus âgée et plus sage de « ce petit voyou de Keller ».

Le sourire de sa sœur devant son imitation de l'ancien chef de la police locale lui fit du bien.

Il n'avait pas de casier judiciaire, non, mais il existait un dossier le concernant. Oh ! Rien de terrible : les bêtises d'un adolescent qui dépasse un peu les bornes de temps à autre.

— On dîne ensemble très bientôt, promis ! lança-t-il en remontant dans le camion.

Il sourit. Sacrée Becca ! C'était bien la fille de son père. Têtue comme une mule et férocement attachée à la terre. Leur père avait toujours pensé que son fils reprendrait les affaires à sa suite, et que sa fille ferait un beau mariage et lui donnerait plusieurs descendants…

Mais la vie en avait décidé autrement. La vocation de Becca avait été de gérer la propriété et, après la mort de leur mère, lui-même avait suivi la sienne en s'engageant dans la BPR. Dommage que son père n'ait jamais voulu envisager les choses ainsi.

Il prit une longue inspiration. Il allait avoir besoin de tout le calme qu'il avait en réserve… Il démarra, et longea les bâtisses actuelles de la vinerie, pour s'engager dans l'allée courbe menant à la demeure familiale. Et même s'il avait passé les quatre dernières années ailleurs, il se sentait incontestablement de retour « à la maison ».

Son regard s'attarda un instant sur les trois cents hectares qui s'étiraient autour de lui. La vallée, riche en eucalyptus, où il se réfugiait, tout jeune, pendant les chaudes journées d'été. Les jardins bien entretenus et les vergers, où Becca et lui allaient jouer à cache-cache. Le petit bois, près du pont, où il avait lui-même répandu les cendres de leur mère après ce dramatique incendie, il y avait si longtemps. Et la nouvelle grange construite sur les lieux de la catastrophe, comme si cela pouvait faire oublier qu'Ava Keller avait trouvé la mort ici même. Cette grange où il avait eu une mémorable dispute avec son père, lorsqu'il lui avait annoncé qu'il renonçait à la gestion de la propriété pour rester chez les pompiers.

Il sentit sa mâchoire se contracter. Revenir à la maison était plus dur qu'il ne l'avait pensé. Il avait passé chaque jour de sa vie ici jusqu'à ses vingt-cinq ans, et le choix qu'il avait dû faire alors avait été difficile. Mais aujourd'hui, il ne le regrettait pas. Les gens, ici, avaient besoin de tous ces volontaires pour combattre les incendies qui ravageaient chaque année des hectares de terrain, pour intervenir lors d'accidents, et même pour aller chercher le chaton incapable de redescendre seul d'un arbre. Sans oublier un jeune garçon coincé dans des barreaux… Sans la BPR, des gens ne pourraient être sauvés à temps, et risqueraient de perdre la vie. Comme sa mère. Alors oui, maintenir la brigade locale en activité était indispensable.

Jack arrêta le camion devant la maison, et vit son père qui sortait déjà de la galerie, comme il l'avait si souvent vu le faire. On eut dit que quatre années ne s'étaient pas écoulées. Et la déception qu'il surprit dans son regard à la vue de son uniforme lui fit mal.

Il serra les dents. Un jour, son père comprendrait. Un jour il serait fier de lui. C'était une promesse qu'il s'était faite, et elle resterait son objectif, jusqu'à son accomplissement.

2.

— Je dois reconnaître, Kev, que c'est un superbe mensonge, dit Liesel en ôtant ses gants de protection qu'elle jeta dans la corbeille.

— Merci, mademoiselle !

— J'aurais dû me douter que tu prendrais ça comme un compliment.

Elle regarda le jeune adolescent. Elle savait que le sourire qu'elle contenait adoucissait son ton réprobateur.

— Tu trouves qu'avec un œil au beurre noir et un poignet foulé le jour de ton anniversaire, tu as le droit de jouer les fanfarons ?

— Oui, parce qu'on a enfin réussi à donner un bon coup sur le nez à ce vantard de Diggy Reynolds. Ça valait largement la peine, mademoiselle.

Elle secoua la tête en soupirant, puis s'assura que l'attelle était bien fixée sur le bras de Kevin, avant d'attraper un sachet de glace chimique dans le placard. Diggy avait aussi eu droit à ses soins, juste avant lui. Il avait abondamment saigné du nez, mais par chance, avait évité la fracture. Une cloison nasale déviée n'était pas très grave, c'était, en revanche, très douloureux. Il faudrait une fois de plus qu'elle en parle à Cassie. Le dossier de Kev était désormais le plus épais de tous ceux que contenait son bureau.

— Si tu le dis, murmura-t-elle en posant le pack de glace sur le poignet du garçon.

Kev savait parfaitement qu'elle l'aimait bien, même s'il

était toujours en première ligne dès qu'il y avait un problème. Un tempérament bagarreur qu'elle attribuait, quant à elle, à l'absence du père, mais elle espérait que Cassie avait les choses bien en main. Et elle n'avait pas attendu le stage d'aide psychopédagogique suivi à Adelaïde, pour deviner qu'il y avait de la graine de perturbateur chez ce gamin.

— Bon, tu vas garder ce pack sur ton poignet pendant quelques jours. Surtout tu ne le retires pas avant, sinon je raconte tout à ta mère.

— Raconter quoi, Kevin Alexander Monroe ?

La tête de Cassie, sourcils froncés et lèvres pincées, était apparue dans l'entrebâillement de la porte. D'un coup d'œil, Liesel signala à Kevin que c'était maintenant à lui de se débrouiller.

— Que s'est-il passé, cette fois ? demanda Cassie. J'ai un cours dans cinq minutes et un rendez-vous avec un pompier, alors tu as intérêt à me dire que la plaie de cette semaine ne nécessite pas un nouveau séjour à l'hôpital.

Liesel réagit aussitôt, alors que le visage d'un certain pompier blond aux yeux bleus surgissait dans son esprit.

— Un rendez-vous ? demanda-t-elle. Tu ne m'en as rien dit.

— Pas de crise de jalousie, par pitié ! répondit Cassie en riant. Nous avons toutes les deux rendez-vous avec un de nos vaillants soldats du feu, alors tu n'as aucune raison de m'envier.

— Attention, mademoiselle ! s'exclama Kev avec un regard malicieux. Méfiez-vous de maman, elle risquerait de vous chiper votre copain.

— Kevin ! s'écria Cassie. Mais qu'est-ce que tu racontes ? Et d'abord, ce n'est pas une façon de parler de sa mère !

— O.K., intervint Liesel en levant les mains. Si vous pouviez aller continuer à vous disputer ailleurs, ça m'arrangerait. J'ai une réunion à préparer.

Sur ces mots, elle les poussa gentiment vers la porte qu'elle referma derrière eux en soupirant. Pas question de discuter de sa vie amoureuse, ou plutôt de son absence, devant le fils de son unique amie à Engleton. Pas plus que de l'angoisse qu'elle éprouvait, chaque fois qu'elle envisageait de bouger, de changer de vie.

Oui, elle avait aimé Eric de toute la force de son cœur de très jeune femme, mais n'avait pas eu la chance de connaître le bonheur de convoler, et pas davantage celle de partager avec lui la naissance de leur fils. Et aujourd'hui, à l'âge de vingt-huit ans, elle redoutait que les joies d'un nouvel amour lui soient à jamais inaccessibles.

Elle sentit aussitôt sa gorge se nouer. Tout était arrivé si vite… Une aventure torride dans une station de ski américaine. La demande en mariage inattendue. Sa grossesse surprise. Et brutalement, la mort d'Eric. Et l'anéantissement brutal de tous ses rêves.

Des petits coups discrets à la porte la firent sursauter.

— Je sais que tu es là, Liesel. Je t'entends cogiter.

Elle se leva aussitôt en riant pour aller ouvrir. Cassie, par son amitié et son sens de l'humour, réveillait en elle la jeune femme insouciante et toujours prête à plaisanter qu'elle avait été.

— Je ne peux pas rester, dit Liesel en attrapant son pull. Le proviseur vient de me prévenir que je dois descendre au gymnase pour une réunion.

— Ça tombe bien, c'est là que je vais aussi.

Et sur ces mots, elle lui emboîta le pas.

— Ah bon ? Pourquoi ?

Devant le sourire contenu de son amie, elle fronça les sourcils.

— Qu'est-ce que tu as encore manigancé ?

— Rien de grave, ne t'affole pas. C'est juste que je t'ai portée volontaire pour une petite démonstration.

Tout en marchant, elle jeta un coup d'œil méfiant à Cassie.

— Quel genre de démonstration ?

— Les soins d'urgence pour les classes de CM1 et de CM2. Ce n'est pas ce qui était prévu, mais…

— Mais quoi ?

— En fait, j'ignore ce qui s'est vraiment passé. Tout ce que je sais, c'est que la proposition des premiers secours a finalement été retenue.

— Et qui va s'en charger ?

— Eh bien…, quelqu'un que tu as déjà rencontré.

Elle se figea, alors que Cassie poussait la porte du gymnase, et reconnut aussitôt le pompier blond agenouillé par terre, en train d'installer son matériel. Les battements de son cœur s'accélérèrent aussitôt.

— Hé ! Tu restes ici ! s'exclama Cassie, alors qu'elle tournait déjà les talons. En tant qu'infirmière de l'école, tu es la mieux placée pour aider notre pompier local à inspirer de futures vocations.

— Mais…

— Pas de discussion, l'interrompit son amie en la poussant gentiment. Tu vas faire une super-démonstration pour ma classe. Grâce à ça, certains deviendront peut-être les futurs médecins d'Engleton, qui sait ? Alors tu as intérêt à t'appliquer !

Sur ces mots, Cassie fit volte-face, et disparut au bout du couloir. Elle laissa échapper un soupir. Elle ne la connaissait pas depuis longtemps, mais s'il y avait un trait de caractère qu'elle avait pu déjà remarquer chez Cassie, c'était bien son obstination…

Le regard de Jack fut immédiatement attiré par la jeune femme aux cheveux flamboyants, qui franchit l'entrée du gymnase pour se diriger vers lui. Et sa silhouette menue lui donna soudain l'impression d'être un brontosaure pataud qui se voit confier la protection d'un très joli et très fragile petit oiseau exotique. Il avait l'habitude, dans ce genre de démonstration, de s'exprimer haut et fort, mais sa présence l'intimidait.

— Etes-vous l'aide qu'on m'a promise ?

— J'en ai bien peur, oui.

Il surprit dans ses yeux, un léger trouble. Qu'est-ce qui avait bien pu le provoquer ?… Il s'éclaircit la gorge.

— Désolé d'avoir prévenu à la dernière minute. La brigade s'efforce de faire les démonstrations dans toutes les écoles, et après que nous nous sommes vus, l'autre jour, je me suis rendu compte que nous n'étions pas venus ici depuis des lustres.

Il passa une main nerveuse sur son menton. Un peu trop évident, non ?

Elle inclina légèrement la tête, comme si elle en attendait davantage de sa part.

— Je m'efforce de marquer quelques points localement, avant de remettre mes statistiques aux grands pontes d'Adelaïde, ajouta-t-il.

Il secoua légèrement la tête. Allait-il cesser son petit numéro ? Elle allait le prendre pour un stupide macho.

— En fait, que sommes-nous censés faire, aujourd'hui ? demanda-t-elle. Ce qu'on m'a raconté n'était pas très clair.

Liesel croisa le regard de Jack. Elle souhaitait vivement que ces éventuelles démonstrations n'impliquent pas de contacts physiques. Elle commençait à se sentir presque étourdie en sa présence, ce qui n'était pas du tout recommandé dans le code de conduite professionnelle. Surtout devant les enfants.

Jack se redressa de toute sa hauteur et prit une profonde inspiration, comme s'il s'apprêtait à lui vendre sa marchandise.

— Eh bien, la direction a décidé qu'un des techniciens devrait aujourd'hui procéder à une vérification complète de toutes nos échelles. La sacro-sainte « sécurité avant tout » de la bureaucratie. Vous voyez ce que je veux dire ?

— Oh oui, tout à fait, répondit-elle.

Elle esquissa un sourire. La tâche des infirmières scolaires était tout autant alourdie, avec des tonnes de fastidieuse paperasserie administrative.

— Et voilà ce que nous allons faire aujourd'hui, poursuivit-il en désignant d'un geste large tout ce qui avait été étalé sur le sol. C'est ce qu'on doit trouver dans le kit de premiers secours d'une école, d'un restaurant ou d'un laboratoire scientifique, entre autres. Je sais que ces enfants sont trop jeunes pour utiliser tout ça, mais nous essayerons de rendre cette séance ludique.

Son regard était étrangement brillant et, sauf imagination de sa part, elle eut même l'impression qu'il lui adressa un clin d'œil avant de redevenir sérieux.

Bien sûr, elle aurait dû suivre attentivement ses instructions concernant les bandages, les attelles, les plâtres et les lunettes protectrices — une version très élaborée d'un kit de premiers secours. Au lieu de cela, elle fixa ses longs doigts fins, remonta sur ses avant-bras musclés que couvraient légèrement ses poils dorés, puis sur ses épaules qui…

— Ça vous convient ?

Elle sentit une rougeur se propager sur ses joues. Evidemment que ça lui convenait ! Il y avait des années qu'elle n'avait pas vu un homme d'aussi près. Trois ans, pour être exacte. Sauf que… Ce n'était pas du tout à cela qu'il faisait allusion, mais au contenu de la mallette. Elle rougit de plus belle.

Ce qui était encore plus embarrassant. Il fallait au moins qu'elle dise quelque chose, au lieu de rester muette comme une idiote… Elle se redressa.

— C'est parfait. Vous êtes vraiment très bien équipé.

Elle détourna le regard. De mieux en mieux. Pourquoi tout ce qu'elle disait pouvait-il avoir un double sens ? Un sens, qui, devant le feu qui embrasa de nouveau son visage, devait être limpide pour lui.

Et pour couronner le tout, elle fut prise d'un irrépressible fou rire nerveux…

— Désolée, dit-elle au bout d'un instant, s'efforçant, sans succès, de se calmer.

Comme les élèves franchissaient la porte et envahissaient le gymnase, il se pencha vers elle avec un sérieux feint.

— Il vaudrait mieux arrêter de rire, mademoiselle Adler. Vous allez gâcher mon image de vrai dur…

Elle se mordilla la lèvre. Ça ne risquait pas. Elle ignorait tout de lui, bien sûr, mais elle était certaine, en revanche, qu'il en faudrait beaucoup pour lui enlever une virilité qui semblait exsuder par tous les pores de sa peau…

Elle préféra s'éloigner un moment afin de recouvrer son calme, tandis que les élèves se dispersaient dans la salle. Etre à distance raisonnable de Jack lui permit de l'observer discrètement. Elle apprécia la façon à la fois ludique et très professionnelle dont, en fonction de leur âge, il dirigea les enfants vers les sièges.

Il était évident qu'il était à l'aise en leur compagnie, et sans se forcer. Il commença par plaisanter avec eux, ce qui les conquit à l'évidence aussitôt, et elle se réjouit de voir qu'il était tout désigné pour intéresser ce groupe et, peut-être, qui sait, éveiller des vocations…

— Mademoiselle Adler, si vous voulez bien me rejoindre, vous pourriez m'aider à faire quelques démonstrations à notre jeune public.

Elle se raidit, prête à refuser, mais s'en abstint devant tous les yeux braqués sur elle. Plus jeune, sans doute se seraitelle réjouie d'avoir le premier rôle auprès de ce séduisant capitaine de brigade, mais aujourd'hui… Elle n'était pas aussi heureuse de se trouver sous le feu des projecteurs.

Elle ne fut pas longue à comprendre qu'elle s'était inquiétée pour rien. Jack n'était pas de ceux qui prennent plaisir à embarrasser les autres, c'était manifeste. Il fit au contraire son possible pour la mettre à l'aise.

Il avait conçu un jeu où il lui donnait le nom d'un ustensile, et faisait compter les enfants tandis qu'elle le cherchait dans la mallette. Puis, une fois qu'elle l'avait trouvé, il expliquait ce qui pourrait arriver au patient, pendant qu'il attendait les soins. Les enfants coopérèrent avec enthousiasme, tout en apprenant l'importance de la rapidité d'intervention dans les cas d'urgence. Et il semblait de plus s'amuser autant qu'eux, en leur enseignant ces éléments essentiels.

— Bien. Je crois que le moment est venu de passer aux choses sérieuses, annonça-t-il ensuite.

Elle le vit qui regardait autour de lui, cherchant visiblement quelque chose ou quelqu'un qui ne se trouvait pas là.

— Ah…, reprit-il, l'air sérieusement ennuyé. Nous arrivons à la démonstration d'intervention d'urgence, et mon amie Annie semble avoir disparu.

Il chercha encore quelques secondes puis, en soupirant, se tourna vers elle avec un sourire en coin.

Elle le dévisagea, interloquée. Oh non…

— A vous de jouer, les enfants, dit-il enfin. A votre avis, est-ce que mademoiselle Adler pourrait la remplacer ?

Les encouragements bruyants de son public furent tout ce dont Jack avait besoin. Il s'était bien gardé de lui demander directement son autorisation, devinant sans mal qu'elle la lui aurait refusée. Une tactique certes pas très loyale de sa part, mais qui n'avait rien de bien méchant. Il ignora le regard sévère qu'elle lui lançait :

— Bon, poursuivit-il, voulez-vous voir ce qui se passe quand quelqu'un s'est évanoui, les enfants ?

De nouveaux encouragements fusèrent de la salle, et Liesel lui adressa un nouveau coup d'œil furieux, qui semblait dire : « Je vous revaudrai ça », avant de simuler un évanouissement digne d'une grande actrice.

Il esquissa un sourire. Un point pour elle.

*
* *

Jack était en train d'expliquer à son public la nécessité de vérifier la respiration de la victime, quand Liesel le sentit qui s'agenouillait près d'elle. Et qui se penchait à présent pour murmurer à son oreille. Son souffle chaud sur sa joue lui confirma qu'il était très, très proche d'elle… Elle se raidit.

— Je vais toucher votre tête, d'accord ?

Elle acquiesça d'un imperceptible signe de tête, s'efforçant de bouger le moins possible, afin de rendre son rôle plausible. Elle pouvait s'estimer heureuse de fermer les yeux ! Sa voix grave devait avoir plus d'effet sur son système nerveux que ne l'aurait le défibrillateur… Puis il posa une main sur son front. Curieusement, elle ne se sentait pas vulnérable. Sa proximité lui donnait au contraire une sensation de force et de sécurité. Mais il était tout de même trop près, bien trop près…

— Donc, poursuivit Jack, pour vous assurer que la victime respire, vous devez vous pencher et…

Elle fut parcourue d'un frisson.

Les lèvres de Jack venaient d'effleurer sa bouche, et elle sentit par la même occasion sa joue frôler la sienne. Plus douce qu'elle ne l'aurait cru…

Son corps réagit aussi à l'odeur de sa peau, mélange doux-amer de soleil et d'air marin. Rires et pouffements jaillirent de leur public et, par réflexe, elle se redressa sur les coudes.

— C'est le baiser qui ressuscite, les enfants, dit Jack sans se démonter. Pas vraiment recommandé par la Croix-Rouge, mais parfois efficace…

Il leur sourit, avant de la regarder de nouveau. Ses yeux bleus semblaient maintenant exprimer une foule de questions.

Elle se sentit rosir. Elle pouvait remercier le ciel d'être encore assise, car ses jambes ne la porteraient probablement pas. Elle avait envie de l'embrasser. Pour de bon cette fois. Mais devant toute l'école ? Et Eric ? Eric…

A cet instant, Jack lui tendit la main pour l'aider à se relever, mais elle choisit prudemment de l'ignorer.

— Je crois que nous devrions attendre que le capitaine soit totalement prêt pour étudier à fond ces méthodes de sauvetage, dit-elle. De toute façon, je dois vous laisser. Merci pour votre démonstration.

Et sur ces mots, elle s'en fut. Elle devait avoir l'air d'un lapin apeuré alors qu'elle fuyait le gymnase, mais il fallait absolument qu'elle s'éloigne de cet homme.

Le contact de sa peau avec la sienne lui avait totalement fait oublier, durant de fugaces secondes, le reste du monde. Et cela l'effrayait. Elle avait un fils, qu'elle élevait seule, ainsi que des responsabilités professionnelles qui incluaient d'offrir un exemple positif à ces enfants, ici, à l'école de Murray Valley.

Le cœur battant, elle referma la porte de son bureau derrière elle et, soulagée, s'assit avec plaisir dans son fauteuil. Elle allait pouvoir analyser tranquillement, et relativiser ce qui venait de se passer. Si tant est qu'il s'était passé quelque chose…

Elle secoua la tête. Tout cela parce qu'elle avait levé la tête, au moment où elle n'aurait pas dû le faire. Ce pompier avait dû la prendre pour une écervelée. Elle s'était vraiment comportée comme une gamine de treize ans vivant ses premiers émois. Atterrée, elle se laissa aller un instant dans son fauteuil, les yeux fermés.

— Vais-je devoir de nouveau vous ranimer ?

Elle se redressa brusquement, s'efforçant d'avoir l'air aussi décontractée que possible. Ce qui n'était pas évident…

— Ce ne sera pas utile.

Elle croisa le regard de Jack, s'attendant à y voir de la moquerie. Mais non. Ce fut le calme qu'elle rencontra. Il avait un léger sourire très doux, et de petites ridules apparaissaient aux coins de ses yeux. Nonchalamment appuyé contre le chambranle de la porte, il était l'image même de la décontraction, tout en renvoyant une puissante impression de sécurité. En sa présence, elle se sentait à l'abri de tout danger.

— Tant mieux, répondit-il. Désolé pour notre prestation, tout à l'heure ; elle manquait un peu de précision. Notre organisation est habituellement plus rigoureuse. Aussi, j'aimerais me faire pardonner, auprès de vous et de l'école, et donc je…, je pensais que vous pourriez venir à la caserne un jour, pour voir un peu comment ça se passe. Maintenant que je sais que vous n'êtes pas…

Il s'interrompit brusquement, l'air embarrassé. Elle retint un sourire. Vraiment trop mignon !

— Pas quoi ? demanda-t-elle. .

— Les gars m'avaient dit que vous étiez une grand-mère en fin de carrière.

— Je suppose qu'ils parlaient de Mme Heissen, que j'ai remplacée.

Elle vit son regard, d'un bleu limpide, parcourir rapidement sa silhouette, comme pour s'assurer qu'elle n'était pas une candidate pour une maison de retraite. Ce qui ne fit rien pour apaiser les battements de son cœur.

— J'ai l'impression d'avoir déjà commis une erreur en ne me présentant pas à vous dès mon arrivée, dit-il.

— Ce n'est pas grave. Vous voulez bien m'excuser ? J'ai un rendez-vous.

Elle se mordilla la lèvre. Quelle menteuse elle faisait !

— D'accord. Mais n'imaginez pas que vous vous en sortirez à si bon compte, répliqua-t-il d'un ton léger. Je ne renonce pas facilement.

— Ah non ? Mais renoncer à quoi en l'occurrence ?

— Eh bien, Engleton est une petite ville, et à cette époque propice aux incendies, toute aide supplémentaire est la bienvenue.

Elle cilla. Ah. Il était toujours en train de recruter. Sauf qu'il ne s'adressait pas à la bonne personne.

— Désolée, mais avec mon emploi du temps déjà très serré, je crains de ne pouvoir vous être utile.

Il poursuivit, comme s'il n'avait pas entendu son intervention.

— En plus, je ne suis arrivé ici que depuis quelques semaines, et je n'ai pas encore eu le temps de découvrir où je peux trouver le meilleur milk-shake au chocolat. Ça vous dirait de me servir de guide ?

Elle détourna un instant les yeux. Là, il s'engageait sur un autre terrain. Différent, certes, mais tout aussi hasardeux. Car se retrouver seule en compagnie de Jack pourrait se révéler très risqué.

— Je, euh… Je comprends que… Enfin, je serais ravie de vous aider, mais…

— Très bien. Donc, c'est d'accord. Je vais être très occupé pendant les jours à venir avec la brigade, et j'aurai ensuite un week-end de formation intensive, mais la semaine prochaine, ça vous conviendrait ?

— La semaine prochaine ? demanda-t-elle stupidement. Eh bien… Pourquoi pas ?

— Parfait.

Et voilà. Comme bien souvent, elle avait parlé trop vite. Elle savait pourtant le danger qu'il y aurait à passer du temps en tête à tête avec Jack. Enfin, il lui suffirait de rester sur ses gardes.

Jack ne pouvait s'empêcher de sourire tout seul. Il était ravi d'avoir convaincu Liesel de sortir avec lui. Bien sûr, il avait dû pour cela étirer un peu la vérité, et lui faire croire qu'il ne connaissait pas la ville, mais ce n'était pas bien méchant. Et puis, ce n'était pas si faux que cela. Après tout, il n'y avait vécu que les vingt-cinq premières années de sa vie. Il en était parti depuis quatre ans, pendant lesquels il était devenu un autre homme, un presque étranger. Il n'avait en conséquence pas menti. Enfin presque pas.

S'engager à fond dans la BPR avait donné un but à sa vie. Il n'était plus l'héritier irrésolu de River's Bend. Son père n'aurait plus besoin d'essayer de le motiver avec ses champs expérimentaux de houblon, en vue d'un micro-brassage, ou avec des chevaux clydesdale, particulièrement peu indiqués pour travailler sous ce climat. Non. C'était un nouveau Jack Keller qui était de retour au pays.

Comme il passait devant l'école pour gagner la grande route, il chercha encore à se convaincre que tout allait pour le mieux.

En vain. Il laissa échapper un long soupir. Malgré ses efforts, il ne pouvait ignorer que tout, ici, lui était trop familier. La route, le bosquet d'eucalyptus qui abritait telle maison, le jardin fleuri de telle autre… Et s'il voulait continuer à voir Liesel, il allait tôt ou tard devoir jouer franc-jeu.

Pourtant s'il aurait préféré rester pour elle un homme sans passé. Un homme qu'elle apprécierait simplement pour ce qu'il était devenu.

Il y avait des années qu'il n'avait pas eu de relation sérieuse. Les filles d'Engleton avaient toujours vu en lui l'héritier de River's Bend et, à Adélaïde, il n'avait tout bonnement pas eu de temps pour ça. Peut-être n'était-il pas non plus tombé sur la femme idéale. Et peut-être aussi avait-il choisi de se concentrer sur sa carrière et d'atteindre son but. Il tenait tant à prouver à son père qu'il avait les épaules suffisamment solides pour se charger du domaine.

Son attirance pour Liesel n'avait rien à voir avec son histoire, son passé, ce qui était tellement agréable… Dommage que le moment soit très mal choisi.

Il se gara devant la caserne, en adressant un salut de la main à deux volontaires. Ils étaient en train de laver l'un des camions qui venait d'avoir droit à une bonne rénovation grâce à un don anonyme. Tous les gars avaient juré ne pas connaître l'origine de ce cadeau, et il les croyait. Un ange gardien, quelque part, veillait sur eux, et loin de lui l'envie de s'en plaindre. Les volontaires étaient de braves garçons. Il commençait tout juste à les connaître, mais ils l'avaient déjà convaincu d'organiser des barbecues, et fourmillaient d'idées pour lever des fonds.

Il serait possible de redorer le blason de cette brigade, il en était certain. Les gros pontes d'Adelaïde lui avaient accordé un an pour renverser la vapeur, en stimulant le désir d'engagement des volontaires et en faisant en sorte d'améliorer l'efficacité des interventions. Bien sûr, cela exigerait de gros efforts, dont la nécessité d'une vigilance constante n'était pas des moindres : vingt-quatre heures sur vingt-quatre, et sept jours sur sept. Il se passa la main dans les cheveux en soupirant. Ça n'allait pas être une partie de plaisir…

Et le moment serait vraiment mal choisi pour se compliquer la vie avec une femme. Aussi jolie et attirante soit-elle…

3.

— Oh non ! s'écria Liesel en se garant immédiatement sur le bas-côté de la route.

Elle secoua la tête. Il ne manquait plus que ça ! Un pneu crevé. Instinctivement, elle leva les yeux vers le rétroviseur. Liam, Dieu merci, inconscient du problème de sa mère, dormait comme un petit ange.

Un coup d'œil sur l'horloge de bord lui confirma ce qu'elle savait déjà : elle serait en retard. Atteindre Adélaïde en une heure, en incluant le temps nécessaire au changement de roue, serait impossible. Surtout dans l'état de nerfs où elle se trouvait. Ses mains tremblaient, et son cœur battait à tout rompre. Elle se força à prendre une longue inspiration, puis posa un instant le front sur le volant, avant d'aller évaluer les dégâts.

— C'était un super dérapage contrôlé, mademoiselle Adler. J'ignorais que vous aviez l'étoffe d'un pilote.

Elle faillit bondir au son de cette voix chaude — cette même voix sortant de ces mêmes lèvres qui l'avaient fait rêver tout éveillée une bonne partie de la nuit…

— Re bonjour, dit-elle en abaissant sa vitre. Décidément, on se rencontre souvent.

— Eh oui. C'est ce qui arrive, quand on vit dans une petite ville… Vous alliez faire des repérages pour mon milk-shake ?

— A 9 heures du matin ? répliqua-t-elle en riant malgré elle. Même moi je ne pourrais pas l'avaler !

— D'accord. Nous attendrons un peu, alors. Bien. Et si on jetait un coup d'œil sur ce pneu ?

Sous son regard, elle regretta de ne pas s'être un peu mieux apprêtée, ce matin. Mais elle était simplement partie pour garder la maison de ses parents, et n'avait pas vu l'intérêt de se pomponner…

A vrai dire, il y avait presque trois ans, maintenant, qu'elle ne se maquillait plus, pour la simple raison qu'elle ne cherchait plus le regard des hommes. Toutefois, sous celui de Jack, elle éprouvait soudain le besoin d'être à son avantage. Elle avait envie qu'il apprécie ce qu'elle lui donnait à voir. Etrange décidément… et perturbant.

— Mais d'abord vous. Vous n'avez pas de mal ? demanda-t-il en posant fugacement la main sur son bras. Vous ne vous êtes pas cognée, lorsque c'est arrivé ?

Ce bref contact provoqua en elle un frisson.

— Non.

— D'accord. Donc nous allons pouvoir nous occuper de ce problème. Ça devrait être rapidement réglé.

— Ce serait une bonne chose, répondit-elle en ouvrant la portière pour sortir.

Elle retint un soupir. Et par la même occasion, mettre un peu plus d'espace entre eux. Près de lui, elle avait l'impression de manquer d'air et d'en être étourdie.

— Bon, dit-il après avoir observé un instant le pneu. Je crains que ce ne soit plus sérieux que je le pensais. Ce n'est pas une simple crevaison, le flanc du pneu est atteint aussi.

Elle envisagea aussitôt les répercussions de cette nouvelle. Elle avait promis de veiller sur Moxy, le caniche nain de ses parents — leur « enfant de substitution », comme ils l'appelaient en souriant — pendant leur week-end chez sa sœur, à Melbourne. Leur voisine était un peu trop âgée pour aller le promener, et il aurait besoin de compagnie pendant leur absence. Leur train partait dans deux heures, il n'était pas question de leur faire faux bond. Pas après l'aide qu'ils lui avaient apportée.

— Je dois aller à Adélaïde.
— Vous y resterez longtemps ?
— Juste une nuit.
— O.K. Eh bien je vais vous accompagner. Je dois faire un stage avec la Brigade métropolitaine. Je ne rentrerai que dimanche dans l'après-midi. Ça vous conviendrait ?

Jack n'avait pas réfléchi une seconde à ce qu'il venait de proposer. Mais devant l'expression soucieuse de Liesel, sa réaction avait été purement instinctive.
— Oh ! Je ne voudrais surtout pas vous ennuyer, dit-elle.
— Ça ne m'ennuie pas le moins du monde. Et mon camion est très confortable, vous savez.
— C'est très gentil à vous, mais…, je ne connais même pas votre nom !
— Officiellement, je suis le capitaine de brigade John G. Keller, mais pour vous, je crois que « Jack » conviendra très bien. Et n'insistez pas, vous ne saurez jamais de quel prénom le G. est l'initiale…
Elle se mit à rire. Et il fut soulagé de voir, au moins pour cet instant, l'inquiétude quitter son regard. Etrange… Sans qu'il puisse mettre de nom dessus, quelque chose, chez elle, l'atteignait très profondément, et éveillait un désir profond de la protéger.
S'efforçant d'attribuer ce besoin à son réflexe de pompier de vouloir sauver toute personne en détresse, fût-ce à cause d'une banale crevaison, il lui désigna son camion.
— Prenez vos affaires et montez, dit-il.
— Oh non, répondit-elle aussitôt en se tournant vers le siège arrière de sa voiture. Je ne suis pas toute seule.
Intrigué, il se pencha pour voir le passager sur la banquette.
— C'est mon fils, dit-elle.
— Et c'est un adorable bambin, répondit-il.
Il espéra que sa surprise ne transparaissait pas trop dans son expression.

Il ne s'y était pas attendu, évidemment. Et sa déception fut à la mesure de son étonnement. Liesel ne portait pas d'alliance, mais ce bébé disait clairement qu'elle n'était pas libre. Finalement, c'était aussi bien qu'il l'apprenne maintenant. Avant qu'il ne se fasse des idées…

— Voulez-vous appeler son père pour qu'il vienne vous chercher ? proposa-t-il.

Liesel eut l'impression que son sang se figeait dans ses veines. Elle n'avait toujours pas trouvé la bonne façon d'informer les gens au sujet du père de Liam, sans pleurer et mettre tout le monde dans l'embarras.

— Non. Il… il n'y a pas de père, répondit-elle sobrement, la gorge nouée.

Jack hocha la tête, et posa fugacement la main sur son épaule.

— D'accord. Donc, finalement, c'est une chance que je sois passé par là, dit-il. Allez, montez tous les deux.

Il avait accompagné ces mots d'un sourire doux qui lui étreignit le cœur.

Soulagée qu'il ne lui en demande pas plus, elle prit Liam, ainsi que le grand sac contenant tout ce dont un enfant de son âge pouvait avoir besoin dans une journée et, cinq minutes plus tard, tous deux étaient installés à côté de lui dans le camion. Il n'était pas dans ses habitudes de monter dans le véhicule — à plus forte raison un camion de pompier ! — d'un quasi-inconnu, mais elle n'avait pas vraiment eu le choix. Ses parents comptaient sur elle, et de toute façon, quel mal y avait-il à cela ? En tant qu'employés de l'Etat tous les deux, ils étaient pratiquement des collègues, non ?

Jack lui donna le numéro d'un garage local, qu'elle appela aussitôt. On lui promit d'aller chercher la voiture, et de la lui rapporter réparée le lundi suivant, à 8 heures. Rassurée, elle laissa échapper un soupir en remettant son portable dans sa poche. Vivre dans une petite ville comportait à l'évidence des avantages.

— Désolé pour le fouillis, dit-il en démarrant, après avoir chargé ses affaires à l'arrière. Le règlement exige de bannir tout ce qui ne concerne pas notre travail, mais il oublie qu'il s'adresse à des hommes qui peuvent avoir faim, surtout quand ils sont sur le pont vingt-quatre heures sur vingt-quatre.

Elle baissa les yeux sur les boîtes de soda, la bouteille de ketchup, les serviettes en papier et le reste, puis sourit. D'une certaine manière, cela le rendait plus humain à ses yeux.

— Ne vous en faites pas pour ça.

— D'accord. Bien. Où allons-nous, mademoiselle Adler ?

— Les collines du Nord. Près du réservoir de la crique des Kangourous. Si cela ne vous ennuie pas, bien sûr.

— Pas de problème. La caserne où nous nous entraînons est juste de l'autre côté du réservoir, à Houghton. Bien. Vous êtes bien attachés, tous les deux ? Alors allons-y.

Les dernières réticences qu'elle avait éprouvées en montant avec lui — après tout, c'était tout de même un inconnu — s'envolèrent. Au point qu'elle le convainquit d'abandonner le « mademoiselle Adler » pour l'appeler plus simplement par son prénom. Ce qu'il accepta, à la condition qu'elle l'appelle Jack. Normal.

— Vous sortez souvent, le soir ? demanda-t-il.

— Pas vraiment ! répondit-elle en riant à cette seule idée.

— Même pas le samedi ?

— Même pas. Ce soir, ce sera télé pour Liam et moi. Rien de très excitant.

— Et si je vous proposais de vous emmener quelque part ?

Prise au dépourvu, elle le dévisagea, ahurie.

— Tous les deux, ajouta-t-il. Je serai libre à 17 heures. Nous pourrions aller boire un thé ou autre chose, avant que vous ne rentriez pour le coucher.

Elle contint de justesse le « non » instinctif qu'elle s'apprêtait à prononcer. Les pompiers, en ce qui la concernait, étaient à maintenir à distance.

Pour son fils.

— Merci, mais je ne crois pas que ce serait une bonne idée. En fait, je vais à Adelaïde pour m'occuper du chien de mes parents.

Et, pour masquer sa nervosité, elle lui décrivit l'adoration de son père et de sa mère pour leur petite peluche vivante, ce qui le fit beaucoup rire. Comme elle se détendait à son tour, elle l'observa à la dérobée. Jack lui apparaissait comme quelqu'un en qui elle pourrait avoir confiance, et en plus il ne cherchait pas à la séduire, ce qu'elle appréciait tout particulièrement. Elle se rendit même compte qu'elle prenait plaisir à avoir une conversation toute simple, normale, avec lui.

Il y avait longtemps qu'elle attendait cet instant. Depuis la disparition d'Eric, elle ne savait plus trop ce que signifiaient des rapports « normaux ». Difficile à dire, alors qu'on la traitait, soit comme une femme endeuillée élevant seule son enfant, soit comme celle qu'elle avait été — libre, insouciante, toujours par monts et par vaux, et prête à faire la fête.

Elle s'appuya contre la portière, espérant qu'il ne verrait pas qu'elle le regardait à travers ses lunettes de soleil.

Il était incontestablement beau. D'une beauté virile qui lui valait sans doute de nombreuses conquêtes. Des filles superbes, sans nul doute. Elle-même était de celles qu'on considérait souvent davantage comme une bonne copine que comme une petite amie. Ce qu'elle devait sans doute à son allure un peu « baba cool », héritage parental oblige…

Ses pensées, à son insu, s'évadèrent plus loin, et elle prit soudain conscience qu'elle était en train d'imaginer ses lèvres pleines sur les siennes, la sensation de sa joue rugueuse sur sa peau, et le…, stop !

— Allez, disait Jack. Ce serait sympa. Et nous pourrions

discuter devant ce milk-shake au chocolat dont je rêve. Je connais même un endroit que Liam apprécierait sûrement.

Elle secoua la tête.

— Désolée, Jack, répondit-elle en regardant droit devant elle. Je ne préfère pas.

Elle lui jeta un coup d'œil. Il paraissait déçu, mais elle n'avait aucune envie de se lancer dans une aventure. Car quelle autre motivation pourrait-il avoir, sinon celle de sortir avec elle, de passer une bonne soirée, suivie d'une nuit excitante et…

Les premières notes d'un tube des années 1960 mirent un brusque terme à ses fantasmes.

— Qu'est-ce que c'est ? demanda-t-il, d'un air surpris.

— Mon téléphone, répondit-elle en fouillant nerveusement dans son sac.

Elle devait arrêter cette sonnerie le plus vite possible avant qu'elle ne réveille Liam.

— Vous ne seriez pas un peu hippy ? demanda-t-il, amusé.

— Je l'ai été, dit-elle.

Elle pressa rapidement la touche « répondre », tout en s'assurant que Liam dormait toujours.

— Oui, Cassie ?… Ecoute, parle moins vite, j'ai du mal à comprendre. Donc il s'est brûlé. Profondément ?

L'attention de Jack fut aussitôt éveillée. Les brûlures, c'était aussi son rayon. D'un signe, il informa Liesel qu'il pouvait faire demi-tour. Elle secoua la tête, concentrée sur les explications de son interlocutrice dont il pouvait entendre la voix affolée.

— Cassie, je dois connaître la profondeur de la plaie, d'accord ?

Son calme et son assurance l'impressionnèrent. Il découvrait en cet instant une autre facette de celle qu'il avait prise pour une personne timide et effacée.

— Est-ce que c'est seulement rouge et brillant, ou y a-t-il des cloques ?

Jack se gara sur le bas-côté de la route, et fut récompensé par un regard reconnaissant de Liesel.

— As-tu déjà mis quelque chose dessus, Cassie ? demanda-t-elle encore.

Cassie ? Ce nom lui rappelait… Oui, c'est ça : c'était le nom d'une des enseignantes de l'école de Murray Valley.

— D'après ce que tu me dis, la brûlure n'a pas l'air si grave, Cass. Mais il vaudrait mieux que tu la nettoies bien, et que tu l'enveloppes dans un bandage. Mais ne le serre pas surtout, il ne faut pas que tu crèves les ampoules. Et pas de gras dessus, ni huile, ni pommade, O.K. ?

Il sourit, lorsque sa voix douce et apaisante redevint soudain celle, stricte, de l'infirmière.

— Et dis bien à Kev qu'il ne faut absolument pas qu'il les gratte ou qu'il se cogne. Pour l'instant, il ne doit pas toucher à sa console de jeu. Insiste bien là-dessus, même s'il te snobe du haut de ses onze ans. D'accord ? Tu m'appelles au moindre problème, bien sûr, et s'il y a le plus petit signe d'infection, tu l'emmènes directement chez le médecin. A plus, dit-elle enfin, avant de couper la communication.

— Un ennui ? demanda-t-il.

— Oui, désolée. C'est mon amie Cassandra.

Il hocha la tête. Il avait entendu parler d'elle et de son fils Kevin. Des gars de la brigade avaient évoqué les problèmes que posait Kevin depuis que son père les avait abandonnés, lui et sa mère, un an plus tôt. Il serait un bon candidat à inscrire sur la liste des apprentis pompiers. Quant à lui, ce choix lui avait offert un but, et à présent, il s'efforçait de transmettre cette chance à d'autres, lorsqu'il en avait l'occasion.

— Elle m'appelait pour son fils. Je n'ai jamais rencontré un gamin aussi prédisposé à tous les pépins possibles. Cette fois-ci, c'est avec le grille-pain qu'il a eu des démêlés !

Jack haussa les sourcils.

— De quel genre ?

Elle baissa brusquement le ton en regardant de nouveau son fils.

— Il essayait de faire des toasts au fromage, murmura-t-elle, son attention tout entière tournée vers Liam.

Jack suivit le regard de Liesel. Il n'avait jamais été particulièrement attiré par les bébés, mais il devait reconnaître que cet enfant était particulièrement beau. Et la confiance avec laquelle il dormait dans son siège était touchante. Il avait toujours envisagé de créer sa propre famille, un jour, mais…

Conscient de la direction morose que prenaient ses pensées, il se reprit aussitôt.

— On se remet en route ?

Liesel essaya toutes les chaînes de télévision sans succès. Incroyable ! Malgré la centaine que ses parents recevaient, aucune ne proposait quelque chose d'intéressant. Elle se contenta donc d'une émission culinaire. Peut-être sa faim en serait-elle stimulée ?

Elle n'avait pas besoin d'avoir un Q.I. de petit génie pour savoir d'où lui venait ce manque d'appétit. Elle avait suffisamment aidé Cassie à surmonter des fiascos sentimentaux, pour reconnaître les symptômes… Et aujourd'hui, c'était elle qui refusait l'invitation à dîner du premier homme qui la touchait émotionnellement depuis la mort d'Eric.

D'une nouvelle pression du doigt, elle changea une fois de plus de chaîne. Les informations. Non. Elle préférait finalement penser à Jack. Et surtout à cet instant où sa main s'était posée sur son épaule. Ou quand, au gymnase, ses lèvres avaient effleuré…

Elle se redressa. Stop. Terrain dangereux.

Elle se tourna vers son fils, visiblement ravi de partager son nounours avec le caniche.

Liam. C'était sur lui qu'elle devait se concentrer. Et non sur Jack.

La sonnette de l'entrée la sortit brusquement de sa rêverie. Un des voisins venait lui rendre visite, sans doute. Elle alla ouvrir.

— Je n'ai pas pu résister.

Elle cilla. Deux énormes milk-shakes au chocolat apparurent dans l'entrebâillement.

Elle ouvrit aussitôt en grand, pour découvrir le sachet odorant venant manifestement de la rôtisserie locale, et qu'il tenait coincé sous son bras.

— J'espère que je n'arrive pas trop tard. Vous avez dîné ?

Elle sentit un sourire lui monter aux lèvres. Comment avait-il deviné que le poulet rôti était son plat favori ?

Etait-ce un autre petit signe du destin ? Ou, plus simplement, un heureux hasard ?

4.

— Vous ne me facilitez pas la tâche, pour résister à votre charme.

— Oh… Parce que vous me trouvez du charme ? demanda Jack.

Il lui servit ce qui restait de la salade de pommes de terre.

Il se laissa ensuite aller dans son fauteuil de jardin, pour guetter sa réponse — qu'elle éluda en mâchant longuement sa bouchée. Elle souriait, et il frémit intérieurement en la voyant attraper du bout de sa langue, une minuscule pointe de mayonnaise.

Liesel avait vraiment beaucoup d'atouts… Même son fils était craquant. Pour être honnête, il avait été surpris, et même choqué, de découvrir qu'elle avait un enfant, mais de les voir ensemble, tous les deux, lui avait paru si naturel, qu'il ne pouvait déjà plus l'imaginer sans son fils. Elle n'avait pas mentionné le père de Liam mais il ne commettrait pas l'erreur d'évoquer le sujet. Elle lui en parlerait quand et si elle le souhaitait. En attendant, le petit tenait beaucoup de sa mère — gracieux, aimable, et franchement mignon.

Le soleil, en cet instant, dansait dans les boucles auburn de Liesel. Il imaginait sans mal ses doigts glissant dans ses cheveux, son pouce caressant sa joue, avant qu'il ne l'attire plus près de lui pour un…

S'apercevant qu'il la fixait, il détourna aussitôt les yeux et toussota nerveusement, avant de se redresser d'une façon qu'il espéra naturelle. Mais elle ne devait pas être dupe.

— Un héros charmeur, oui, répondit-elle en riant. C'est une journée à marquer d'une pierre blanche pour le capitaine Keller, tu ne penses pas, Liam ?

Le bambin, bien calé dans le giron de sa mère, poussa un soupir de bien-être dans son sommeil.

— Il est clair, en tout cas, que mon charme n'opère pas sur votre fils.

— Il faudra simplement faire un peu plus d'efforts, répliqua-t-elle, une lueur amusée dans le regard.

Il la considéra un instant. Etait-ce une invitation de sa part ? Parfait. Il ne demandait pas mieux.

— Je relève le défi, répondit-il en repoussant sa chaise pour se lever. Et pourquoi n'iriez-vous pas coucher ce petit bonhomme, pendant que je remets un peu d'ordre ici ?

Liesel accepta sa proposition avec un simple sourire et Jack la suivit des yeux, tandis qu'elle disparaissait dans le fond du confortable bungalow où, ainsi qu'elle le lui avait expliqué, ses parents avaient emménagé dix ans plus tôt, après le départ de leurs filles. Elle lui avait un peu parlé de sa famille, et il en avait éprouvé une agréable sensation de chaleur et d'amour. Cela lui avait rappelé ce qu'il vivait autrefois à River's Bend, avant la mort de sa mère.

En soupirant, il glissa la main dans ses cheveux épais, s'efforçant de chasser les souvenirs et de revenir à l'instant présent. D'un regard, il se rendit compte qu'ils avaient fait honneur au repas. Les plats étaient vides. Lui traversa soudain l'esprit, l'idée incongrue qu'on pourrait les prendre pour une famille. Ni plus ni moins. Ce n'était pas vraiment ce qu'il avait eu en tête lorsqu'il avait posé pour la première fois les yeux sur Liesel, dans la grange. Cela dit, il devait admettre que découvrir l'existence de son fils n'avait en rien gâché l'intérêt qu'il lui portait.

Il avait passé une excellente soirée en leur compagnie. Ils avaient ri de tout et de rien, et discuté simplement. Une expérience qu'il ne demandait qu'à réitérer. Si Liesel en était d'accord, bien sûr…

*
* *

Liesel ne se lassait jamais de regarder le petit visage de son fils, dans son sommeil. Il ne s'était même pas réveillé quand elle l'avait mis dans son lit. Et le fait que Jack lui ait fait faire « l'avion » n'y était sûrement pas étranger. Sans compter qu'il avait aussi mangé beaucoup de petits légumes grillés, lui qui, d'ordinaire, les refusait systématiquement. Pourquoi n'avait-elle pas pensé plus tôt au barbecue ?

Elle esquissa un sourire. La présence de Jack semblait leur avoir donné à tous les deux une énergie folle. Et Jack avait incontestablement un don avec les enfants. Toutefois Liam n'était pas le seul à être sous le charme. Elle s'était surprise à observer ses mains, à les imaginer sur ses hanches, sur sa taille, sur…, ses seins ? Mais pas question de laisser son esprit vagabonder ainsi. Aussi fort que soit le sex-appeal de Jack, elle devait résister. Oui, parfaitement, « ré-sis-ter ». Liam restait sa priorité. Mais elle ne pouvait ignorer que la présence de Jack l'aidait à supporter le drame qu'elle avait vécu, et dont elle éprouvait toujours le poids trois ans plus tard. La vie pouvait également offrir de bons moments d'abandon. Elle l'avait oublié.

Elle eut un petit soupir. D'abandon, oui, c'était certain. Il avait l'art de la surprendre à l'improviste, et elle avait cessé de se sentir gênée de sa tenue. S'il était incontestablement très confortable, son jogging n'était pas franchement seyant, il fallait bien dire les choses, mais elle passait un bon moment avec un ami, et c'était l'essentiel, non ? Un ami qui, sans avoir besoin de jouer de son charme, provoquait en elle des émois comme elle n'en avait pas connu depuis…, depuis très longtemps.

Elle glissa ses doigts dans les cheveux fins et blonds de son fils. A priori, il n'aurait pas ses boucles, c'était d'Eric qu'il tenait ses cheveux.

Son ventre se noua aussitôt. Eric. Le père de son fils. Son premier amour. Venait-elle vraiment de passer ces deux dernières heures avec un autre homme, comme s'il n'avait jamais existé ?

Son corps lui fournit la réponse, avant que son esprit n'ose le confirmer.

Oui. Et non seulement elle n'avait pas évoqué Eric dans sa conversation avec Jack, mais elle n'avait même pas pensé à lui. Le temps était passé si vite en sa compagnie. Si agréablement. Comment avait-elle pu se laisser entraîner ainsi ? Elle allait devoir se ressaisir.

Se détournant discrètement, elle essuya les larmes apparues dans ses yeux.

Ce n'était pas possible… Ne disparaîtraient-ils donc jamais ? Cette culpabilité, ce besoin de s'accrocher au passé, tout en sachant que la seule façon d'aider son fils à appréhender l'avenir serait de lâcher prise ? Mais jusqu'où ? Y avait-il des normes, un mode d'emploi, pour ce genre de chose ? Pouvait-elle fermer la porte sur le passé, afin de pouvoir aller de l'avant ? Et une fois encore, jusqu'où ?

— Liesel, il faut que nous partions, et tout de suite, dit Jack en venant au-devant d'elle dans le couloir.

De nouveau, elle s'essuya furtivement les joues du bout des doigts.

— Que se passe-t-il ?

— La voisine de vos parents vient de faire une mauvaise chute. Il y a de fortes chances que ce soit sa hanche, mais pour l'instant elle n'a pas de réaction. Son mari est avec elle. Je vais appeler une ambulance, néanmoins, les premiers soins sont plus de votre ressort. On s'y retrouve dans cinq minutes.

Et il attrapa le téléphone mural sans attendre sa réponse.

Réagissant aussitôt, Liesel sortit par la porte de derrière qui donnait sur le jardin de M. et Mme Gilman. Ils étaient des amis de très longue date de ses parents, et avaient choisi d'être voisins pour cette raison-même : être là les uns pour les autres en cas de problème.

Liesel sentit son cœur se serrer en voyant Mme Gilman

étendue sur les dalles de son patio, et surtout en découvrant la tache de sang grandissant sous sa tête. Son mari, les yeux écarquillés par la panique, se tourna vers elle.

— Qu'est-ce que je peux faire ? Elle a l'air de ne pas m'entendre, quand je lui parle.

Elle hocha lentement la tête. C'était exactement pour de telles situations qu'elle avait été formée — les traumatismes extrêmes. Et précisément le genre de scénario qu'elle s'était évertuée à éviter depuis ce soir-là, dans le service des urgences d'Adelaïde. Cependant, elle avait un devoir de protection. Et la tête lui tournait.

« Un devoir de protection ».

Instinctivement, elle eut envie d'aller se réfugier dans les bras de Jack et de presser les mains contre ses oreilles, afin de s'isoler du monde. Dans ses bras, au moins, elle se sentait en sécurité.

« Un devoir de protection »…

Il était là. Près d'elle. Elle pouvait y arriver. Se redressant, elle s'avança pour poser une main rassurante sur l'épaule du vieil homme. Comme Jack l'avait fait pour elle.

— Vous avez fait ce qu'il fallait, monsieur Gilman. Mon ami est en train d'appeler les secours. En attendant, pourriez-vous aller me chercher quelques serviettes propres et un récipient d'eau chaude ? demanda-t-elle. Et prenez le temps de faire deux voyages, d'accord ?

M. Gilman acquiesça sans un mot et disparut dans la cuisine, tandis qu'elle s'agenouillait, son attention tout entière portée sur Mme Gilman. Ses doigts se refermèrent sur le poignet mince de la femme inconsciente dont elle nota le teint très pâle. Ce qui était parfois le signe d'un violent traumatisme. Liesel se pencha, et inclina la tête, espérant percevoir une respiration. Il y en avait une, très mince et irrégulière, mais au moins était-elle en vie.

Elle ferma brièvement les yeux. Dieu merci.

Fonctionnant en pilote automatique, elle entama une check-list mentale, à laquelle elle n'avait pas eu recours depuis longtemps. Il n'était bien sûr pas question qu'elle déplace Mme Gilman. Elle laissait ce soin aux ambulanciers. Ils auraient une minerve, une planche dorsale et tout le matériel nécessaire. Son rôle, à elle, était de stabiliser au mieux la victime. Une rupture sur une voie artérielle principale était souvent fatale. Et le plus petit mouvement pouvait provoquer une paralysie, si la fracture se trouvait dans le cou ou la colonne vertébrale. De même, un geste brusque pouvait relâcher un caillot sur une voie fatale, et bloquer l'accès de sang au cerveau.

Elle prit une longue inspiration. Tout ce qu'elle avait à faire était de rester concentrée. Jack avait confiance en elle. Alors, elle pouvait le faire.

Elle inspira de nouveau, fermant son esprit à tout ce qui n'était pas Mme Gilman. D'après la position de ses jambes et de ses bras, il était clair qu'elle avait fait une chute. Fracture de la hanche, de la jambe, du bras, du poignet… — tout était possible. Une fracture interscapulaire ou le long des voies artérielles du cou était également une possibilité. Mais à observer la posture de Mme Gilman, il s'agissait plus probablement d'un problème de hanche qu'autre chose.

Elle avait déjà eu affaire à plusieurs fractures de la hanche, pendant qu'elle exerçait sur les pentes enneigées, le plus souvent de jeunes gens — des skieurs casse-cou, désireux de relever un défi qu'ils perdaient en allant embrasser un pin ou autre chose. Des cas graves, mais qu'ils surmontaient grâce à leur jeunesse.

La vie n'était malheureusement pas aussi clémente pour leurs aînés. Surtout avec quelqu'un souffrant d'arthrose — une affliction dont M. et Mme Gilman étaient tous deux atteints, et qui concernait hélas beaucoup de personnes âgées. Et Liesel était bien placée pour savoir qu'une fracture de la hanche pour un septuagénaire pouvait parfois se révéler fatale.

Mais dans l'immédiat, c'était la plaie à la tête qui exigeait son attention. Si ce genre de blessure saignait beaucoup, ce n'était pas forcément aussi grave que cela en avait l'air. En revanche, l'infection, elle, pouvait constituer le vrai problème.

Rapidement, elle scruta le patio. Des saucisses étaient éparpillées sur le carrelage, et elle remarqua, sur le bord du plateau utilisé pour le barbecue, une petite trace de sang où étaient collés quelques cheveux blancs — la cause de la fracture, visiblement. Elle devait juguler aussi vite que possible l'hémorragie, mais ne pouvait pas le faire sans s'être désinfecté les mains. Aussi fut-elle soulagée de voir M. Gilman réapparaître avec plusieurs lingettes propres.

— Nous nous apprêtions à faire cuire quelques saucisses, et elle…

Il s'interrompit, de toute évidence incapable de décrire l'incident.

— Merci, monsieur Gilman. C'est exactement ce qu'il fallait.

Elle lui pressa brièvement le bras pour le rassurer, puis posa une lingette sur la blessure, avant d'essuyer le sang sur le visage de Mme Gilman avec une autre.

— Auriez-vous une gaze, des bandages ou un antiseptique dans votre pharmacie ? demanda-t-elle. Ce genre de chose pourrait nous être d'un grand secours.

Le vieil homme acquiesça, avant de disparaître une nouvelle fois dans la maison.

Elle endigua l'hémorragie aussi bien qu'elle le put ; la plaie n'était pas grande, à peine six ou sept centimètres, mais elle avait été déchiquetée par le bord en aluminium du plateau, lequel était probablement un vrai nid de germes. Il lui fallait donc absolument un antiseptique pour nettoyer la coupure, avant d'appliquer un bandage. Quelques points de suture ou un pansement adhésif seraient sans doute nécessaires, mais, là encore, elle n'avait rien sous la main.

Son cœur s'emballa de nouveau. Comment, sans le matériel nécessaire, allait-elle pouvoir aider Mme Gilman ?

Elle ferma les yeux. Il fallait qu'elle arrête de s'angoisser ainsi. Celle qu'elle avait été n'aurait pas réagi de cette façon ; elle aurait improvisé, et s'en serait sortie. Point à la ligne !

— L'ambulance sera là d'ici dix minutes.

La voix de Jack et son annonce lui redonnèrent le calme dont elle avait besoin.

— Et ne vous inquiétez pas pour Liam, ajouta-t-il.

Il sortit de sa poche le récepteur du système de surveillance de bébés.

— Je m'en occupe.

Elle lui faisait confiance. Désormais, elle pouvait se concentrer sur Mme Gilman. Agenouillée sur la terrasse, elle nettoya le sang sur le front de la vieille dame. Et la force qui émanait de Jack l'aidait à se concentrer sur sa tâche.

— Je peux vous aider ? demanda-t-il.

Elle inspira discrètement. Pas question de le laisser deviner son anxiété.

— En fait, il n'y a pas grand-chose à faire en attendant l'ambulance. Sans moyen de l'immobiliser complètement, je pense qu'il est trop dangereux de la bouger.

— D'accord. C'est vous l'experte, répondit-il avec un léger salut respectueux de la tête.

— Pas vraiment, en fait, répondit-elle. Il y a longtemps que je n'ai pas eu affaire à ce genre de blessure.

— Et pourtant, d'après ce que je peux voir, vous vous en sortez plutôt bien.

Elle le regarda, reconnaissante. Sa présence était un vrai don du ciel. La providence le lui avait-elle envoyé pour l'aider à reprendre confiance en la vie ?

Elle perçut un bourdonnement, et vit Jack attraper le bipeur à sa ceinture. Et son expression, alors qu'il lisait le message, changea brusquement.

— Désolé, Liesel. Il faut que je vous laisse. Un incendie s'est déclaré dans une maison sur les collines, à deux pas de la brousse.

Elle hocha la tête. Il était clair qu'il était ennuyé de la laisser seule à attendre l'ambulance. Bien sûr, elle aurait préféré qu'il reste avec elle, mais d'autres victimes avaient peut-être besoin de lui.

— Allez-y. Ça va aller.

Elle fut récompensée par le soulagement qu'elle lut dans ses yeux, avant qu'il ne se détourne pour courir jusqu'à son véhicule.

Comme le camion s'éloignait, Liesel repensa aux mots de Jack : « C'est vous l'experte. » Il avait raison. Elle savait comment traiter ce genre de cas. Même si c'était effrayant. Et même si elle était seule. Elle pouvait y parvenir. Ses doigts glissèrent jusqu'au poignet de Mme Gilman et… Et rien ?

Elle les porta alors vivement à son cou. Toujours rien. Où était ce pouls, bon sang ?

Se penchant au-dessus d'elle, elle plaça ensuite ses doigts sur son front, exactement comme Jack l'avait fait avec elle, lors de sa démonstration des premiers soins.

Elle tourna la tête afin de placer sa joue contre son nez et sa bouche pour sentir un souffle. En vain. Elle ne percevait toujours rien !

— Madame Gilman ?

La panique monta en elle, surtout qu'elle entendait M. Gilman revenir. Tous les deux étaient mariés depuis presque cinquante ans. Comme ses propres parents, qui s'apprêtaient également à fêter leurs noces d'or. Tous les quatre devaient partir en croisière jusqu'en Nouvelle Zélande, d'ici quelques mois. Ils étaient si heureux. Pour elle, ils incarnaient le bonheur qu'elle souhaitait connaître à son tour un jour.

Plaçant ses mains croisées sur le torse de la vieille dame, elle commença le massage cardiaque essentiel pour réactiver la respiration. Pour faire revenir la vie.

Et puis, elle entendit, encore lointaine… Oui, c'était bien ça : la sirène d'une ambulance. Elle pouvait y arriver.

*
* *

Jack avait mauvaise conscience. Il n'avait pas eu une seconde à lui ces sept dernières heures, et n'avait donc pu appeler Liesel, pour prendre des nouvelles de Mme Gilman. Et il n'osait pas l'appeler, alors que le soleil était tout juste sur le point d'apparaître à l'horizon. Mais il avait des scrupules, elle était si pâle, lorsqu'il l'avait quittée. Et comme contrariée, aussi. Pourtant, elle savait qu'il devait répondre à des urgences…

Aurait-il dû renoncer à un incendie pour rester auprès d'une blessée pour laquelle il ne pouvait rien faire, et alors qu'une ambulance était déjà en route ?

Avec la réduction de personnel, c'était le genre de décision qu'il était de plus en plus amené à prendre, désormais, et il apprenait, contraint et forcé, à établir des priorités parmi les crises.

— Bois ça avant de t'écrouler, Jack. C'est souverain pour les muscles.

— C'est une de vos potions vitaminées magiques, chef ? demanda-t-il en saisissant la bouteille.

Le commandant s'assit sur la couchette voisine de la sienne, et commença à ôter ses chaussettes.

— Exactement. Dans le genre remontant, on n'a toujours pas inventé mieux. Avec ça tu te sentiras comme neuf, crois-moi.

— Mieux que la maison qu'on vient d'arroser, en tout cas.

— Je n'ai jamais vu une bâtisse flamber aussi vite, répondit le commandant en secouant la tête. A croire qu'elle était faite en petit bois. Quelle pitié.

— C'est sûr.

Jack délaça ses brodequins. Il ne s'était jamais habitué à la vitesse à laquelle une maison pouvait être réduite en tas de cendres.

— Et ton rendez-vous ? Ça s'est bien passé ? demanda son chef.

— Mon rendez-vous ? reprit Jack.

Il pensait pourtant avoir été discret lorsqu'il s'était éclipsé de la station…

— Je t'ai vu filer, tout à l'heure. Jamais vu un de mes gars prendre aussi soin de sa tenue et de ses cheveux pour aller « avaler un morceau avec un vieux copain ».

Souriant, il se pencha pour lui donner un coup amical sur le bras.

— On dirait bien que notre Casanova local est de retour parmi nous !

— Pas de danger, répliqua Jack, d'un ton qu'il voulut le plus léger possible.

Malgré lui, il avait tiqué devant ce vieux surnom qui datait de l'époque de sa formation.

D'ailleurs, Liesel n'entrait pas du tout dans la catégorie des filles qu'il avait eu alors l'habitude de fréquenter.

— Valait-elle la peine d'écoper d'un blâme, au moins ?

— Un blâme ?

Jack considéra son supérieur, stupéfait. Il était arrivé à la caserne bien avant l'appel.

— Je te mets en boîte, mon vieux, mais fais attention. On devient plus strict en haut lieu, en ce qui concerne la vie privée des gars. Il n'est pas question que tes aventures empiètent sur le boulot. Surtout quand on est à court de personnel. Il n'en faudrait pas beaucoup plus pour fermer Murray Valley.

— Ils ont dit que j'avais un an devant moi.

— Ils disent beaucoup de choses, tu sais…

Jack glissa un oreiller sous sa tête.

En plein travail, il mettait un point d'honneur à être totalement concentré. Et sa détermination à diriger sa propre caserne, un jour, le contraignait à ne jamais rien entamer de sérieux, côté sentiments. D'où son surnom de « Casanova » dans la brigade. Et le fait qu'il avait été affecté dans sa ville natale le confortait d'autant plus dans sa résolution.

Le bon fonctionnement de la caserne était désormais son principal objectif. Il se devait de lui consacrer toute son attention. Un échec était tout bonnement inenvisageable.

Il n'avait d'ailleurs pas connu d'échec. Sauf…

Sa mère.

Il sentit sa gorge se nouer. Non. Ça n'avait pas été sa faute. C'était en tout cas ce que racontaient les faits. Son père, malheureusement, ne voyait pas les choses de cette façon. S'il n'avait pas couru à l'arrière de la grange, hors de la vue de sa mère, elle n'y serait peut-être pas entrée. Mais peut-être aussi, l'aurait-elle tout de même fait. Elle aimait les chevaux autant que lui, suffisamment pour être prête à prendre des risques pour les sauver. Cela avait même été ce qui les avait le plus rapprochés, tous les deux. Quand il disparaissait, ne serait-ce que pour fuir les cours de gestion du domaine que tenait à lui donner son père, sa mère savait toujours où le retrouver — dans l'écurie. Depuis, il n'était jamais remonté sur un cheval. Il avait aussi renoncé à diriger River's Bend.

Soit il régissait le domaine comme le voulait son père — en tournant le dos à la brigade —, soit il laissait sa sœur prendre les rênes…

Voir Liesel avait été une mauvaise idée. Auprès d'elle, il semblait incapable de se concentrer. Et il n'arrivait même pas à ne pas penser à elle. Il s'imaginait en train de caresser ses cheveux, de goûter ses lèvres, de sentir ses…

— Qui est-ce ?

Il sursauta presque, en reconnaissant la voix de son chef.

— Qui est qui ?

— La fille qui t'obnubile. Je ne t'ai pas souvent vu l'air aussi distrait. Jamais, en fait.

Il s'éclaircit la gorge.

— Ce n'est pas ce que… ce que vous croyez. C'est une infirmière que j'essaie de convaincre de travailler comme volontaire chez nous. Et j'ai juste pris le temps de lui expliquer un peu comment ça se passait.

— Je vois. En attendant, fais en sorte que celle que tu choisiras puisse supporter ton boulot. Parce que s'il y a une chose qu'elle ne pourra pas changer en toi, c'est bien ça.

Jack hocha la tête, puis retira ses brodequins, avant d'enfiler un T-shirt propre. Quand il fut prêt, son chef était parti. Tant mieux. Que voulait-il qu'il fasse de conseils qui engageaient une vie entière ? Tout ce qu'il avait en tête, lui, était tout au plus une agréable soirée avec, si possible, une nuit torride à la clé. Rien de plus…

5.

Il y avait maintenant quatre jours et… — Liesel releva les yeux sur la pendule murale du bureau qui semblait marquer les secondes au ralenti — un peu de plus de dix heures que Jack les avait déposés, elle et Liam, et elle ne l'avait pas revu depuis. Ni entendu. Chaque fois que le téléphone sonnait, les battements de son cœur s'accéléraient. Pour rien.

Elle avait très envie de l'appeler, histoire de vérifier si son attirance était partagée. Pourtant elle ne le faisait pas, et pour une bonne raison : elle avait peur. Peur du danger que représentait son métier. Et puis, elle n'était pas intéressée par une simple aventure. Ce dont elle avait envie, c'était de tomber amoureuse, vraiment amoureuse, et de fonder une famille avec l'homme qu'elle aimerait.

D'un autre côté, elle pourrait aussi choisir de s'offrir une belle histoire d'une ou deux nuits et ensuite, « ciao » ! Loin des yeux, loin du cœur ! Pourquoi pas ?

— Tu as l'air bien pensive…

Surprise, elle leva les yeux, et découvrit Cassie sur le pas de la porte. Se forçant à lui sourire en retour, elle lui montra la pile de documents sur son bureau.

— D'autres données à entrer. Les joies du métier d'infirmière !…

— Vous ennuieriez-vous dans notre bonne ville d'Engleton, mademoiselle Adler ? demanda son amie, l'air faussement sévère, en agitant un index accusateur vers elle. A moins que vous regrettiez ne pas avoir eu plus de… « rapports » avec notre pompier local ?

Elle secoua la tête en soupirant.

— Ne dis pas n'importe quoi.

Elle se maudit intérieurement. Etait-elle aussi transparente ?

L'attention de Cassie fut soudain attirée par un bruit dans le couloir derrière elle.

— Mais qu'est-ce que tu fais ici, toi ? Tu devrais être en classe. J'espère que ce n'est pas encore une histoire de bagarre ?

Liesel ne put saisir la réponse murmurée du gamin.

— Tu ne te sens pas bien ? Kev ?… Kev !

Au ton soudain affolé de Cassie, elle bondit de sa chaise.

Son amie était agenouillée devant son fils recroquevillé sur le sol, et qui paraissait être en proie à une violente douleur. Elle éprouva aussitôt la peur familière qui accéléra les battements de son cœur. Son rôle, dans ce cas, exigerait bien sûr d'agir avec tout le pragmatisme et la distance possibles, mais voir Kev suffoquer la priva momentanément de ses moyens.

Elle se ressaisit pourtant très vite, et fit appel à sa formation. Il n'y avait visiblement pas de temps à perdre.

— Mais qu'est-ce qu'il a ? s'écria Cassie. Il n'a jamais fait de crise d'asthme !

— Appelle une ambulance, répondit Liesel. Tout de suite.

S'agenouillant, elle posa le bout de ses doigts sur la carotide de Kev. Son pouls battait à cent à l'heure. Et il était clair que le garçon avait toujours plus de mal à respirer. Posant les mains sur chaque côté de son torse, elle put ressentir qu'un poumon répondait mieux que l'autre, alors qu'il luttait pour reprendre son souffle. Un collapsus pulmonaire ? Les symptômes correspondaient, en tout cas.

Un pneumothorax spontané primaire.

Liesel en avait déjà vu certains cas aux urgences. Lorsqu'un adolescent grand et mince subissait une nouvelle poussée de croissance, il arrivait que certains organes ne puissent pas suivre. Une minuscule déchirure survenait alors dans la partie externe du poumon, d'où l'air s'échappait. De l'air qui se retrouvait donc emprisonné entre le poumon et la paroi de la cage thoracique.

— Ça… fait mal, chuchota péniblement Kev.

— Je sais. Mais ça va aller. On va te soigner. Il va falloir simplement que tu essaies d'être aussi calme que possible pour que ta respiration s'apaise. A priori, un seul poumon doit fonctionner. Tu vas tenir le coup, Kev ?

Il rouvrit les yeux. Une légère transpiration était apparue sur son front, et elle s'en voulut aussitôt d'avoir parlé sans réfléchir. Elle devait le tranquilliser, certainement pas l'inquiéter encore plus.

Même s'il s'agissait réellement d'une situation dangereuse, et que toutes sortes de complications pouvaient se déclarer en attendant l'arrivée des secours. Avec les battements accélérés de son cœur, Kev pourrait fort bien commencer à faire de la tachyarythmie. Il était jeune, mais le cœur et le corps d'un adolescent avaient eux aussi besoin d'un flux régulier de sang et d'oxygène. Faute de quoi, de graves lésions tissulaires pouvaient survenir au cœur et au cerveau dans les trois ou quatre minutes qui suivaient. Ensuite, ce serait le tour des reins et…

— Il arrive.

— Qui ?

— Jack Keller.

— Quoi ?

— L'ambulance la plus proche est à une heure d'ici. Et l'hôpital appelle toujours la BPR, quand il n'y en a pas de disponible.

— On ferait peut-être aussi bien d'y aller nous-mêmes.

— Non. Jack a dit qu'il venait avec le SUV médical de la brigade, ce qui fait qu'on aura un véhicule prioritaire, et qu'on pourra foncer.

Assise sur ses talons, elle s'efforçait de réfléchir aussi vite que possible. Si c'était bien d'un pneumothorax que souffrait

Kev, il avait dû attendre avant de venir la trouver. Sans doute avait-il ressenti des tiraillements dans la poitrine, et une sensation d'oppression aussi, jusqu'à ce que sa condition se détériore, et devienne ce qu'elle était maintenant.

Elle rencontra le regard de Cassie.

— Il doit rester calme. Techniquement, en tant qu'infirmière scolaire, je n'ai pas le droit de le soigner, mais, d'un autre côté, j'ai le devoir de l'aider, s'il n'y a personne habilité à le faire. Je pense qu'il y a de l'air dans la cavité pleurale et…

— Mais qu'est-ce que ça veut dire ? Je ne sais même pas de quoi tu parles, Liesel !

— Ça veut dire qu'il y a de l'air coincé entre son poumon et sa cage thoracique. Cass, il va s'en sortir, d'accord ?

— Absolument, déclara une voix grave au-dessus d'elles. Et vous ne pourriez rêver avoir une meilleure infirmière que Liesel, Cassie. Je l'ai vue en action.

Son cœur fit un bond. Oui, c'était bien lui. Le capitaine de brigade Jack Keller. Qui occupait toute l'embrasure de la porte avec son mètre quatre-vingts et quelque, et son sourire rassurant.

— Le chariot brancard est bien arrimé ? demanda Liesel en se glissant près de Kevin.

— Oui. Les roues sont bloquées.

Jack, après un bref hochement de tête, se tourna vers Cassie, assise sur le siège au pied de la civière.

— Il faut que vous mettiez votre ceinture, Cassie, d'accord ?

Sans attendre sa réponse, il referma le hayon du gros SUV, et après s'être installé au volant, démarra.

— Heure d'arrivée estimée ?

— Dix à quinze minutes, en fonction de la circulation, répondit-elle. Ça ira ?

Liesel tourna la tête vers lui. Malgré son regard fixé sur

la route, elle savait qu'il était entièrement concentré sur le patient. Kev présentait maintenant tous les signes d'un pneumothorax sous tension, un cas qui pouvait se révéler mortel, et différent d'un pneumothorax spontané, lequel survenait le plus souvent, lorsque le patient était simplement assis ou au repos. Or, Kevin avait eu le temps de leur dire qu'il était en train de jouer, lorsqu'il avait ressenti les premières douleurs.

Elle baissa les yeux sur le garçon, dont le masque à oxygène couvrait en partie le visage. Rien ne permettait de penser qu'il ait pu se battre, comme cela lui arrivait souvent. Elle tira légèrement sur la bande élastique, afin qu'il bénéficie d'un apport maximum d'oxygène. Le gros SUV était équipé pour toutes les urgences médicales imaginables, le genre de véhicule qu'elle aurait voulu si elle… Non. Sens interdit. Au moins pouvait-elle s'estimer heureuse de ne pas avoir tenté de conduire elle-même Kev à l'hôpital. Sa conscience professionnelle ne lui aurait pas permis de risquer la vie du garçon, juste pour éviter de se retrouver avec Jack. L'adolescent allait avoir besoin de toute l'assistance possible, et la bouteille d'oxygène était vitale. Et il avait toutes ses chances entre les mains de Jack. Quels que soient ses propres sentiments vis-à-vis de lui, elle savait pouvoir compter sur ses compétences professionnelles.

Dès leur arrivée à l'hôpital, Kev serait immédiatement pris en main pour une aspiration à l'aiguille. Elle avait déjà pu assister à cette intervention. C'était le plus souvent au médecin que revenait la tâche d'insérer l'aiguille dans la cavité thoracique, pour évacuer l'air qui y était enfermé. Certains d'entre eux préféraient insérer un drain thoracique, mais des recherches avaient révélé que ce choix était bien plus traumatisant pour le patient, et augmentait la durée de son séjour à l'hôpital. Elle souhaitait vivement, pour Kevin, que l'hôpital de Murray Valley ait fait le bon choix.

— Tu crois qu'il a pu être malmené par ces gosses ? Ceux de la dernière fois ? demanda soudain Cassie.

Elle secoua la tête.

— A mon avis, ça n'a rien à voir avec une bagarre. En plus, j'avais cru comprendre que c'était l'inverse. Que c'était lui qui…

— Non, l'interrompit vivement Cassie. Ce sont eux qui le persécutent, Liesel. Il joue les caïds, il s'efforce d'être l'homme de la famille, mais ces gamins reviennent sans arrêt à la charge. Je lui dis que c'est en les ignorant et en ne leur rendant pas leurs coups, qu'il se montrera plus fort qu'eux, mais peut-être que…, que je l'ai mis en danger, avec mes conseils et…

Sa voix se perdit dans un sanglot, et Liesel se pencha au-dessus de Kev pour lui presser amicalement l'épaule.

— Ne te reproche rien, Cass. Et attendons de savoir ce qui s'est passé.

Reportant son attention sur Kevin, elle remarqua, horrifiée, que sa poitrine s'était distendue. Un rapide examen lui confirma que sa trachée-artère s'était déviée du côté opposé au poumon collabé. Généralement, on ne pouvait découvrir ce genre de problèmes qu'avec une radio, mais Kevin était assez mince pour qu'elle puisse voir le changement. Lui ôtant le masque à oxygène, elle se pencha à la recherche d'un souffle. Ils n'avaient plus de temps à perdre.

— Jack. Arrêtez-vous.

Il obtempéra sans hésiter, et se gara sur le bas-côté de la route.

— De quoi avez-vous besoin ?

— Je vais devoir pratiquer une aspiration. Et on ne peut pas prendre le risque de passer sur un nid-de-poule, pendant que j'insère l'aiguille.

Elle l'entendit qui ôtait sa ceinture de sécurité et ouvrait sa portière, tandis qu'elle-même demandait à Cassie de sortir du véhicule.

— Non. Je reste ici, répondit cette dernière.

— Cassie, il vaut mieux que tu sortes, reprit-elle doucement. Ce sera l'affaire de quelques minutes, rien de plus.

Elle l'observa discrètement. Elle avait des scrupules à l'éloigner, mais ce serait la première fois qu'elle procéderait à cette intervention, et la vie de Kevin en dépendait. Elle ne pouvait pas se permettre d'être distraite. Dès que Cassie fut descendue, Jack prit sa place.

— Je peux vous être utile ?

Elle était déjà en train d'enfiler les gants et le masque, qu'elle avait piochés dans une des boîtes de matériel.

— Pourriez-vous me trouver une aiguille calibre quatorze pour le cathéter, qui ferait entre trois et six centimètres de long ?

— Donnez-moi une minute.

— Je ne l'ai pas.

— Je suis ici pour vous aider, Liesel. Pas pour vous gêner.

Elle hocha la tête. Sa voix calme était rassurante. Il lui tendit le cathéter de ses mains gantées. Et il avait raison : sa présence lui donnait l'assurance dont elle avait besoin. Tout comme de penser à lui l'avait apaisée, lorsqu'elle s'occupait de Mme Gilman. Aussitôt, elle se sentit mieux. Oui, elle pouvait y arriver.

Rapidement, elle passa en revue les boîtes, mais sans trouver de quoi créer une valve unidirectionnelle, un élément essentiel de la procédure. Elle devrait donc avoir recours à un système médical d'urgence, qu'Eric lui avait enseigné. Elle attrapa un gant protecteur, en coupa un doigt, avant d'insérer rapidement le cathéter dans le nitrile stérile.

— Auriez-vous une solution saline ?

— Oui.

Ils avaient acquis un certain rythme, et leur collaboration était fluide, rapide et concentrée.

Elle sortit une seringue de dix millimètres de son sachet stérile, qu'elle remplit de solution jusqu'à la moitié. Ici, sur le bord de la route, avec les voitures qui passaient, elle n'était pas certaine de pouvoir entendre le souffle d'air qui s'échapperait, lorsqu'elle introduirait l'aiguille du cathéter dans le torse de Kevin. Donc, si elle atteignait l'endroit précis — quand elle l'atteindrait — l'air créerait des bulles dans la solution, lui apportant ainsi la preuve qu'elle avait correctement accompli son travail.

— Vous pouvez découper son T-shirt, s'il vous plaît ?

Il lui fallait un accès total au torse. Insérer l'aiguille au point précis était vital. La ligne médio claviculaire.

— Reste avec nous, Kev, on va te sortir de là, mon gars.

La voix chaude de Jack agit à la fois comme un tonique et un calmant dans l'atmosphère chargée du SUV. Il s'adressait à Kevin, évidemment, mais ces mots rassurants étaient exactement ce dont elle-même avait besoin, alors qu'elle palpait le torse du garçon pour trouver sa troisième côte. Elle n'avait pas droit à l'erreur. Elle tenait le doigt isolé du gant sur l'aiguille, et à présent, après avoir passé un coton imbibé d'antiseptique sur la ligne médio claviculaire qu'elle avait soulignée au stylo, elle devait diriger l'aiguille dans l'espace intercostal juste au-dessus de la troisième côte — et pas ailleurs.

Elle leva les yeux vers Jack et rencontra les siens, au-dessus du masque qu'il portait lui aussi. En y découvrant la confiance qu'il avait en elle lorsqu'il hocha la tête, elle sentit la sienne remonter aussitôt. Elle se redressa.

Tenant l'aiguille de l'IV montée sur la seringue en équilibre au-dessus du petit X, elle s'assura que sa main ne tremblait pas. Puis, retenant son souffle, elle enfonça l'aiguille dans la peau, d'un mouvement rapide et sûr. Presque aussitôt, des bulles apparurent dans le liquide de la seringue. Ce n'était pas encore terminé, mais ils avaient remporté la première manche — la plus importante. Elle leva les yeux vers ceux, interrogateurs, de Jack, et lui répondit d'un signe de tête affirmatif.

Elle attendit que les bulles se dissipent avant de retirer l'aiguille, laissant le doigt du gant dans le point de ponction, où il ferait office de vanne de sortie jusqu'à ce qu'ils atteignent l'hôpital. Elle jeta ensuite l'aiguille dans le conteneur pour objets tranchants, et stabilisa le doigt afin qu'il ne bouge pas. Ce n'était pas très joli, mais au moins était-ce fonctionnel, et pour l'instant elle n'en demandait pas plus.

— Je peux voir ? demanda Cassie dont la tête apparut par la portière arrière.

Jack déplia ses longues jambes, afin de lui faire de la place. Liesel sécurisa de nouveau le masque à oxygène sur la bouche de Kevin et, du coin de l'œil, vit Jack prendre la mère anxieuse dans ses bras.

— Il va s'en sortir, Cassie. J'en suis certain, dit-il. Allez vous installer sur le siège arrière ; on va conduire votre fils au Valley Medical.

La conviction que transmettait sa voix apaisa instantanément Cassie, et Liesel ne put que constater une fois de plus l'apport formidable de la présence de Jack.

Assise à l'arrière auprès de Kevin avec Cassie, elle ne pouvait s'empêcher de croiser régulièrement ses yeux dans le rétroviseur. Et c'était comme si elle emmagasinait chaque fois une charge d'énergie positive. Les bouffées de certitude qu'elle ressentait à ses côtés quant à ses qualités de soignante étaient exactement ce qui lui avait fait défaut lorsqu'elle travaillait aux urgences. C'était incroyable.

Et elle eut soudain le désir de mettre en action tout un tas de choses qu'elle reportait toujours au lendemain — trouver enfin un logement permanent pour Liam et pour elle, ne plus dépendre de ses parents, découvrir ses véritables capacités professionnelles… Et, pourquoi pas, reconsidérer la proposition de Jack, concernant la BPR.

Ce qui était sûr, c'est qu'elle redoutait d'expérimenter ce qui cherchait à naître entre elle et Jack. Elle ferma brièvement les yeux, revivant leur démonstration avortée de bouche-à-bouche devant toute l'école…

Elle avait l'impression que son corps se réveillait, après une longue période d'hibernation. En enfilant son ample tunique bleue, ce matin, elle ne s'était pas le moins du monde sentie sexy, mais à cet instant, sous le regard brûlant de Jack, elle se serait crue presque sensuelle. Pour un peu, elle aurait eu envie de danser. Et de l'embrasser. Eprouvait-il la même chose ? Ou était-elle la seule victime d'une hallucination aussi forte ?

Intuitivement, ses yeux se tournèrent vers le rétroviseur. Et elle rencontra de nouveau, ce regard bleu — lumineux, attentif, confiant. Et qui s'éclaira sous l'effet du sourire apparu sur ses lèvres.

Jack éprouvait le sentiment réconfortant du devoir accompli. Cassie se trouvait à la réception. Elle venait d'expliquer ce qui était arrivé à son fils, et l'urgentiste, après avoir examiné Kevin, venait de le faire transférer sur un chariot de l'hôpital.

— On dirait bien que vous venez de sauver la vie de ce gamin, lui dit le médecin. Il y a longtemps que vous êtes urgentiste ?

— Je ne le suis pas. J'avais commencé la formation à Adélaïde, mais j'ai été transféré avant de pouvoir la terminer.

— Alors comment avez-vous appris ce « truc » ?

Il désigna le doigt coupé du gant, toujours en place dans le torse de Kevin.

— Ce n'est pas moi. C'est cette femme très douée, répondit Jack en se tournant vers Liesel.

— Eh bien ! Impressionnant. Et vous ? Il y a longtemps que vous êtes dans la BPR ?

— Je ne le suis pas. Je suis juste l'infirmière scolaire.

— Vraiment ? demanda le médecin, étonné. Mais où avez-vous appris cette astuce ? Ce n'est sûrement pas dans le manuel des premiers secours.

Jack vit Liesel baisser les yeux sur le bord de la civière.

— C'est un Américain qui me l'a enseignée.

Jack ignorait de qui elle parlait, mais à son ton, il était clair qu'il s'agissait de quelqu'un d'important pour elle. Cassie lui avait appris qu'elle avait travaillé aux Etats-

Unis. Y avait-elle aussi laissé son cœur ? Il espérait que non. Bien sûr, lui-même n'avait pas besoin de s'encombrer d'une relation en ce moment, mais cela ne l'empêchait pas d'espérer que Liesel était libre.

— Vous avez manifestement une excellente formation, pour une infirmière scolaire, reprit le médecin. Nous aurions bien besoin de vous dans l'équipe. Je suis même étonné que Jack ne vous ait pas encore recrutée.

— Croyez-moi, j'ai essayé. Mais je me suis fait envoyer sur les roses ! répondit-il en riant.

Ce n'était pourtant pas l'envie qui lui manquait de la convaincre. Il vit Liesel esquisser un sourire un peu distant.

— Désolée, mais l'uniforme n'est pas pour moi, dit-elle sobrement.

— Dommage, répliqua le médecin. Bien, allons ôter ce doigt de caoutchouc du torse de Kevin, et dilater le poumon.

Sur ces mots, et après les avoir remerciés d'un signe de tête, il s'éloigna en poussant le chariot dans le couloir.

Même s'il avait imaginé avoir une chance de la convaincre de travailler pour la BPR, Jack ne se faisait désormais plus d'illusions. Le refus de Liesel avait été net. Trop net ? Qu'est-ce qui motivait un tel rejet ? Elle possédait de toute évidence toutes les qualités pour tenir ce poste. Il la vit qui regardait de ses yeux félins la civière de Kev franchir les doubles portes du service de chirurgie, et décida d'en apprendre plus. D'une manière ou d'une autre, il connaîtrait l'histoire de Liesel.

Oui, mais…, pour lui ou pour la brigade ? La réponse lui arriva aussitôt. Les deux. S'il l'engageait, il était assuré de la voir régulièrement, une perspective qui était loin de lui déplaire. Pourtant il serait d'autant plus difficile pour lui de la tenir à distance.

— Il est temps que je vous raccompagne à l'école, mademoiselle, dit-il.

— Oh. Nous sommes revenus à « mademoiselle » ? Après ce que nous avons partagé ?

Sous son ton léger, il perçut quelque chose de plus profond.

— Liesel, reprit-il.

Et il fut heureux de la voir sourire. L'espace qui les séparait parut soudain se rétrécir. L'odeur fraîche de son eau de toilette lui parvint, alors que l'activité autour d'eux semblait ralentir jusqu'à presque s'arrêter. D'ici quelques secondes à peine, il l'attirerait dans ses bras, et effacerait ainsi ce qui avait pu la rendre aussi triste. Il vit une légère rougeur monter à ses joues et… et aussi soudainement que ce « quelque chose » était apparu entre eux, il s'évanouit.

— Quelle heure est-il ? demanda-t-elle.

— 16 h 10.

— Oh flûte ! J'ai dû manquer la dernière sonnerie, répondit-elle en soupirant.

— Tant mieux. Ça va nous permettre de nous offrir un milk-shake bien mérité.

— Je devrais plutôt retourner à…

— Allez, venez, l'interrompit-il, on va aller les chercher, et on ira les déguster tranquillement au bord de la rivière, dans mon coin favori.

Il la dévisagea. Elle était tentée, c'était évident. Suffisamment pour rosir de nouveau, en tout cas. Et si elle savait ce qu'il pensait réellement, elle en deviendrait probablement écarlate. Il esquissa un sourire. Liesel et lui au bord de la rivière par cette belle soirée printanière… Tout pouvait arriver.

— Je dois aller chercher Liam.

Il en fut arrêté net dans son élan. Liam. Evidemment. Quel idiot, il avait oublié.

— Où est-il ? Il pourrait venir avec nous.

— C'est vrai ? Ça ne vous ennuierait pas ? Il est à la crèche de l'école, mais elle ferme à 16 h 30.

— Donc nous n'avons pas de temps à perdre. Allons-y.

*
* *

Liesel avait la sensation de flotter sur un gros et duveteux nuage de bonheur. Et elle était incapable d'effacer le sourire rêveur de ses lèvres alors que, tout en couchant Liam, ce soir-là, elle revivait chaque instant de son pique-nique avec Jack.

Elle n'eut pas à attendre longtemps pour voir son fils s'endormir ; à peine cinq minutes plus tard, elle ressortit sans bruit de la chambre. Elle laissa la porte entrouverte, et rejoignit Jack, qui l'attendait dans la véranda.

Il semblait vraiment la connaître aussi bien qu'elle-même. Il leur avait pris pour tous les deux des sandwichs au *kookaburra*, après quoi, ils avaient avalé presque gloutonnement leurs incontournables milk-shakes au chocolat, histoire de recharger leurs « batteries ». Elle se sentait heureuse. Peut-être était-ce simplement le fait de ne pas avoir à penser à Kevin.

Avec le recul, elle se rendit compte que son attitude, cet après-midi, n'avait pas été la bonne. Réveiller son passé d'infirmière en traumatologie ne devrait pas lui inspirer de la peur, mais de la fierté. C'était la seconde fois qu'elle était contrainte de sortir de sa « zone de confort », et elle avait trouvé cela…, confortable. Elle ne l'avait pas fait non plus malgré elle. Non, elle avait tout simplement cessé de fuir. Elle était une bonne infirmière, le savait, et utiliser ses compétences lui venait naturellement. Kevin serait peut-être mort, si elle n'avait pas établi le diagnostic aussi vite et n'avait pas agi immédiatement. Et avec la technique qu'Eric lui avait enseignée.

Eric… Elle ferma les yeux, cherchant en elle la force de l'aimer toujours, mais sans pour autant s'interdire d'aller de l'avant. Elle n'avait pas le choix. Non seulement pour elle-même, mais pour Liam. Et ce n'était pas une question de « comment », mais de « quand ».

Plus facile à dire qu'à faire, bien sûr.

Rouvrant les yeux en soupirant, elle revint dans la cuisine assombrie par la pénombre du crépuscule. La silhouette de Jack se découpait sur la porte-moustiquaire. Il faisait face au ciel embrasé par le soleil qui se couchait derrière la jungle des gommiers et des eucalyptus. Elle l'observa un instant, appréciant ses épaules larges, son torse musclé sous le T-shirt et…

— Vous vivez dans un endroit fabuleux, dit-il en se retournant.

Elle retint un sursaut.

— Oui. Et je regrette que cette maison ne soit pas à moi. Elle est à mes parents. Ils l'ont achetée il y a quelques années pour assurer leur retraite.

Devant le haussement de sourcils de Jack, elle expliqua :

— Oui, en en faisant une sorte de cottage pour ceux qui souhaitent passer quelque temps dans la région, au bord de la rivière…

— Sage décision, répondit-il. Vous avez l'air de bien vous entendre avec eux, non ?

— Ils sont super. Je ne sais pas ce que Liam et moi serions devenus sans eux.

— Vraiment ?

L'intérêt de Jack semblait sincère, mais elle hésita. Ils passaient une si bonne soirée. Elle n'avait pas envie de la ternir. Pas envie de réveiller une fois de plus ce passé trop récent, alors que, soudain, elle parvenait presque à envisager enfin un avenir.

— Oui, ce sont des grands-parents fantastiques et généreux, répondit-elle en évitant son regard. Mais nous allons devoir aller ailleurs, pour qu'ils puissent louer.

Avant Eric, avant Liam, elle avait vécu au jour le jour, sans rien planifier. Elle avait parcouru le monde en quête d'aventures et d'émotions, et en dépensant ses économies jusqu'au dernier centime.

Et elle avait du mal à ne pas regretter la femme jeune,

courageuse, voire intrépide, prête à changer le monde, qu'elle était alors. Infatigable. Invincible.

— On dit qu'on ne choisit pas sa famille, mais vos parents ont tout de même l'air d'avoir fait du bon travail, avec vous. Vous avez de la chance d'être aussi proches.

Elle le regarda. Etait-ce de la tristesse qu'elle avait vu passer dans ses yeux ? Difficile à dire, cela avait été si fugace.

— Oui. Et en plus, ils font un super gratin de queues d'écrevisses, reprit-elle d'un ton léger.

— Oh ? C'est vrai ? Mmm. C'est un défi, que vous me lancez ?

— Quel défi ? Je croyais que vous étiez un bon citadin. Qu'est-ce que vous pouvez savoir d'un gratin de queue d'écrevisses ? lui lança-t-elle avec un sourire contenu.

— J'ai passé quelque temps sur l'eau.

— Ah oui ?

Une fois encore, elle remarqua cette étrange lueur sombre dans son regard.

— Oui. Je vivais sur une péniche.

— Oh ? C'est vrai ? Je me suis toujours demandé quel genre de personne pouvait adopter ce type d'existence.

— Eh bien réjouissez-vous : vous en avez un exemple de premier plan sous les yeux.

Liesel sourit franchement, cette fois.

— Quoi ? demanda-t-il, vous en doutez ?

— Oh oui ! Et je parie que je peux vous battre à la pêche aux écrevisses quand vous voulez.

Jack se redressa de toute sa hauteur, avant de lui tendre la main.

— C'est un défi ? D'accord. Accepté. Le gagnant choisit son prix ?

Etait-ce son imagination ou sa voix avait-elle soudain pris un son un peu rauque ? Ses yeux bleus étaient comme des lacs dans lesquels elle aurait volontiers plongé…

— Dans les limites du raisonnable, bien sûr, répondit-elle.

— Bien sûr ! Pour quel homme me prenez-vous donc ?

Il réduisit l'espace entre eux d'un pas décidé, alors qu'une bouffée de chèvrefeuille les effleurait. Liesel sentit les battements de son cœur s'accélérer.

— Pour un homme plutôt séduisant, répondit-elle. Elle se mordilla la lèvre, surprise par sa propre audace.

— Vous me rassurez.

Sans lâcher sa main, Jack recula jusqu'à la barrière où il s'appuya de nouveau, avant de l'attirer contre lui. La force qui les aimantait l'un vers l'autre se faisait plus puissante à chaque seconde. Elle vit son regard s'arrêter sur ses lèvres, et en éprouva comme une chaleur familière dans le ventre.

Un perroquet cria, et des rires lointains retentirent ; une famille qui jouait aux cartes sur l'autre rive, peut-être. Mais pour elle, à cet instant, l'univers se réduisait à Jack. Et elle devait se retenir pour ne pas enfouir ses mains dans l'épaisseur de ses cheveux blonds, ou caresser doucement son visage.

Et puis il se pencha, et elle entrouvrit les lèvres, sans oser toutefois faire le premier pas. Il y avait si longtemps que cela ne lui était pas arrivé. C'était comme une première expérience. Et le flux de désir qui envahit son corps la prit presque au dépourvu. Le désir d'aller de l'avant, de vivre de nouvelles sensations. Rencontrant le regard de Jack, elle y vit…, une hésitation ? La quête d'une autorisation de sa part ? En réponse, elle rejeta légèrement sa tête en arrière, et ferma les yeux.

Et elle cessa un instant de respirer, quand elle sentit sa bouche sur la sienne. Hésitante tout d'abord, puis plus hardie, plus audacieuse alors que leurs langues s'apprivoisaient, partaient à la découverte l'une de l'autre, et qu'il l'attirait plus étroitement contre lui. Ses reins se creusèrent, son souffle se fit court. Toutes les sensations qu'elle n'avait pas connues depuis si longtemps se réveillaient, intactes.

Dans ses bras, elle se sentait toute petite, délicate, et en sécurité. Et son corps semblait insatiable ; il en demandait plus, bien plus. Levant les bras, elle glissa ses mains dans ses cheveux doux et épais, et ne put contenir un gémissement de plaisir. Embrasser Jack Keller était encore meilleur que tout ce qu'elle avait pu imaginer…

Elle ne résisterait pas longtemps. Elle allait prendre sa main, l'entraîner vers sa chambre…

Un bourdonnement, accompagné d'une vibration, mit un brusque terme à leur étreinte.

En pestant, Jack attrapa le bipeur à sa ceinture.

— Un incendie, dit-il après avoir consulté le message. Je dois y aller.

6.

Dès qu'il fut parti, Liesel se laissa tomber sur le canapé du salon, et attrapa un coussin qu'elle serra contre elle en fermant les yeux. Elle sentait encore les lèvres de Jack sur les siennes. Et le désir dans tout son corps. Un désir inassouvi qui avait hélas toutes les chances de le rester.

Elle eut un soupir. Son activité professionnelle était trop… dangereuse.

Alors ? Ne pas le revoir ? Jamais ? Pas facile, étant donné le nombre restreint d'habitants dans le village.

Donc se laisser porter et voir où cela les mènerait ? Même si cela devait l'obliger une fois encore, à affronter ses peurs ?

Sa main, presque automatiquement, se posa sur le téléphone, au pied du canapé. Cassie ! Elle saurait quoi lui dire, elle qui avait été lâchement abandonnée deux ans plus tôt par un mari volage, et qui avait su rebondir sans laisser prise à la dépression. D'un optimisme inébranlable, ouverte à toute idée nouvelle, elle refusait de capituler devant l'échec, quel qu'il soit. « Viser haut et rester positive » — c'était sa devise, qui tournait dans la tête de Liesel, tandis qu'elle composait le numéro de son amie.

— Mademoiselle Adler, dit Cassie d'un ton léger, en la reconnaissant aussitôt. Que puis-je pour toi ?

— Eh bien, disons que je… Je ne sais plus très bien où j'en suis.

— Ça y est, hein ? s'écria presque Cassie. J'en étais sûre, que ce serait ce soir !

— Mais…, tu savais quoi ?

— Eh bien qu'il s'est décidé. Ton pompier t'a embrassée !

— Tu es sûr que ça n'embêtera pas Kev ?

— Tu plaisantes ! C'est la vie de château, pour lui, au Murray General. Un vrai coq en pâte. En plus, il attend avec impatience tes cookies faits maison. Tu sais qu'il les adore.

Liesel sourit, heureuse de constater que son amie avait retrouvé son optimisme et sa bonne humeur. Après le drame qu'elle avait frôlé, il était même remarquable qu'elle réagisse ainsi.

— Mmm. Super recette, Liesel. Les garçons vont adorer.

Elle rit doucement. Cassie venait sans doute de goûter la pâte à cookies, qu'elle avait elle-même préparée la veille.

— Je pensais en faire une autre tournée aux noix de pécan et à la cannelle, aussi. Je pourrais les déposer ce soir.

Faire de la pâtisserie pour Jack était une chose, mais le voir, alors qu'elle ne savait pas très bien où elle en était avec lui en était une autre.

— Je discutais justement avec lui, l'autre jour, reprit Cassie, au sujet de cette histoire de pompiers cadets, pour Kevin.

A mon avis, ça l'aiderait à prendre confiance en lui. Et au fil de la conversation, il a laissé entendre qu'ils cherchaient des volontaires.

— Non, répondit Liesel d'un ton catégorique. Je t'ai dit, plus maintenant que j'ai Liam. Il a déjà perdu un parent et…

— Je sais, l'interrompit Cassie. Et il ne serait pas question que tu ailles te battre contre les incendies, évidemment. J'évoquais simplement la possibilité pour toi de les chouchouter un peu, quand ils rentrent de mission. Je suis certaine que tes petits pains au gingembre auraient beaucoup de succès. Ça leur donnerait l'impression d'être des héros.

Elle soupira en secouant la tête, consciente qu'elle n'était pas très agréable, mais comment faire comprendre une fois pour toutes à Cassie qu'elle ne voulait pas que le danger entre de nouveau dans sa vie ? Elle désirait que Liam ait un père, oui, mais pas un homme qui passerait sa vie à combattre des incendies. Alors… c'était non.

— Liesel, reprit Cassie. Tu veux revoir Jack ou non ? Tu veux sortir avec lui ?

Elle ferma un instant les yeux. Cassie n'avait pas tort, bien sûr. Par ses baisers et ses caresses, Jack avait réveillé en elle des désirs depuis trop longtemps en sommeil. Pourtant, elle ne devait surtout rien précipiter.

— Il faudrait que je sois difficile pour dire non, répondit-elle dans un soupir. Oui, il me plaît, c'est sûr. Et ce soir…

— Ce soir ? demanda vivement Cassie.

— Il m'a embrassée, et… j'ai eu l'impression que c'était pour moi un encouragement à…, à aller de l'avant. Comme si le ciel me disait qu'il était temps pour moi de bouger. Surtout avec un homme comme Jack. Et puis, quand son bipeur a sonné, j'ai compris qu'il allait combattre un incendie, et soudain le message a changé complètement de sens, m'indiquant au contraire de faire marche arrière !

— Je crois que tu accordes un peu trop de crédit au ciel.

— Ah oui, tu trouves ? Tu sais pourtant où ça m'a menée, la dernière fois que je n'ai pas voulu l'écouter, répliqua-t-elle aussitôt.

Elle laissa échapper un nouveau soupir.

— Liesel, reprit Cassie, brisant le silence qui s'étirait entre elles. Crois-moi, j'entends ce que tu exprimes. J'ai presque perdu mon fils, aujourd'hui. Sans toi, il serait mort. Et ça, ça remet les choses en perspective, tu ne crois pas ?

Des larmes lui brouillèrent soudain la vue. Comment pouvait-elle se montrer aussi insensible ?

— Excuse-moi, Cass. C'était égoïste et inconsidéré de ma part de dire une chose pareille.

— Ce n'est pas à moi de te dire ce que tu dois faire de ta vie, Liesel ajouta son amie. Mais j'ai cru voir que tu étais prête depuis quelque temps à revenir dans le monde des vivants, et le ciel semble t'en donner une excellente occasion. Jack a l'air d'un homme bien, et de toute évidence tu lui plais. En plus il est très séduisant, ce qui ne gâche rien. Oui, bien sûr, il fait un métier dangereux, mais c'est ça qui t'attire, Liesel — des hommes qui savent prendre des risques. Parce que c'est ce que tu aimes toi aussi. Je t'ai vue faire, aujourd'hui.

— Je faisais mon travail, rien de plus, répondit-elle, surprise.

— Non. C'est bien davantage qu'un travail, pour toi. C'est une passion. Et tu aimes repousser tes limites. J'ai vu ta fierté quand ton doigt en caoutchouc a fonctionné. Tu as sauvé mon garçon, et tu étais la seule à pouvoir le faire. Vois les choses en face, Liesel : tu n'es pas faite pour vivre avec un employé de bureau.

Elle ne put s'empêcher de rire. Le petit génie informatique local l'avait invitée à deux reprises à sortir, mais elle avait refusé. Oui, elle était sans doute trop accro à l'adrénaline, pour trouver son bonheur auprès d'un bidouilleur d'ordinateur. Et c'est en riant qu'elle dit au revoir à Cassie. A quoi bon chercher à la contredire ? Son amie la connaissait manifestement mieux qu'elle ne se connaissait elle-même.

Jack était épuisé. Appuyé contre la paroi de la douche, il laissait l'eau fraîche couler sur son corps. Ils avaient atteint l'incendie avec vingt minutes de retard. Et vingt minutes, c'était largement suffisant pour qu'un feu de brousse devienne incontrôlable. Le vent avait heureusement été de leur côté, cette fois. Mais la prochaine ? La chance n'était pas toujours au rendez-vous, hélas. Et s'il n'avait pas été avec Liesel…

— Hé, capitaine ! On ne traîne pas, le petit déj' est arrivé !

Il se rinça rapidement le visage.

— Quoi ? On n'avait encore rien dans les placards ?

— Non, mais apparemment, un membre de ton fan-club est venu à la rescousse. Et j'ai faim. Alors active-toi, avant que je n'avale aussi ta ration.

— Mais qu'est-ce que tu racontes, Nate ? demanda Jack.

Il repoussa le rideau, après avoir enroulé une serviette autour de sa taille.

— Ne joue pas les timides, capitaine. Tu te doutes bien que…

— Que quoi ? demanda vivement Jack.

Il devinait ce qui allait suivre.

— Hé ! Ne le prends pas mal, dit Nate, de nouveau sérieux. On sait tous que ce ne doit pas être facile d'être le fils de Granville Keller. Ce n'est sûrement pas léger à porter sur les épaules.

— Ça, c'est sûr. Mais c'est quoi, cette histoire de fan-club ?

— Rien, mon vieux. Non, c'est vrai. C'est juste que nous autres qui sommes mariés, trouvons super de voir les femmes presque prêtes à se battre pour venir nous faire la cuisine après un incendie, c'est tout.

Jack, d'un signe, désigna la salle du réfectoire.

— Dans ce cas tu ferais bien d'y aller, avant qu'il ne reste plus rien.

Nate parti, il se sécha rapidement. Son appétit l'avait soudain déserté. Ainsi, aux yeux des gars, il était le fils de son père avant d'être leur capitaine ? Faudrait-il qu'il prouve, non seulement à son père mais à toute la population d'Engleton, qu'il avait pris de l'âge, et acquis le droit d'être enfin considéré pour lui-même ?

Il se redressa, se mettant autant que possible dans de bonnes dispositions, pour rencontrer cette femme venue leur préparer leur petit déjeuner. Et il vaudrait mieux pour elle qu'elle ait une solide cotte de mailles, parce qu'aujourd'hui n'était pas son jour…

*
* *

— Mmm, ça sent si bon que je n'ai pas eu le courage d'attendre d'avoir pris ma douche…, dit l'homme au visage encore à demi couvert de suie.

— Servez-vous autant que vous voulez, répondit Liesel en lui tendant une assiette, sur laquelle elle avait déjà posé un petit pain et une tranche de bacon.

Machinalement, elle lança un coup d'œil par-dessus son épaule, pour voir si un certain capitaine de brigade était arrivé.

Cassie avait emmené Liam à l'hôpital pour aller rendre visite à Kev, aussi avait-elle été disponible pour s'activer dans la grande cuisine de la brigade. Et elle avait fort à faire… Les hommes, épuisés par l'incendie qu'ils avaient dû combattre une bonne partie de la nuit, étaient affamés.

Toutefois, même si elle était surtout venue sous l'impulsion de Cassie, elle ne le regrettait pas. Les sourires reconnaissants de ces volontaires exténués la récompensaient amplement de ses efforts. Sauf que…

Sauf qu'elle n'avait pas vu Jack.

Elle frémit en revivant fugacement la caresse, du bout des doigts, qu'elle avait fait courir sur sa joue, rugueuse de barbe naissante.

Avant que Cassie ne la « secoue », elle était prête à renoncer à la possibilité d'une aventure avec lui. Même si son amie trouvait cela stupide, elle n'avait aucune envie que ses pires angoisses se réveillent, chaque fois que le beeper de Jack se déclencherait.

Oui, c'était vrai, il lui plaisait. Il lui plaisait même beaucoup. Et Liam aussi semblait sous le charme, ce qui était essentiel pour elle.

Eric lui avait toujours dit qu'elle n'avait qu'une chance, qu'une vie, pour découvrir et expérimenter ce qu'elle était réellement. Profondément. Et elle était consciente qu'elle ne pourrait, brusquement, tourner la page et aller de l'avant. Mais petit à petit, jour après jour…

Le bruit d'un couvert tombant sur le carrelage la rappela

au présent. Des bribes de conversation lui avaient appris que l'incendie de cette nuit avait été sévère, mais personne n'avait été blessé.

Elle en remercia silencieusement le ciel…

Jack avait du mal à s'empêcher de regarder Liesel. Elle semblait tellement à son aise, dans la cuisine de la brigade, avec sa robe d'été, sous son tablier, qui ondulait sur ses formes gracieuses. Il aurait donné cher, à cet instant, pour la rejoindre, s'enfermer avec elle dans la pièce, l'asseoir sur le comptoir, et lui faire l'amour avec toute la passion et le désir qui bouillonnaient en lui…

Il ferma les yeux un instant, et prit une longue inspiration pour chasser les images qui l'assaillaient. Mais sa réaction lui confirmait avec éclat tout ce qu'il subodorait : Liesel représentait une distraction bien trop forte, pour qu'il la laisse entrer dans sa vie maintenant.

Comme elle se retournait, elle l'aperçut et ses yeux verts, presque émeraude, brillèrent une seconde. De plaisir ?

— Je ne m'attendais pas à vous voir ici, dit-il en venant à elle. C'est une surprise !

— Une bonne surprise, j'espère !

Il la dévisagea. Une très légère rougeur était apparue sur ses pommettes. Elle était vraiment adorable.

— Bien sûr. Mais que faites-vous ici ?

— J'étais curieuse de voir la brigade, ce n'était sans doute pas une bonne idée…

— Ce n'est pas ça, mais… En fait, je ne pense pas que ce soit le meilleur endroit pour vous, ici.

Il détourna brièvement le regard. Il ne s'en sortait pas bien. Pas bien du tout. Et il s'en voulut de l'ombre qu'il vit passer dans ses yeux à cet instant. Pourtant, il devait absolument la convaincre de quitter les lieux. Il ne supportait pas qu'elle puisse être en contact avec le danger, la saleté, la fumée, le feu qui étaient l'univers de la brigade.

Etait-ce ce qu'éprouvait son père, chaque fois qu'il entendait les sirènes ? Etait-ce ce qu'il avait vécu après avoir perdu sa femme ? Ce terrible constat d'impuissance ? Lui-même, au moins, avait le pouvoir et l'autorité voulus pour dire non. Même s'il devait pour cela fermer la porte à ce qui lui était sans doute arrivé de mieux depuis très longtemps.

Il se tourna vers les volontaires, des hommes valeureux, qui avaient bien besoin de soutien et d'encouragements. Et Liesel, à elle seule, était un don du ciel. Mais sa présence le déconcentrait.

Il secoua la tête. Or la distraction pouvait coûter des vies.

La distraction pouvait signifier la fermeture de la brigade, et mettre en danger des vies, et les foyers de nombreux habitants de la ville. Après avoir perdu sa mère à cause d'un manque de personnel sur le pont, il ne risquait pas de permettre que cela se reproduise. Du moins, pas sous sa direction. A aucun prix, il ne voudrait revivre le drame que sa famille avait traversé, et son père en particulier.

Il avait donc un choix à faire.

« Tu as toujours été un indécis, n'est-ce pas, Jack ? »

La voix de son père, s'éleva, impérieuse, en lui. Comme un rappel constant de son incapacité à prendre rapidement la bonne décision.

Il avait la sensation que son cœur était tiraillé, sur le point de se déchirer. Il se redressa.

— Désolé, Liesel, je dois y aller.

Liesel, figée, suivit Jack des yeux tandis qu'il s'éloignait vers le réfectoire, tout en essayant de comprendre ce qui venait de se passer. Aurait-elle mal interprété ce qu'il essayait de lui dire ?

Et puis soudain, elle eut conscience des regards qu'elle attirait. De quoi avait-elle l'air ? D'une groupie de la brigade prête à tout pour attirer l'intérêt d'un pompier grand et fort ? Eh bien, à la façon dont Jack l'avait plantée là, c'était raté. Elle l'aperçut qui se retournait très brièvement vers elle avec une ombre de sourire, avant d'aller attraper une canette de soda et de quitter la salle.

La honte céda alors la place à la colère. Comment osait-il la traiter ainsi ? Comment ?

Après tout, ce n'était pas elle qui était allée le trouver avec des milk-shakes, et lui avait proposé un pique-nique. Pas elle non plus, qui l'avait embrassé et l'avait presque fait fondre sous ses caresses. Comment pouvait-il, à présent, l'abandonner aussi cavalièrement ?

Tournant le dos au réfectoire, elle promena son regard sur la cuisine et soupira. Un vrai chantier… Bon. Il ne voulait pas l'avoir près de lui ? Eh bien, elle allait se rendre utile autrement…

Une demi-heure plus tard, le comptoir commençait à reprendre des couleurs et à briller. Et les placards furent bientôt briqués de fond en comble.

Toutefois, ses efforts ne suffirent pas à chasser Jack de son esprit. Son attitude, ce matin, n'était pas celle de l'homme avec qui elle avait passé de si bons moments. Encore que… Après tout, que savait-elle vraiment du capitaine de brigade Jack Keller ? Et puis quelle importance, en plus ? Ce n'était pas comme si elle était amoureuse de lui ou…

Elle se figea.

Etait-elle amoureuse ? Non. Elle n'avait aucune raison de l'être. Ce n'était tout de même pas avec sa personnalité de gagnant, ses baisers ébouriffants et son look de star, qu'il pourrait avoir un tel impact sur elle. Si ? Elle cessa un instant de nettoyer la porte du réfrigérateur.

Elle avait cru avoir finalement fait un grand bond en avant dans sa vie et celle de Liam, et les avoir un peu sortis de l'existence fragile qu'ils avaient vécue, ces trois dernières années. Et lui la traitait comme si elle n'était rien de plus qu'un chiot en mal d'affection, anxieux d'attirer son attention…

— Quand tu auras fini d'astiquer ce comptoir, je t'emmène chez moi faire le mien.

Elle soupira de soulagement, en reconnaissant la voix de Cassie.

— Qu'est-ce qu'il t'arrive ? Jack ne s'est pas montré pour ton super petit déj' ? A moins qu'il n'ait fui tes talents culinaires ?

Liesel avait beau savoir que Cassie plaisantait, elle ne trouvait pas cela drôle. Elle s'efforça toutefois de se calmer, avant de lui répondre. De toute façon, Cassie n'aurait pas besoin de dessin ; elle la connaissait par cœur.

— Tiens ! Je t'ai amené quelqu'un qui va te redonner le moral.

Cassie poussa vers elle le siège auto où Liam était installé ; profondément endormi.

— Oh ! Mon petit ange, murmura-t-elle en s'accroupissant pour mettre son nez dans le cou de son fils.

Elle se sentit soudain plus apaisée. Cet enfant était la lumière de sa vie. C'était pour lui qu'elle se battait contre ses démons.

— Liesel… Que se passe-t-il ?

— Apparemment, le feu de brousse n'a pas été le seul incendie à s'éteindre hier soir, répondit-elle, en lançant un regard appuyé vers le réfectoire.

Cassie s'accroupit à son tour devant Liam.

— Raconte.

— Viens, on va sortir d'ici, dit-elle en prenant le bras de son amie. J'ai une meilleure idée.

Jack s'élança sur la petite route de campagne, chacune de ses foulées longues et souples résonnant dans sa tête que torturait une sévère migraine. Il aurait dû rester dormir un peu plus, du moins essayer, mais il avait un besoin physique d'évacuer le stress.

Il s'en voulait terriblement. Quel idiot… Il avait rabroué

Liesel, comme si elle n'était rien de plus qu'une jeune écervelée venue s'exciter au contact des virils combattants du feu ! Mais dès l'instant où elle avait disparu de sa vue, il avait su qu'elle signifiait plus, pour lui. Tellement plus.

Jusqu'à présent, il n'avait eu aucun mal à maintenir les femmes à distance. Depuis ses toutes premières expériences sentimentales, il s'en était toujours méfié, ne sachant si c'était à lui qu'elles s'intéressaient, ou à John Granville Keller III, héritier de l'établissement viticole de Rivers' Bend. Et pendant qu'il mettait son énergie à trouver sa place au sein de la BPR, il n'avait pas eu de temps non plus à leur consacrer. Etre fidèle au serment secret fait à sa mère l'assurait qu'il n'y aurait pas d'autres victimes, faute d'une unité locale de pompiers.

Non que cette attitude ait amélioré sa relation avec son père. Loin de là. Granville Senior, après la mort de sa femme, était devenu un autre homme. La disparition de son seul amour l'avait anéanti. Jack ne l'avait pas compris, à l'époque, mais il comprenait maintenant ce que représentait la perte d'un être cher. Toutes proportions gardées, bien sûr. Mais l'expression de Liesel lorsqu'il lui avait clairement laissé entendre qu'elle n'était pas la bienvenue avait été terrible. Il y avait vu un rappel douloureux de l'instant où il avait annoncé à son père sa décision de s'engager dans la BPR. En apprenant qu'il renonçait en conséquence à lui succéder à la tête du domaine, ce dernier avait presque vacillé sous ses yeux, comme sous l'effet d'un coup physique. Que son fils refuse ce qu'il aurait dû accepter comme un honneur l'avait ravagé.

Malgré cela, il savait aujourd'hui que sa décision avait été la bonne. Becca s'en sortait à merveille dans le rôle d'administratrice, avec un zèle équivalent à celui dont lui-même faisait preuve dans son travail au sein de la brigade.

Et puis Liesel avait surgi dans sa vie. Liesel, délicate rouquine à la peau claire, qui l'avait contraint à faire un choix, ce matin. Un choix qui ne lui paraissait pas juste.

Il se força à accélérer l'allure, passant du jogging au sprint, prenant plaisir à sentir ses poumons s'enflammer, ses muscles peiner sous l'effort. Et lorsqu'il s'arrêta, le temps de faire quelques flexions en regardant autour de lui, il fut surpris de voir que ses foulées l'avaient conduit à River's Bend.

Il expira doucement. Là où était son cœur ? Il y avait sûrement de cela. Et tant qu'il n'aurait pas réglé ce problème, il ne pourrait envisager une relation sérieuse avec Liesel. Encore qu'après la façon dont il s'était comporté avec elle, ce matin, il n'était pas certain qu'elle lui en donne l'occasion. Décidément, il avait l'art de brûler ses vaisseaux…

Liesel avait laissé Liam et Cassie avec un Kevin plein d'une assurance toute neuve, à présent qu'il avait une histoire peu ordinaire et plutôt valorisante à raconter. Et remonter à cet instant les couloirs de l'hôpital lui donnait étrangement le sentiment de retrouver un vieil ami.

Des bribes de conversations lui parvinrent des chambres, puis de la réception, où elle croisa des médecins, des infirmières… Une atmosphère familière, qui avait constitué pour elle un puissant carburant. Et c'était aussi ce qu'elle avait fui comme la peste depuis trois ans. Qu'est-ce qui l'avait tant effrayée ?

L'ambiance des urgences avait toujours agi sur elle, comme une drogue. Et elle se sentait… en manque. Peut-être le temps était-il venu de tourner enfin le dos à ses peurs. Un hôpital n'était finalement pas si différent d'une caserne de pompiers. Serait-elle prête à se lancer ?

Elle secoua la tête. Et Jack ? Elle devait voir les choses en face : ça ne pourrait pas marcher, avec lui. Sa seule priorité à elle était son fils, et celle de Jack, la caserne. Au moins pouvait-elle se réjouir qu'un homme aussi attirant que lui se soit intéressé à elle — du moins pendant un bref moment. Quoi qu'il arrive, elle était avant tout une femme, et apparemment, encore séduisante. Jack l'avait, de plus, aidée à retrouver sa passion pour la médecine. Alors peut-être que…

Elle poussa les doubles portes de la salle d'attente des urgences, et repéra un siège en coin qui lui permettrait d'observer discrètement ce qui se passait. Elle leva les yeux vers l'horloge murale. Quinze minutes. Elle se donnait quinze minutes.

7.

— Liesel ?

Reconnaissant aussitôt la voix, elle se retourna :

— Kevin ! Hé, mais tu es superbe, comme ça !

Elle sourit. C'était sans doute la première fois qu'elle voyait le garçon manifester de la timidité. Et avec les cheveux coupés très court. Etrangement, elle regretta presque le petit casse-cou dont elle avait trop souvent dû soigner les plaies conséquentes à son tempérament intrépide.

— Qu'est-ce que tu penses de mon uniforme ?

Kevin prit la pause dans sa tenue immaculée de cadet de la Brigade de pompiers régionale.

— Tu as une allure folle ! Sauf que, désolée si je joue les rabat-joie, mais as-tu obtenu l'accord de ton médecin ?

— Il m'a dit que je devrai attendre pour l'entraînement à la grande échelle.

Elle hocha la tête. Kev avait-il vu Jack ? Et quand ? Elle-même n'avait pas eu de ses nouvelles depuis cinq jours.

— Jack est venu me voir à l'hôpital, dit Kevin, comme en écho à sa question. Et il m'a proposé d'être son second. Je vais m'occuper du tableau des interventions, enregistrer les cadets, et, enfin ce genre de truc, en attendant d'être prêt à commencer la formation. Une sorte de manager, en fait.

Elle acquiesça de nouveau. Jack avait pensé à tout. Et Kevin avait l'air si fier. C'était peut-être la première fois qu'elle le voyait exprimer un semblant d'assurance.

— C'est super, Kev. Tu voulais me demander quelque chose ?

— M'man voulait savoir si tu pourrais me conduire chez les cadets, ce soir. Elle a des conférences de parents d'élèves à organiser.

— Oh ? Vraiment ?

Telle qu'elle la connaissait, elle soupçonnait fortement Cassie d'avoir savamment organisé cette situation. Et le jour où un petit malade avait vomi sur son T-shirt… Génial. Il y avait presque une semaine qu'elle n'avait pas vu Jack qui se faisait vraiment très discret. Il ne lui avait pourtant pas paru du genre à embrasser une femme, et à passer à autre chose, mais que savait-elle vraiment de lui, finalement ?

En soupirant, elle jeta un coup d'œil à sa montre, et fut surprise de voir que le temps avait passé si vite.

— Donne-moi deux minutes et je suis à toi, répondit-elle à Kev.

Reconnaissant la voiture qui se garait devant la caserne, Jack se sentit aussitôt honteux. Il y avait déjà longtemps qu'il aurait dû s'excuser auprès de Liesel pour s'être comporté comme un idiot. L'avoir pratiquement ignorée depuis presque cinq jours après l'avoir embrassée était impardonnable. Il secoua la tête. Qu'allait-elle penser de lui ? Il allait devoir sérieusement rattraper le coup.

Sans plus hésiter, il sortit et s'avança vers la voiture.

— Salut, Kev. Tu as l'air en forme, mon vieux.

Après l'avoir laissé descendre, il agrippa la poignée de la portière, côté passager, pour empêcher l'adolescent de la refermer derrière lui, et se pencha vers l'habitacle.

— Bonjour, Liesel. Comment ça va ?

Il retint un soupir. Dieu, qu'il s'y prenait mal !

— Bien, merci. Désolée, mais je suis pressée, je dois aller chercher Liam.

— Juste une minute, Liesel, reprit-il doucement.

— Un autre jour, d'accord ? Je ne veux pas trahir sa confiance.

Il hocha la tête. Etait-ce un message qu'elle lui adressait ainsi ? En tout cas, cela y ressemblait fort…

Elle releva les yeux vers lui, et il ressentit la même attirance que la première fois qu'il l'avait vue.

— Je vous dois des excuses, dit-il encore. Donnez-moi juste une minute.

Il la regarda tirer le frein à main. C'était bon signe…

— Ecoutez-moi bien, capitaine Keller. Je n'ai pas de temps à perdre avec des aventures futiles, et encore moins avec un pompier « risque-tout », qui viendrait bousculer ma vie et, surtout, celle de mon fils. Alors laissez tomber.

Il cilla. Il serait bien monté dans sa voiture pour tenter de la convaincre qu'une aventure n'était pas du tout ce qu'il avait en tête, mais ce ne serait sûrement pas une bonne idée.

— Liesel, s'il vous plaît… Accordez-moi la possibilité de m'expliquer. Pourquoi ne pas dîner ensemble, après que le petit sera couché, bien sûr ? Je vous aiderai à préparer le repas.

Il vit ses traits se détendre légèrement.

— Dites oui, Liesel. Je vous demande juste de me donner une chance. Je sais que je ne la mérite pas, mais je vous promets de me rattraper. Je suis même prêt à vous faire une tarte au citron.

La petite lueur apparue dans ses yeux lui donna du courage.

— Allez, dites oui, reprit-il avec insistance.

Elle ne répondit pas, mais au moins n'avait-elle pas refusé avant de démarrer. Et il décida de prendre cela pour un oui.

Liesel accéléra, nerveuse. Pourquoi n'avait-elle pas tout simplement dit non ? Etait-elle aussi faible que cela ? Le bon sens lui criait de ne pas laisser Jack entrer dans sa vie. Ce n'était pourtant pas compliqué. Si ? Lui en vouloir et le tenir à distance avaient été relativement faciles, tant qu'elle ne le voyait pas. Mais à la seconde où elle avait de nouveau croisé son regard bleu… Elle secoua la tête. Une vraie chiffe molle ! Plus la moindre volonté.

Très agacée, elle alluma la radio, et se força à penser à autre chose. Un sourire monta à ses lèvres, dès que l'image de Liam lui vint à l'esprit. Il grandissait si vite, trop vite, bien sûr. Et il était de plus en plus beau. Chaque jour, il semblait devenir, un peu plus, un mélange d'Eric et d'elle-même. Jusqu'à présent, elle n'avait vu en lui que les traits d'Eric, mais maintenant elle trouvait qu'il tenait aussi d'elle, incontestablement.

Ses pensées revinrent malgré elle à Jack. A ses cheveux blonds épais, dans lesquels elle avait envie de glisser ses doigts, à ses épaules larges, à son regard bleu magnétique, à… Stop ! Bon, d'accord, elle le laisserait préparer le dîner, mais resterait sur ses gardes. Il deviendrait pour elle un ami, peut-être un confident sur l'épaule duquel elle pourrait de temps à autre s'épancher.

Elle baissa les yeux sur sa montre. 16 h 27. Liam s'endormirait vers 19 heures. Elle avait donc deux heures et demie pour prendre sa douche, et mettre un semblant d'ordre dans ses cheveux.

Et lui montrer qu'elle était un peu plus que ces jeunes « groupies » séduites par le prestige de l'uniforme !

Le panier de Jack devenait toujours plus lourd, à mesure qu'il parcourait les rayons du supermarché. Il avait beau savoir que ce n'était pas par ses talents culinaires qu'il la séduirait, il se devait tout de même de mettre tous les atouts de son côté. Bon sang, où cachaient-ils les citrons, dans ce magasin ?

— Hé, capitaine Keller, quelle surprise !

Il se retourna pour découvrir Cassie Monroe, qui lui souriait devant la pile de pains bio.

— Oh ! Bonjour, Cassie. Ça va ?

— Très bien, merci. Je ne vous ai pas vu beaucoup, ces derniers temps…

Il n'eut aucun mal à traduire ce discret reproche : « Vous n'avez pas été correct avec mon amie, semblait-elle lui dire. Et je ferai tout pour la protéger. »

— J'ai été très pris, à la caserne.

C'était vrai, mais il se rendit compte, alors même qu'il le disait, de la faiblesse de son excuse.

— Oui, bien sûr. C'est la saison des incendies. Et je suppose que vous n'avez pas le droit de vous servir de vos téléphones pour des raisons de sécurité ?

— Cessez-le-feu ! s'exclama-t-il, en levant son panier. Je suis en route pour une mission de sauvetage, ce soir.

Il fut soulagé de voir son expression satisfaite devant ses achats. Il avait prévu un poisson grillé-risotto et avait, pour cela, acheté des filets de lieu noir, des tomates, des poivrons, des citrons et les épices nécessaires.

— Mais ça va être délicieux ! Si mon ex-mari avait su cuisiner, peut-être n'aurais-je pas été aussi décidée à le quitter, ajouta-t-elle en riant.

— J'espère que l'ex de Liesel n'était pas un cordon-bleu. Parce que je me débrouille, mais…

Il s'interrompit en voyant l'expression de Cassie changer.

— Elle ne vous a rien dit ? demanda-t-elle.

— Me dire quoi ?

— A propos de son ex ?

— Non. J'ai l'impression qu'elle a comme… dressé une barrière sur ce sujet.

Cassie le fixa un instant d'un air presque grave, et il commença sérieusement à se demander à quoi elle faisait allusion. Concernant la situation de Liesel, il avait juste supposé que le mari était parti, lorsqu'un enfant s'était annoncé. Elle ne serait malheureusement pas la première à avoir été abandonnée de cette manière.

— Cassie… Que s'est-il passé ? Si cela peut me permettre d'avoir l'attitude juste avec Liesel, il faut me le dire.

Elle parut hésiter un instant, puis lui fit signe de la suivre jusqu'à un coin tranquille du magasin.

— D'accord. Si vous voulez vraiment l'aider, il vaut mieux que vous sachiez ce qui est arrivé. Et si je vous dis cela, c'est pour elle, parce que… cette fille est sa pire ennemie. Mais il faudra que vous le lui demandiez vous-même.

— Mais je croyais que vous…

— Non. Si vous êtes sérieux, avec elle, vous devrez gagner sa confiance, et alors elle vous le dira.

— Vous ne pouvez même pas me donner un indice ? demanda-t-il, déçu.

Elle secoua la tête.

— Non. La balle est dans votre camp, Jack. A vous de jouer.

— Vous êtes sûr de ne pas avoir besoin de moi ? demanda Liesel. Je pourrais au moins vous montrer où se trouvent les ustensiles.

Jack, en riant, la repoussa gentiment vers la véranda, avant de lui donner un verre de rosé bien frais.

— C'est gentil, mais je vais me débrouiller. Prenez le temps de profiter du coucher de soleil sur votre terrasse. Je n'en ai pas pour très longtemps.

Elle acquiesça, avant de s'éloigner. Mais en chemin, elle s'interrogea une fois de plus sur l'irruption de cet homme dans sa vie. Où cela le menait-elle ? Du coin de l'œil, elle pouvait le voir qui s'activait devant la cuisinière, et qui faisait même la vaisselle au fur et à mesure. Elle esquissa un sourire. Un vrai don du ciel ! Et le tablier qu'il avait noué à sa taille ne le rendait pas un instant ridicule. En cet instant, il lui tournait le dos, et elle put admirer les formes fermes que moulaient son vieux jean et son T-shirt. Jamais elle n'aurait pensé qu'un homme dans une cuisine puisse être aussi sexy…

Elle ne pouvait que se féliciter de s'être laissé convaincre de lui donner une nouvelle chance. Elle avait bien l'intention de leur recréer une vie, à elle et à Liam, ici, à Engleton, et qu'elle le veuille ou non, Jack en faisait partie. Elle ferma brièvement les yeux, en trempant ses lèvres dans son verre.

— Ce vin est excellent, Jack, dit-elle, comme il l'avait rejointe. Vous êtes connaisseur ?

— Pas vraiment, mais je m'y connais tout de même assez pour faire le bon choix.

— Vous êtes sûr que je ne peux pas vous aider ?

— Certain. Encore un peu de patience, je n'en ai plus pour longtemps.

Jack détestait ne pas jouer franc-jeu avec Liesel. Mais le moment de se confier à elle n'était pas encore venu. Il devait avant tout régler ses problèmes avec son père, ce qu'il ne pourrait pas faire, tant qu'il n'aurait pas donné ses lettres de noblesse à la brigade des pompiers d'Engleton. C'est de cette seule façon qu'il pourrait obtenir l'approbation de son père.

Relevant les yeux des champignons qu'il était en train d'émincer, il observa un instant Liesel, sur la terrasse. Sa silhouette se découpait gracieusement dans les derniers rayons du soleil, et il devait se retenir pour ne pas tout abandonner et aller la rejoindre, pour l'attirer dans ses bras, la sentir contre lui et…

Non. Il ne précipiterait rien. Pas question de prendre le risque de gâcher ce qui pourrait se passer entre eux.

— Vous ne voulez pas venir me tenir compagnie ? dit-il en élevant la voix. C'est presque prêt.

— D'accord. Dites, ça ne sent pas le brûlé ? demanda-t-elle en le rejoignant.

Il se retourna vivement, et découvrit le coupable — le risotto. Il attrapa aussitôt la queue de la poêle, se rendant compte, un peu tard, qu'il n'avait pas de gant.

— Aïe !

— Qu'y a-t-il ?

— Le poisson !

— D'accord, mais votre main ?

Il la retourna pour lui montrer sa paume rougie.

— Bon. Je vais vous donner un glaçon. Et cette casserole, là ? Elle est censée bouillir ?

Il se précipita pour soulever le couvercle de sa main valide, et découvrit que ses asperges s'étaient transformées en une sorte de mousse verdâtre.

— Allez soigner votre main, je m'occupe du reste, dit-elle.

— Mais…

— Allez-y. Je crois que nous devrons nous résigner, et accepter que je testerai vos talents de chef un autre soir.

Elle sortit la bouteille de vin qu'il avait mise au réfrigérateur, et en servit un verre dans lequel elle fit tomber quelques glaçons avant de le lui tendre.

— Tenez, ça va vous soulager.

Il ressentit aussitôt l'effet apaisant du froid sur la marque rouge dans sa main, et s'assit un instant en la regardant qui s'activait efficacement pour éteindre la cuisinière et déplacer les casseroles sur le comptoir.

— Vous me croirez, si je vous dis que ce n'était pas prévu au programme ? demanda-t-il.

Le sourire qu'il vit monter à ses lèvres lui fit oublier une seconde la douleur de sa brûlure.

— Pas sûr, mais j'avoue que je trouve plutôt drôle de voir un pompier carboniser tous les plats du dîner.

— Ah, il n'est pas donné à tout le monde de transformer un repas en une alerte rouge, c'est sûr !

Malgré la douleur cuisante de sa main, il sourit, amusé,

quand il la vit ouvrir le réfrigérateur, et en sortir triomphalement un grand carton qu'elle lui présenta avec une lueur pétillante dans les yeux.

— Pizza ? demanda-t-elle.

8.

— C'était divin, dit Liesel, assise sur le canapé, une heure plus tard.

— Dois-je comprendre que tu as finalement préféré ça à la truite prévue ?

Au fil de la soirée, ils en étaient venus tout naturellement à se tutoyer.

— Euh… pour être honnête, je ne sais pas trop comment répondre à ta question.

— Je connais une façon, moi, dit-il en se penchant vers elle.

Elle réagit aussitôt, en esquissant un mouvement de recul.

— Désolée, Jack, je…, je ne peux pas.

Il sourit en levant sa main bandée.

— Pas de problème. Je voulais juste te dire qu'il reste un morceau de pizza dans le frigo pour plus tard.

Elle se sentit rougir. Bravo, magnifique ! Elle venait de se surpasser, en refusant à un homme, un baiser qu'il n'avait pas l'intention de lui donner.

— J'ai cru que…, murmura-t-elle.

— Je sais. Et tu avais raison. J'ai vraiment envie de t'embrasser.

Elle détourna le regard.

— Ecoute, Jack… Je dois être honnête avec toi. Pour moi et pour Liam.

Il se cala plus confortablement dans les coussins, et la regarda avec sérieux.

— Je t'écoute.

— D'accord. Donc, j'ai eu l'impression qu'il y avait quelque chose entre nous… En tout cas, c'est ce qu'il me semblait il y a quelques jours. Mais il est évident que la brigade est ta priorité, et que tu n'as pas de place dans ta vie pour ce qui pourrait se passer entre nous, quoi que ce soit. Et je refuse de nous envisager, Liam et moi, comme une gêne dans ta vie et dans ta carrière.

— Tu as raison. Pour l'instant, la brigade est ma priorité.

L'entendre confirmer ce constat la déprima.

— Mais, reprit-il aussitôt en lui posant une main sur le genou, une fois que j'aurai tout mis en place, de la façon dont je le souhaite, je ne voudrais pas que tu aies disparu entre-temps.

Elle le dévisagea. Son regard insistant semblait l'implorer de le croire. Mais que devait-elle entendre, exactement ? Souhaitait-il qu'elle l'attende ? Devait-elle pour cela, rester en stand-by ? Non. Ça n'était pas idéal non plus. Ils feraient bien de décider dès maintenant de s'en tenir à l'amitié. Une amitié très sexy, très « hormonale » et, sans nul doute, très… frustrante.

— Je crois que…

Elle s'interrompit. Il faisait glisser le bout de ses doigts sur son poignet, la faisant frissonner.

— Je crois que c'est quelque chose d'autre qui t'effraie. Je sais que mes horaires sont un peu stressants, parfois, mais ce genre de chose ne t'est pas étranger. Tu es forte, Liesel. Forte et étonnante. Et c'est une des raisons pour lesquelles je suis venu ici carboniser notre repas, pour tenter de regagner tes faveurs. Accepterais-tu de me donner une chance ?

Elle cilla. Il oubliait le principal — qu'il pouvait perdre la vie. Mais il n'était peut-être pas utile de le préciser.

— Je ne sais pas, Jack. A vrai dire, je… je ne cherchais pas quelqu'un pour combler ma solitude et…

— Parce que pour toi je ne suis que « quelqu'un » ?

Elle détourna le regard. Apparemment, il ne renoncerait pas à son objectif : la voir partager sa vie. Etait-ce suffisant pour qu'elle se risque à l'aimer ? Quitte à devoir peut-être le perdre ?

— Je crois que c'est beaucoup me demander, Jack, répondit-elle, consciente d'esquiver la vraie question.

— Liesel… Tu as ressenti comme moi ce qui se passe entre nous.

Elle aurait eu mauvaise grâce à dire le contraire… Et malgré elle, un sourire monta à ses lèvres.

Jack considéra Liesel, étonné. Que signifiait ce sourire ? Il se sentait ballotté comme une balle de ping-pong.

— Il me serait plus facile de te croire si tu ne m'envoyais pas sur les roses quand j'apporte un plat de petits pains au gingembre à la caserne, reprit-elle en soutenant son regard.

— J'étais le roi des imbéciles, l'autre jour, c'est sûr.

— L'empereur, même.

— Comment est-ce que je peux me faire pardonner ?

Elle plissa ses yeux de chat.

— Je crois que j'ai une ou deux idées, pour ça.

Recevant avec bonheur le message à peine dissimulé, il ne se fit pas prier. Il se rapprocha d'elle et, devant ses encouragements muets, commença à laisser courir ses lèvres sur son cou. Et à la façon dont elle inclina la tête pour lui en donner un meilleur accès, il sut qu'il était sur la bonne voie…

— Je suis sur le chemin du pardon ?

— J'en ai l'impression, oui, répondit-elle d'une voix qui résonna presque comme un ronronnement.

Il continua de l'embrasser, très légèrement, sur le visage, dans le cou, et Liesel ne put contenir un soupir quand elle sentit sa bouche chaude sur la sienne pour un baiser qui, de tendre et léger, presque timide, se fit soudain plus exigeant.

Et devant le déferlement de plaisir qui l'assaillait, elle ignora toutes les alarmes qui résonnaient dans sa tête. Ses mains glissèrent sur son torse, montèrent jusqu'à ses épaules, sur sa nuque, s'enfouirent dans ses cheveux, avant de redescendre le long de ses bras, jusqu'à ses mains. Elle couvrit celles-ci des siennes, alors qu'il les posait sur ses seins. Elle gémit quand il se pencha pour en mordiller le bout à travers son chemisier, puis à son tour s'enhardit en laissant ses paumes courir sur ses cuisses et remonter sur son ventre.

Pourquoi étaient-ils encore habillés ? Soudain, elle ne supportait plus ces vêtements qui se mettaient en travers de leurs caresses, de leurs baisers. Et Jack, manifestement, partageait son opinion, car il se redressa soudain et, la soulevant dans ses bras, l'emporta vers la chambre.

— Tu es sûre de le vouloir ? demanda-t-il pourtant lorsqu'il l'eut déposée sur le lit.

Cette attention la toucha. Tendrement, elle posa le doigt sur les lèvres qui s'apprêtaient une fois encore à s'emparer des siennes.

— Oui. Oh oui, murmura-t-elle.

Et elle l'attira contre lui.

Il était encore très tôt quand Liesel se réveilla, mais pas trop tôt pour un câlin. Elle se pressa contre Jack, revivant en pensée ce qu'ils avaient partagé avant de s'endormir. Jamais elle n'aurait imaginé que faire l'amour puisse être aussi fort. Jack avait été si passionné, si doux, si patient, si insatiable… Avec lui, elle s'était permis des audaces qui lui donnaient l'impression d'être une experte en la matière.

Mais penser que son bipeur pouvait retentir à n'importe

quel moment la déprimait. Ils venaient à peine d'entamer une relation, et, déjà, elle redoutait qu'il soit appelé pour une mission.

Elle referma les yeux. Ça ne marcherait jamais, entre eux. Et plus tôt elle romprait, mieux cela vaudrait. Bien sûr, ce serait douloureux pendant quelques jours, quelques semaines, peut-être même plus, si elle repoussait trop l'échéance. Mais si elle avait appris quelque chose, c'était que la vie, elle, n'attendait jamais que tout soit parfait.

A cet instant, pourtant, elle n'était pas loin d'éprouver un sentiment de perfection. Elle éprouva soudain l'envie impérieuse de graver ce moment dans sa mémoire.

Jack avait besoin de rester concentré sur la brigade et sa présence autour de lui risquait de le perturber. Encore qu'elle n'était pas du genre à traîner son ennui. D'ailleurs, grâce à lui, elle voyait clairement qu'elle avait sans doute réagi trop vite, en jurant de ne jamais plus remettre les pieds dans un service d'urgence. C'était pour elle une véritable drogue, tout comme l'était pour Jack chacune de ses interventions. L'un et l'autre avaient une mission à remplir. Une vocation à suivre.

A cette seconde, toutefois, son seul souci était de découvrir si ses baisers pouvaient tirer Jack du sommeil. Elle fit courir ses lèvres sur ses épaules, dans son cou, pressa son ventre contre son dos, et se rendit compte très vite du succès de sa méthode. Même s'il ne bougeait pas, il était évident que ses caresses ne le laissaient pas insensible…

Le bourdonnement du portable de Jack lui arracha un gémissement contrarié. Et malgré sa bonne volonté, elle se crispa. Pourrait-elle vraiment supporter cela ?

Jack tendit le bras au-dessus de Liesel pour attraper son téléphone par terre, là où il l'avait laissé la veille, tandis que tous deux se débarrassaient de leurs vêtements. Il jeta un coup d'œil sur l'écran.

Tu serais libre pour venir à River's Bend ce soir ? Super-barbecue garanti. Papa sera là. Je t'interdis de dire non !

Bisous. Becca.

Il laissa échapper un soupir. Une soirée de réconciliation. Génial. Il avait beau savoir depuis longtemps que cela devait arriver tôt ou tard, il ne se sentait pas vraiment prêt. Sans compter qu'il n'avait toujours pas dit à Liesel que sa famille vivait à deux minutes de là. En soupirant de nouveau, il lança son portable sur ses vêtements. Il répondrait à sa sœur tout à l'heure, le temps de trouver une excuse pour refuser, comme toujours. D'ici là, il avait autre chose en tête…

— Hé, qu'est-ce qu'il t'arrive, mon ange ?

Liesel s'était brusquement écartée de lui.

— C'était la caserne ? demanda-t-elle.

— Non.

Il la dévisagea. Etrange. Liesel semblait ébranlée chaque fois qu'il était question de son travail. Il tenta de l'attirer dans ses bras, mais elle se déroba et s'assit en tailleur, les bras fermement croisés sur sa poitrine.

— Et si c'était la caserne ? Ça te poserait un problème ? demanda-t-il devant son air buté. Tu as l'air perturbée.

— Tout me perturbe, avoua Liesel.

Et elle s'efforça de rire.

Elle était néanmoins consciente que sa voix trahissait son angoisse. C'était si effrayant ! La façon dont il plaçait ses missions au-dessus de tout, et en prenant des risques réels, la terrorisait.

Sa gorge se serra, et elle sentit les larmes monter à ses yeux. Oh non… Pas question de craquer. Pas maintenant.

— Bon. Et si tu me disais franchement ce qui ne va pas ?

Elle prit une grande inspiration, s'efforçant de ravaler

ses larmes. Ne pouvait-il comprendre qu'elle était en train de tomber amoureuse de lui ?

— Ça ne marchera pas, entre nous, dit-elle au bout d'un instant. Je ne veux pas passer mon temps à t'attendre en me rongeant les sangs, pendant que tu joues les héros.

Elle avait conscience de son ton amer, presque agressif. Mais c'était exactement ce qu'avait fait Eric — il avait joué les héros. Et s'il avait, rien que cette fois-là, été raisonnable, s'il avait pensé à elle, il serait sans doute encore en vie.

Jack la regardait avec insistance.

— Liesel… Il n'est pas question de ça. Pas du tout. Tu me connais tout même assez maintenant pour savoir que ce n'est pas dans ma nature de me mettre inutilement en danger, non ?

Elle cilla. Non, elle ne le connaissait pas suffisamment. Il y avait tant de facettes de lui qu'elle ignorait.

Jack attrapa ses vêtements au pied du lit et commença à s'habiller. Elle en fut soulagée. Elle aurait moins de mal à se concentrer. Il s'assit ensuite en tailleur en face d'elle.

— Bon. Tu as peur, O.K. Alors tu sais ce qu'on va faire ? Une liste de tout ce que tu redoutes. Tu as un stylo et du papier ?

Malgré elle, elle sourit devant ses efforts pour l'apaiser. En plus il tombait bien, elle adorait les listes. Elle enfila son T-shirt.

— J'ai tout dans la tête.

— D'accord. Alors, je t'écoute. Numéro un ?

— Numéro un : ton travail. Ça m'effraie.

Il acquiesça d'un air compréhensif, ce dont elle lui sut gré. Au moins, il ne niait pas les risques qu'impliquait son métier.

— D'accord. Mais il n'est pas question que j'en change. C'est impossible.

— Je sais. Et je ne te le demande pas. C'est juste que…

Elle se mordit la lèvre. Si elle lui révélait l'origine de

ses craintes, il pourrait juger que cela constituerait un obstacle infranchissable entre eux, et décider de rompre. Et finalement, n'était-ce pas ce qu'elle souhaitait ?

Non. En fait, elle ne savait pas trop ce qu'elle voulait. Et spontanément, sans s'y être préparée, elle refoula ses larmes, avant de lancer :

— Le père de Liam est mort dans un horrible accident. C'était un patrouilleur de ski. Je savais que c'était dangereux, mais nous étions jeunes, les risques faisaient partie du jeu, et je n'imaginais pas une seconde qu'ils pourraient avoir des répercussions sur toute une vie. La semaine où il est mort, j'ai découvert que j'étais enceinte. Inutile de te dire que ces neuf mois n'ont pas été faciles à vivre. Mais quand Liam est arrivé…, c'était merveilleux. Il m'a apporté tellement de joie. Et ma famille a heureusement toujours été très présente pour me soutenir. Sans elle, je ne sais pas comment j'aurais supporté tout ça.

Elle essuya les larmes qui roulaient sur ses joues. C'était douloureux, mais elle avait besoin de tout dire à Jack ; il fallait qu'il sache pourquoi c'était si difficile pour elle.

— Alors quand je t'ai rencontré, reprit-elle avec peine, c'était… super, mais ton travail…

Elle s'interrompit en fermant les yeux, très fort, et prit une longue inspiration avant de les rouvrir.

— Liesel, dit Jack en secouant la tête. Excuse-moi. Tu aurais dû me le dire…

Et comme il se penchait pour lui effleurer la joue, elle se rendit compte que sa caresse, alors qu'elle lui parlait d'Eric, ne lui donnait aucun sentiment de trahison. Ce qu'elle vivait avec Jack lui aurait-il permis de franchir une étape dans ses sentiments ?

— Je comprends ce que tu dis, ajouta-t-il. Mais je ne me suis pas engagé dans la brigade pour jouer les héros. Je peux te jurer que je prends toutes les précautions nécessaires. Je ne suis pas téméraire, et j'ai envie de vivre.

— Alors pourquoi ? demanda-t-elle. Pourquoi avoir choisi cette voie ?

— Parce que ma mère est morte dans un incendie survenu dans notre grange, quand j'étais enfant. Pendant que tout le monde se démenait pour éteindre le feu, j'ai contourné la grange en courant. Je voulais sortir mon poney par la porte de derrière. Ma mère, elle, s'est précipitée derrière moi. Je ne saurai jamais si elle voulait me rattraper, ou si elle voulait aussi sauver les chevaux, ou les deux. En tout cas, à cause de moi et de ma réaction stupide…

Il ferma les yeux une brève seconde, en serrant les dents.

— Depuis ce jour-là, reprit-il, je me répète régulièrement que si j'avais su quoi faire, si j'avais eu un semblant de formation, elle serait encore en vie aujourd'hui.

Liesel avait l'impression que sa gorge s'était serrée au point d'avoir du mal à laisser passer l'air. Ainsi, Jack avait, comme elle, connu la perte d'un être cher. Une perte qui avait également bouleversé sa vie.

— Et les pompiers n'ont pas pu la sauver ? demanda-t-elle en posant une main sur son bras.

— C'est bien le problème…, ils ne sont pas venus ! Il n'y avait pas assez de volontaires, ou bien ils étaient occupés ailleurs, je ne m'en souviens plus. Tout ce que je sais, c'est qu'ils ne sont pas arrivés à temps.

— Et c'est pour te pardonner que tu diriges aujourd'hui la brigade d'Engleton ?

— En partie, oui. Mais je ne pourrai jamais trouver le pardon aux yeux de mon père, en tout cas.

— Que veux-tu dire ?

— Pour lui, je suis responsable de la mort de ma mère.

— Quoi ? Mais c'est absurde ! Tu n'étais qu'un enfant !

— Elle est entrée dans l'écurie, et je n'étais pas là pour l'en empêcher.

— Et tu crois vraiment qu'il te le reproche ?

Jack laissa échapper un soupir. Son père avait été

furieux lorsqu'il s'était engagé dans la brigade, tout de suite après l'enterrement de sa mère. Jamais il ne l'avait vu aussi enragé. « A quoi ça servira, maintenant qu'elle est morte ? » lui avait-il lancé. Si l'accusation n'avait pas été directe, elle était tout de même bien là.

— C'est compliqué, répondit-il Mais ce qui est sûr, c'est qu'il n'est plus le même, depuis qu'elle nous a quittés. Il n'a jamais pu surmonter sa disparition. De mon côté, je me suis juré de faire tout ce qui serait en mon pouvoir pour éviter que d'autres vivent ce genre de drame.

Liesel hocha lentement la tête. Elle comprenait mieux désormais son engagement dans la brigade. Impulsivement, elle se pencha pour prendre sa main.

— Et je sais que tu es fidèle à ton serment, dit-elle. Je t'ai vu à l'œuvre.

Il esquissa un sourire.

— Le problème, c'est que bien souvent tous nos efforts sont vains. Et pour toi, je devrais me trouver un autre métier. Quelque chose qui ne t'angoisse pas, chaque fois que je m'en vais.

— Je ne vois pas comment tu pourrais renoncer à faire ce que tu fais.

— Non. Moi non plus.

Un silence lourd s'installa entre eux. Liesel s'efforça de réfléchir avec calme. Cette carrière était tout pour Jack. Elle était aussi essentielle pour lui que celle d'infirmière pour elle. Aussi ne pourrait-elle jamais lui demander d'y renoncer. D'autant qu'elle serait mal placée pour le faire. Les comptables et les informaticiens n'étaient, à l'évidence, pas son genre. Mais les hommes qui aidaient les autres, qui savaient se mettre en avant pour sauver des vies, oui. Et Jack arrivait en tête, sur sa liste.

Mais il était sur beaucoup de fronts à la fois, et elle refusait de s'exposer avec Liam à la douleur d'une autre perte. Alors ? Devrait-elle se contenter d'une simple amitié ? Pas évident. Après ce qu'ils avaient partagé…

Elle l'observa à la dérobée. Difficile de résister à l'envie d'enfouir ses doigts dans ses cheveux épais, de les laisser glisser sur son torse, son ventre… Stop. Il ne fallait pas qu'elle s'égare. Renoncer à lui ne serait pas aisé, c'était certain, mais elle devait trouver en elle la force de le faire.

— J'ai l'impression que nous avons l'un et l'autre des démons à dompter, dit-elle en soupirant.

— Ça, oui.

— Donc… Il vaudrait peut-être mieux considérer ce qui vient de se passer entre nous comme…, une agréable récréation, et rester amis ?

Jack se figea. Il n'aurait pas réagi plus vivement, si elle l'avait giflé.

— Amis ? Après ce qu'on vient de vivre ?

— Je sais que ce ne sera pas facile, mais c'est… pour Liam.

— Eh bien quoi, Liam ? Ne me dis pas que tu ne me crois pas capable de m'occuper de lui ?

— Je sais, mais j'ai besoin d'être certaine que l'homme qui entrera dans nos vies à tous les deux sera quelqu'un sur lequel nous pourrons compter, qui ne nous abandonnera pas sur un coup de tête.

Il en éprouva une soudaine tristesse. Parce qu'elle avait raison. Comme son père, elle le voyait tel qu'il était : un homme investi d'une mission qu'il s'était lui-même imposée. Et tant qu'il ne l'aurait pas accomplie, il n'était pas celui dont elle avait besoin dans sa vie.

— Je ne suis pas cet homme, répondit-il.

— Pour l'instant, non, Jack. Je donnerais cher pour que tu le deviennes, mais c'est vrai, tu ne l'es pas.

— Amis, alors ? demanda-t-il, mal à l'aise.

Il tendit la main, et elle y glissa la sienne pour sceller leur pacte.

— Amis, oui.

9.

— Tu comptes aller au Festival de la moisson ? demanda Cassie.

A son ton malicieux, Liesel devina la véritable question qu'elle posait, et qui concernait Jack…

— Oui, bien sûr.

— Toute seule ou…

Elle eut soudain la chair de poule.

— Excuse-moi, Cass. Tu as entendu ? demanda-t-elle en se rapprochant de la radio sur le comptoir de la cuisine.

Elle monta le son, et se concentra sur le flash d'informations.

— « … recommandé d'éviter la rue principale d'Engleton. Un camion vient de perdre tout son chargement de raisin, ce qui a provoqué un gros carambolage parmi les véhicules qui le suivaient. D'après ce qu'on me dit, il y aurait plusieurs blessés, et pour faciliter l'arrivée des secours, il est conseillé d'emprunter plutôt la… »

Elle éteignit le poste.

Non. Ce n'était pas possible. On ne pouvait pas vivre le même drame deux fois dans sa vie, si ? Pourquoi l'histoire se répéterait-elle ?

— Je croyais que tu voulais écouter ? demanda Cassie d'un air étonné.

— Jack m'a donné rendez-vous à Engleton, pour aller prendre un milk-shake avec lui.

Elle laissa un instant son regard errer dans le vide. Une

irrépressible panique montait en elle. Cela s'était passé exactement de la même manière pour Eric ; c'était aussi par les informations qu'elle avait appris son accident. Elle se redressa. Mais cette fois, elle ne resterait pas à attendre en se rongeant les sangs. Elle serait sur place.

Jack n'avait pas perdu conscience, mais il lui semblait que le temps s'écoulait d'une étrange façon, étirant les secondes en heures interminables.

Il roulait derrière Ed Jones, un paysan du coin dont le camion était chargé de grappes de raisin, et se souvenait avoir pensé qu'il abordait un peu trop vite le virage à l'entrée de la ville, quand la remorque s'était soudain mise en travers de la route. Lui-même avait alors viré à cent quatre-vingts degrés, mais avait dû freiner brusquement pour éviter le véhicule venant en sens inverse, et avait, ce faisant, basculé. Au moins était-il indemne. Mais d'après ce qu'il pouvait entendre autour de lui, tout le monde n'avait pas eu cette chance.

— Tu vas pouvoir t'occuper de Liam ? demanda Liesel en attrapant son blouson avant de se précipiter vers la porte.

— Ne t'inquiète pas pour lui, lui dit fermement Cassie, qui portait Liam dans ses bras. Il est entre de bonnes mains. Ne roule pas trop vite tout de même !

Elle embrassa une dernière fois son fils, avant de courir vers sa voiture. C'était pour lui qu'elle faisait cela. Pour lui enseigner qu'il ne fallait pas avoir peur de la vie, et accepter tout ce qu'elle avait à offrir — le bon comme le mauvais. Même si c'était parfois terrifiant. Mais Jack lui avait transmis la force d'affronter ses peurs et de les surmonter. Et cette fois-ci, c'était à elle de l'aider.

*
* *

— Monsieur Jones ? C'est Jack. Jack Keller. Vous m'entendez ?

Il jeta un rapide coup d'œil à la scène de l'accident. L'avant du camion était totalement enfoncé. La remorque, en se mettant en travers, avait dû le percuter, et à présent les jambes de M.Jones étaient coincées sous le volant. Son airbag lui avait sauvé la vie, mais Jack n'était pas certain qu'il pourrait remarcher avant longtemps.

Sentant quelque chose d'humide sur son visage, il s'essuya sur la manche de son blouson. De la pluie ? Non. Il faisait un temps splendide…

Et soudain, il la vit. Liesel. Qui arrivait en courant vers lui. Curieusement il s'en sentit aussitôt rassuré.

— Ça va ? demanda-t-elle.

— Oui.

Il la regarda. L'inquiétude assombrissait le vert de ses yeux, mais il y avait autre chose, aussi. Plus fort que l'amitié née entre eux depuis deux mois.

— Liesel, tu peux rester avec M. Jones ? Il faut que j'aille…

Il s'interrompit soudain devant la brusque pâleur de son visage.

— Jack…, dit-elle. Ton front.

Sa voix avait vacillé, mais elle se ressaisit aussitôt.

— Il faut que tu te fasses examiner. Et tout de suite.

Il porta la main à son front, grimaça et découvrit le sang qui lui tachait les doigts.

On verrait ça plus tard. Pour l'heure, il devait s'occuper des victimes.

L'esprit de Liesel fonctionnait en surrégime. Les blessures à la tête saignent abondamment, tout le monde savait cela, mais Jack avait vraiment eu l'air désorienté. Et il n'était pas indiqué qu'il participe aux secours. Or le temps, dans ce genre de situation, était crucial.

Il fallait évaluer chaque cas au plus vite, et effectuer un triage temporaire en fonction de leur gravité en attendant l'arrivée des secours. Elle regarda autour d'elle. L'agitation était grande. Jack allait devoir être transporté à l'hôpital et… Où était-il passé ? Il était près d'elle quelques secondes plus tôt à peine. Soudain elle l'aperçut : il courait vers une voiture dont l'avant était en flammes. Si elle avait voulu une preuve qu'il n'était pas l'homme qu'elle devait aimer, elle l'avait à cette seconde sous les yeux.

Et ce fut pour elle comme une révélation. Aimer ? Elle se sentit soudain presque étourdie.

— Ma maman est coincée ! cria une petite fille.

En l'agrippant par la manche pour l'entraîner vers une épicerie dont la devanture était totalement éventrée, la fillette la ramena brusquement à l'instant présent.

L'arrière de la remorque avait balayé le mur en briques de plein fouet. Liesel se retourna vers Jack, qui s'activait à présent devant le véhicule en feu.

La petite main tira plus fort sur sa manche, l'obligeant à réagir.

— Où est ta maman, ma puce ? demanda-t-elle.

— Là-bas, répondit la fillette en l'entraînant à l'intérieur du magasin vers un monceau de briques et de boîtes de conserve, qui avaient dû être exposées à l'entrée de l'épicerie.

Un homme émergea en vacillant, un bras pressé sur son torse. A la façon dont il le tenait, il était clair qu'il devait être fracturé.

Elle s'apprêtait à aller vers lui, quand la fillette la tira de nouveau par la main et la mena jusqu'à sa mère. Celle-ci, face contre terre, avait le bassin et les jambes coincés sous une étagère qui s'était renversée. Liesel s'agenouilla aussitôt devant elle.

Du bout des doigts, elle repéra le pouls sur sa gorge. Un pouls filant.

— Je ne sens… rien, murmura la femme, d'une voix à peine audible.

— Surtout n'essayez pas de bouger votre tête, c'est très important, lui dit-elle doucement. Je suis infirmière, et nous allons vous sortir d'ici, d'accord ? Comment vous appelez-vous ?

— Marilyn.

— Marilyn. C'est un très joli nom. Moi, c'est Liesel, répondit-elle.

Elle vit une flaque de sang, qui se formait autour de sa tête.

Traumatisme crânien ? Plus probablement une fracture du nez. Elle jeta un coup d'œil par-dessus son épaule vers la petite fille. Il ne fallait pas qu'elle voie cela. Elle fit en sorte de lui bloquer la vue de sa mère.

— Tu veux m'aider ? lui demanda-t-elle ensuite. Tu vois l'extincteur, là-bas ? Le gros appareil rouge ? Ce qui serait bien, c'est que tu demandes à quelqu'un de t'aider à le porter au pompier, dehors. D'accord ?

Manifestement ravie de pouvoir aider, la fillette s'éloigna aussitôt, et Liesel se concentra de nouveau sur la victime.

— Marilyn, je vais essayer de déplacer l'étagère, d'accord ?

— Je ne sens rien et je…, je ne peux pas bouger.

— Pour l'instant, il vaut mieux que vous restiez immobile, répondit-elle doucement.

Et elle pria pour que cette femme s'en tire avec juste quelques ecchymoses.

Elle ne voulait surtout pas envisager le scénario catastrophe de la paraplégie.

Rapidement, elle repoussa les boîtes de conserve et autres articles répandus autour de Marilyn, tout en cherchant des yeux quelqu'un qui puisse l'aider à repousser l'étagère, mais le magasin était désert. Et elle ne voyait pas comment elle pourrait la soulever seule. Or il n'y avait pas de temps à perdre, plus Marilyn supportait ce poids, plus ses blessures pourraient être profondes.

Elle n'avait pas le choix. Serrant les dents, elle se pencha, agrippa le bord de l'étagère et, après avoir pris une profonde inspiration, commença à la pousser.

Jack s'évertuait à tirer sur la portière bloquée de la conductrice terrorisée, qui ne pouvait elle-même pas bouger, son pied étant apparemment coincé sous la pédale de frein. Des flammes jaillissaient de l'intérieur du capot, et son fils, un gamin d'une dizaine d'années, qui se tenait sur le trottoir, semblait comme pétrifié par l'angoisse.

Il devait absolument la sortir de là ou éteindre le feu. Mais avec quoi ? Il n'avait aucun matériel, et son équipe n'était pas encore arrivée.

— La banquette… arrière, murmura la femme en posant sur lui un regard implorant.

Il se tourna, ne vit rien, avant d'ouvrir la portière, et de découvrir le chiot caché sous des couvertures. La pauvre femme risquait de perdre la vie, mais elle s'inquiétait pour son petit chien. Cette attitude l'émut, et accrut encore, si cela était possible, sa détermination à la sauver.

Attrapant le chiot, il se tourna pour le confier au fils, et découvrit alors que le garçon était en train de traîner vers lui un gros extincteur, aidé par une petite fille, qui ne devait guère avoir plus de sept ans.

— Bon boulot, les enfants, dit-il en leur donnant le chiot.

Il leur recommanda de s'écarter le plus possible, puis, après avoir tendu les couvertures à la femme qui s'en recouvrit, il souleva l'extincteur, et arrosa abondamment le capot.

Bientôt, des sirènes retentirent. Les secours, enfin. Il leva les yeux. Et Liesel ? Où était-elle ?

Liesel entendit elle aussi les sirènes, juste au moment où la fille de Marilyn revenait vers elle en courant. Elle l'étreignit, en soupirant de soulagement. Les blessés allaient enfin pouvoir être conduits à l'hôpital ou, pour certains, traités sur place, afin de supporter le transport. Et elle avait hâte de revoir Jack. Même si…

Elle secoua la tête. Même si ça n'était qu'une aventure d'une nuit. Rien de plus. Mais elle pourrait toujours aimer l'ami en lui, non ?

— Marilyn, tenez bon, les secours arrivent, dit-elle en se penchant de nouveau sur la blessée. Marilyn ?

Pas de réponse. Elle posa la main sur sa bouche et, rassurée, sentit un très léger souffle. Se redressant, elle se tourna vers sa fille.

— Comment t'appelles-tu ?

— Kirsty.

— Bien, Kirsty. J'ai encore besoin de ton aide. Tu pourrais aller me chercher des paquets de petits pois congelés ? Tout ce que tu peux, d'accord ?

Les secours arrivaient, mais il lui fallait, autant que possible, réduire l'enflure autour des lésions dans la région de la moelle épinière. Elle ne pouvait, dans ces conditions, pratiquer une vraie hypothermie thérapeutique, mais quelques sacs congelés tactiquement placés pourraient se révéler utiles, en attendant mieux. L'équipe médicale aurait peut-être du méthylprednisolone, un anti-inflammatoire stéroïdien.

Regardant autour d'elle, elle repéra des paquets de couches, et réussit à en attraper un qu'elle ouvrit maladroitement avant de coincer plusieurs changes autour de la nuque de Marilyn, en guise de minerve.

— Y en a assez ? demanda Kirsty en arrivant avec quatre packs de petits pois congelés.

— Oui, c'est très bien.

Elle allait pouvoir les placer le long de la colonne vertébrale de Marilyn, mais en étant extrêmement prudente. Si le froid devait la faire réagir et bouger…

Pas de panique. Elle pouvait y arriver.

— De quoi as-tu besoin ?

Jack ! Sa voix lui fit l'effet d'un grand verre d'eau fraîche après une traversée du désert. Et accéléra aussi brusquement les battements de son cœur.

Ne pas oublier : une nuit, rien de plus. Cela avait été son choix.

— Il nous faut une planche, dit-elle. Même deux si tu peux. On va devoir la retourner, et je ne peux le faire seule. Il est possible qu'elle ait des lésions cervicales ou dorsales.

— Un des gars va t'en apporter une, et t'aider à l'installer dessus.

Sur ces mots, il repartit, mais sa présence, aussi brève fut-elle, lui avait apporté le réconfort dont elle avait besoin. Jack était un homme capable de gérer une situation de crise. Et il avait manifestement la même confiance en elle, qu'elle en lui. Professionnellement, bien sûr. C'était, du moins pour l'instant, ce qui les reliait — leur travail. Elle laissa échapper un soupir. Et elle devrait s'en contenter.

Jack était si occupé à superviser l'extraction de M. Jones de son camion qu'il sursauta presque en sentant une main se poser sur son bras.

— Désolée. Je ne voulais pas te faire peur.

Liesel. Il éprouva aussitôt une sensation de réconfort.

— Je suis peut-être un peu nerveux, non ?

— Quoi ? Un grand pompier comme toi ? Ce ne serait pas raisonnable !

Il croisa son regard. Elle plaisantait, mais l'inquiétude, dans son regard, était bien présente. Toutefois, il ne pouvait pas la rassurer pour le moment ; à cette seconde, M. Jones requérait toute son attention. Le pauvre homme avait perdu connaissance sous l'impact de l'airbag, qui s'était déployé. Mais heureusement, il ne souffrait d'aucune blessure aux jambes. Et vu l'état du camion — l'avant était totalement démoli — il était prêt à croire qu'une sorte d'instance céleste avait veillé sur lui. Pour plus de sûreté, il serait tout de même conduit aux urgences pour y subir des examens, avant d'être autorisé à rentrer chez lui.

— Voilà, dit Liesel en se tournant vers lui. Toutes les victimes sont entre de bonnes mains. A nous deux, maintenant.

De son index recourbé, elle lui fit signe de la suivre vers l'ambulance, dont les feux clignotaient à quelques mètres de là. Mais soudain, elle s'immobilisa, et Jack en fit autant en suivant son regard. Le bar à lait était presque totalement réduit en cendres. Trois de ses hommes étaient tout juste en train d'éteindre les dernières flammes. Une voiture à demi calcinée était garée devant ce qui restait du bar.

— Y a-t-il eu des…

— Non, l'interrompit-il. On s'est démenés comme des fous, et on a maîtrisé le feu avant.

Il jugea préférable de ne pas en rajouter. En fait, il s'en était fallu de peu qu'il y ait des victimes. Elle avait eu raison de prendre ses distances avec lui. Cette journée avait été dangereuse. Bien trop dangereuse.

Et sa brigade en sous-effectif en était la raison. Il aurait pu perdre la vie, et plusieurs autres avec lui. Liesel avait à cet instant sous les yeux la preuve que ses pires cauchemars auraient pu se réaliser. Aujourd'hui.

— Que s'est-il passé ? demanda-t-elle.

— Le garçon qui donne de temps à autre un coup de main ici a lancé de l'eau sur les flammes qui sortaient de la voiture. Et l'eau a provoqué une réaction avec l'huile du moteur. Même si c'est difficile à croire quand on voit le désastre, nous avons eu beaucoup de chance.

— De la chance ? demanda-t-elle d'un ton incrédule.

— Oui. Au lieu d'embraser la voiture, les flammes ont été aspirées sous le toit en alu de la véranda. L'apprenti du bar à lait en a été quitte pour une grosse frayeur et des ecchymoses. Sa bonne étoile devait veiller sur lui.

Il secoua la tête en soupirant.

— Il faudrait que les enfants soient mieux informés. Si nous avions plus qu'un bienfaiteur, nous aurions les moyens d'engager quelqu'un d'autre. Quelqu'un qui pourrait travailler à mi-temps pour enseigner dans tous les établissements l'attitude à avoir en cas d'incendie, et s'assurer que tous les extincteurs sont en place, par exemple.

— Vous avez un bienfaiteur ?

— Oui. Nous avons reçu deux gros chèques l'année dernière. Et ça nous a beaucoup aidés ; la caserne était en très mauvais état, quand j'en ai hérité. Peut-être que si je n'avais pas investi ce qui restait pour rééquiper le camion…

— Tu n'as pas de reproches à te faire, Jack, l'interrompit-elle. Tu n'es pas responsable de ce qui vient de se passer. Comme s'il était possible de prédire tous les accidents susceptibles de survenir dans une zone rurale !

Touché par sa réaction, il la prit par les épaules.

— Tu avais raison, Liesel. Je n'aurais jamais dû te demander de m'attendre. Au train où j'avance, ce sont peut-être des années qu'il nous faudra patienter.

— Jack, je…

Il lui posa un doigt sur les lèvres.

— Chut. Ne t'inquiète pas, mon ange. Je comprends. Accepter tout ça serait beaucoup trop exiger, ajouta-t-il en lançant un regard vers l'activité qui régnait encore dans la rue. On reste amis ?…

— Bien sûr, répondit-elle, d'une voix presque inaudible.

Jack se détourna d'elle. Il avait conscience de laisser ses émotions obscurcir sa raison. Si seulement il pouvait renoncer à sa carrière, se réconcilier avec son père et retrouver une vie tranquille au domaine. Alors, il pourrait offrir à Liesel la vie heureuse qu'elle méritait.

Il secoua la tête, sentant le découragement le gagner. « Si ». Il y avait tant de « si »…

— Je n'en reviens pas de tout ce que tu as fait à toi tout seul aujourd'hui, dit soudain Liesel. C'est incroyable.

Surpris dans ses réflexions, il sursauta presque.

— Parce que tu crois que c'est suffisant ? demanda-t-il durement.

Et il désigna la rue devant eux, qui aurait pu servir de décor à un film catastrophe.

Liesel fut choquée par la soudaine dureté de sa voix. Ce n'était pas le Jack qu'elle connaissait.

— D'accord, mais l'essentiel, c'est que grâce à votre intervention, il n'y a pas eu de victimes, reprit-elle.

— Une mère a failli mourir aujourd'hui, Liesel. A cause de moi, parce que je l'ai quittée des yeux quelques secondes ! Quand le garçon est sorti pour lancer de l'eau sur le moteur de la voiture où elle était coincée !

Elle le dévisagea. La détresse dans sa voix, dans ses yeux, exprimait bien plus que ce qui s'était réellement passé…

— Jack… Que veux-tu dire, exactement ?

— Je… C'est à ma mère que je pense, avoua-t-il en secouant la tête. J'avais juré que je ne permettrais plus jamais que ce genre de chose se reproduise.

— Et c'est ce que tu as fait. Tu as sauvé cette femme !

Elle aurait aimé le serrer dans ses bras, le réconforter, mais savait que sa douleur, à cet instant, allait bien au-delà de ce qu'il exprimait, et que toute la tendresse du monde n'y suffirait pas.

— Je crois que tu oublies une chose, Jack, poursuivit-elle néanmoins. Si je ne m'étais pas autant inquiétée pour toi, je ne serais pas venue, et je n'aurais pu aider ces gens. Cette femme, dans le magasin, aurait peut-être fini paralysée à vie, et grâce à toi, celle qui était coincée dans sa voiture peut serrer son fils dans ses bras en ce moment même.

Jack se tourna vers la mère et le fils, avant de plonger de nouveau dans le regard clair de Liesel.

— Tu t'inquiétais pour moi ?

— Evidemment ! Tu en doutes ? Tu n'as pas encore compris que je suis folle de toi, et que si je ne supporte pas le métier que tu fais, c'est parce que j'ai peur de te perdre, chaque fois que tu es appelé pour un incendie ou un accident ?

Plus ému qu'il n'aurait voulu l'admettre, il l'attira contre lui afin qu'elle ne voie pas la brillance suspecte de ses yeux. Liesel, folle de lui ? Il n'avait jamais osé l'espérer depuis qu'elle lui avait avait annoncé, après l'incroyable nuit qu'ils avaient passée ensemble, qu'elle ne voulait rien de plus entre eux qu'une simple amitié. Et à présent…

Il glissa ses doigts dans ses cheveux pour l'attirer contre lui. Il allait devoir mettre un peu d'ordre dans sa vie, pour lui offrir celle qu'elle méritait. Aujourd'hui avait été la preuve qu'on ne pouvait changer le passé. Mais l'avenir, lui, leur appartenait.

Il hocha lentement la tête. Et le premier pas de ce changement serait John Granville Keller. Se réconcilier avec son père ne serait pas une mince affaire, mais il ne pourrait pas y échapper, s'il voulait être digne de cette femme qu'il tenait dans ses bras.

Liesel répondit en riant devant l'orteil que Marilyn, immobilisée sur une planche Olivier, agita en guise d'au revoir, avant que les portes de l'ambulance ne se referment. Et au moins était-ce rassurant : les lésions qu'avait pu subir sa colonne vertébrale, quelles qu'elles soient, ne seraient pas permanentes.

Elle chercha ensuite Jack des yeux. Il avait entre-temps disparu. Elle l'aperçut soudain qui, quelques mètres plus loin, contemplait le site de l'incendie. Au moins à présent, comprenait-elle son attitude. Et elle comprenait aussi que si elle devait un jour entrer dans sa vie, elle devrait, qu'elle le veuille ou non, le partager avec la brigade.

Il avait raison. Sans la BPR, l'accident aurait eu des conséquences beaucoup plus dramatiques. Les autres services d'urgence étaient à plus d'une heure d'Engleton. Discrètement, elle s'approcha de lui, de cet homme fort, passionné, totalement investi dans sa carrière. Et qui avait su ranimer en elle le besoin de servir la communauté. Mais comment pourrait-elle l'aider à apaiser les démons qui le tourmentaient ? Se confier devant un bon repas n'était pas vraiment une attitude très masculine, mais…

— Et si je t'invitais à dîner, ce soir ? suggéra-t-elle spontanément.

Les confidences ne seraient peut-être pas à l'ordre du jour, mais, au moins, pourrait-elle toujours l'aider à décompresser.

Il secoua lentement la tête.

— Non. Désolé, mais pas ce soir.

Il se pencha pour l'embrasser légèrement sur les lèvres, avant de se tourner vers la rue dévastée.

— Je crois que je vais être occupé ailleurs…

10.

— Bonjour, Jack.

— Salut, p'pa.

Jack mit sa main en visière pour se protéger du soleil de fin d'après-midi, et mieux voir son père installé, comme toujours, dans son rocking-chair sur la terrasse.

— Qu'ai-je fait pour mériter la visite du capitaine de brigade Jack Keller ? Viendrais-tu vérifier nos extincteurs ?

Super introduction. Son père avait décidément l'art de remuer le couteau dans la plaie. Il s'éclaircit la gorge.

— Allez, p'pa, arrête. Je me disais qu'il serait peut-être temps qu'on discute un peu, tous les deux.

— Oh ? Désolé d'être surpris, mon gars. On ne peut pas dire qu'on t'ait vu beaucoup par ici, depuis que tu es revenu dans la Valley.

— C'est vrai.

Il croisa son regard. Son père était sur la défensive, et sa tactique, désormais, était de l'isoler de tous ceux qu'il aimait. S'il ne prenait pas le ferme contrôle de sa vie, il ne pourrait jamais avoir tout ce qu'il souhaitait — amis, famille, et avant tout, Liesel. L'accident et les jours qui avaient suivi lui avaient permis de découvrir que l'amitié entre eux ne lui suffisait plus. Il comprenait désormais combien l'idée de perdre quelqu'un dans des circonstances dangereuses pouvait être effrayante. Et l'attitude de son père envers lui prenait désormais tout son sens.

— Alors ? C'est tout ce que tu as à dire ? demanda son

père d'un ton impatient. Il faut que j'aille dans la remise et que je parle aux moissonneurs, aussi.

Jack le fixa longuement, cette fois. Il le connaissait assez pour savoir qu'il forçait son personnage de grincheux. En réalité, c'était un homme bon, qui avait toujours placé sa famille avant toute chose, et à qui le destin avait distribué des cartes difficiles.

Sa mère avait été l'amour de sa vie, et il ne s'était jamais remarié après sa mort. Jusqu'à ce jour, Jack avait cherché par tous les moyens à se faire pardonner. En vain. Il avait même conscience, aujourd'hui, que ses efforts n'avaient probablement fait qu'empirer les choses. Le problème, toutefois, était que son engagement dans la brigade était une véritable vocation. Une passion. L'essentiel était de trouver un équilibre.

— Ça se passe bien, ici ? demanda-t-il.

— Ta sœur gère tout avec succès. Mais c'est dur, toute seule.

Il cilla. Un compliment pour Becca, une pique pour lui. Comme toujours.

— P'pa… Je suis venu te parler de la brigade.

— Ah oui ? demanda son père en reportant son regard sur l'horizon.

— Oui. Je crois avoir compris pourquoi tu n'as jamais accepté mon choix. En fait, je crois que devenir pompier a été ce que je pouvais faire de pire à tes yeux, après la mort de maman.

Le visage de son père se figea.

— Ecoute-moi, papa, poursuivit-il en rapprochant sa chaise de la sienne. Il faut que nous percions l'abcès, une fois pour toutes. Depuis la mort de maman, je me suis juré de faire quelque chose de ma vie. De changer l'inaction en action. Et après des années de travail et d'entraînement, je me rends compte que non seulement j'ai acquis une solide expérience, mais qu'en plus c'est une carrière que j'aime.

— Qu'attends-tu de moi, au juste ? demanda encore son père. Que je t'encourage ? Je t'ai encouragé.

— En m'obligeant à choisir entre la ferme et la brigade ?

Son père se rembrunit de nouveau.

— Tu voudrais peut-être que je te félicite d'avoir choisi cette voie, plutôt que celle des générations qui t'ont précédé et qui ont créé tout ça ? dit-il en désignant les hectares de vignes, d'un geste large.

Puis il le regarda fixement à son tour, et Jack ignorait où il voulait en venir, quand il secoua la tête avant de déclarer d'une voix presque brisée :

— Je voudrais juste être sûr que tu ne cours aucun risque.

Spontanément, Jack se pencha pour lui prendre la main et la serrer. Pourquoi n'avait-il pas compris plus tôt que son père, après l'horrible drame qu'il avait vécu, avait avant tout voulu le préserver du danger ?

— Crois-tu que tu pourras me pardonner un jour ? demanda-t-il. Que je pourrai venir ici, et m'y sentir le bienvenu ?

— Parce que tu crois ne pas l'être ? Détrompe-toi. Tu es le bienvenu, Jack. Tout ce que tu vois là est ton héritage. Tu as choisi de lui tourner le dos pour aller sauver des gens et éteindre des incendies, mais ça ne ramènera pas ta mère. Tu ne comprends donc pas que jamais je n'ai voulu ça pour toi ? Je voulais que tu te consacres à ces vignes, que tu tournes ainsi cette page du passé, et que tu embrasses tranquillement l'avenir que j'avais construit pour toi.

— Je serais très heureux de m'occuper du domaine, papa, mais je ne peux pas tourner le dos à la brigade.

— Oui, ça, je l'avais compris. Parce que j'ai suivi tes exploits à la radio. Et c'est pour ça que j'ai envoyé ces chèques à la brigade.

— Quoi ?

— Tu n'imagines tout de même pas que je laisserais mon fils jouer les héros avec un camion poussif et des lances percées ?

Brusquement ému, Jack en perdit presque sa voix.

— C'était toi ? murmura-t-il.

— Evidemment ! Si mon fils doit diriger une caserne de pompiers, elle doit être digne de lui. Tu es un Keller. Et les Keller ne font pas les choses à moitié.

Devant cette déclaration d'amour et de fierté paternels à peine masquée, Jack, spontanément, vint embrasser son père.

— Je ne sais pas quoi te dire, p'pa.

— Alors dis-moi merci, je m'en contenterai, répondit son père de son habituel ton grognon, que démentait une lueur émue dans les yeux. Et va donc nous chercher quelque chose de frais à boire. Tu dois en avoir besoin, après tout ce bazar qui s'est passé en ville.

— Tu es courant ?

— Eh oui. J'ai la radio, comme tout le monde. Et après, si tu as encore le temps, j'aimerais bien que tu me donnes un coup de main pour l'une des moissonneuses. Je dois remplacer quelques valves.

— Pas de problème. A nous deux, tu vas voir, on va faire du bon boulot.

— Vous êtes certaine de vouloir le faire ? demanda la représentante de l'hôpital de Murray Valley. Tenir un stand de recrutement n'est pas la meilleure façon de s'amuser au Festival de la moisson ! Et vous pensez que ça va marcher ?

— On va mettre tous les atouts de notre côté et vous allez voir, ils vont se battre pour s'inscrire ! répondit Liesel d'un ton léger. On a besoin de nouvelles recrues pour nos pompiers. Et je ne serai pas seule. Plusieurs personnes m'ont déjà proposé de m'aider.

— Parfait. Alors, à samedi.

Dès qu'elle fut seule, Liesel installa Liam sur sa hanche, puis jeta un dernier regard sur le service des urgences. Depuis l'accident, elle avait à peine pu quitter l'hôpital. Marilyn, sa patiente, s'en sortirait avec des séances de rééducation. Elle n'avait, par bonheur, subi aucun dommage irréversible. Et aucune des autres victimes non plus. La plupart des blessés ne garderaient pas de séquelles. Un vrai miracle. Une fois les dommages matériels réparés, la vie à Engleton pourrait reprendre son cours ordinaire.

Son regard s'arrêta sur l'horloge murale. Il était temps d'aller apporter une tournée de cookies aux volontaires de la brigade en échange de leur silence, quant au stand de recrutement. Le secret devait être préservé pour Jack. Encore quelques jours, et il apprendrait enfin qu'elle avait bien l'intention d'être là pour lui.

Elle tenait à lui montrer qu'elle aussi était prête à affronter ses propres démons. Elle l'aimait et souhaitait plus que tout le voir entrer dans leur vie, à Liam et à elle. Tant qu'à faire, autant vivre chaque jour pleinement, en profitant de toutes les possibilités offertes plutôt que dans la peur. Et avec un peu de chance, Jack aurait encore de la place pour eux deux dans sa vie…

— Que fais-tu ici ?

Liesel se retourna en reconnaissant la voix chaude qui l'avait fait tressaillir. Jack ! Elle aurait aimé se jeter dans ses bras, mais dut se contenter de lui présenter une assiette de cookies. Ils étaient en public…

— Tu en veux un ?

— Avec plaisir. C'est toi qui les as faits ?

— Oui.

— Très appétissants… répondit-il en en portant un à sa bouche. Comment va le petit bonhomme ?

— En pleine forme. Je n'aurais jamais imaginé qu'un enfant de deux ans puisse avoir une vie sociale aussi remplie. Peut-être pas autant que la tienne, mais pas loin, répliqua-t-elle en riant.

Il avait l'air épuisé. Elle ne l'avait pas vu depuis presque deux semaines, et si elle en jugeait à ses traits tirés et à l'ombre sous ses yeux, elle ne doutait pas qu'il avait été très occupé. Elle dut se retenir pour ne pas lui dire qu'elle voulait l'aider, être là pour lui, toujours. Mais pourquoi le garder pour elle ?

— La grande rue est toujours en chantier, dit-il. Il va falloir du temps pour tout remettre en ordre. Et de notre côté, nous arrivons à la pleine saison des incendies.

— J'ai confiance. Si quelqu'un peut être sur tous les fronts à la fois, c'est bien toi.

— Jack ! appela l'un des volontaires de la brigade. On a un feu de brousse à Cooper's Pass.

— J'arrive ! répondit-il en se tournant vers elle. Liesel… Je regrette.

— Ne t'inquiète pas. Je comprends.

Et elle lui sourit. Elle était sincère. S'il y avait une urgence médicale, c'est elle qui devrait partir. Elle hésita, refrénant mal l'envie d'effleurer son visage du bout des doigts. Le moment serait mal choisi pour lui dire que, grâce à lui, elle avait trouvé la force de croire de nouveau en l'amour. Et de comprendre qu'il valait la peine de prendre des risques.

— Je te revois au Festival ? demanda-t-il.

— Oui. D'accord.

Et devant son sourire, elle fut confortée dans sa décision. Au pire, si Jack décidait finalement qu'il n'avait pas de temps à lui accorder en dehors de la brigade, au moins aurait-elle été honnête avec lui. Et pour elle, dans une relation, l'honnêteté était essentielle.

Liesel avait du mal à en croire ses yeux. Le domaine viticole de River's Bend était superbe. Comment avait-elle pu vivre à Engleton depuis presque un an sans avoir une seule fois vu cet endroit ? C'était incroyable.

Quelques jours après l'accident, de vastes hangars y avaient été mis à disposition pour héberger le Festival qui, évidemment, ne pouvait plus avoir lieu dans le centre-ville comme cela avait été prévu. Et, visiblement, on n'avait pas lésiné sur l'organisation. Des guirlandes lumineuses avaient été suspendues dans les gommiers bordant l'allée principale, ainsi que le long de la galerie de la superbe salle de dégustation, où se pressaient déjà de nombreux participants. Les enfants, eux, étaient ravis de pouvoir ôter leurs chaussures et retrousser leurs vêtements pour participer au foulage des grappes dans les énormes cuves. Plusieurs artisans avaient installé leurs stands où ils proposaient toutes sortes de produits locaux allant du pain, des saucisses et des olives, aux fromages et vins de toute la région.

Et la direction de River's Bend avait insisté pour que tout le monde y soit le bienvenu. C'était d'ailleurs pour cela que Liesel avait appelé. S'il s'agissait de la ville, alors la BPR était concernée, elle aussi, et il était temps qu'elle installe son stand — celui du recrutement pour la Brigade de pompiers régionale. Des membres du personnel de l'hôpital lui avaient donné un coup de main pour les préparatifs, et son four avait fonctionné sans arrêt pendant deux jours, pour cuire plus de cookies, de gâteaux briochés et autres pâtisseries qu'elle n'en avait faits de toute sa vie.

Mais il lui avait fallu ruser et faire attention à ce qu'elle disait en présence de Jack, pour ne pas vendre la mèche.

Les battements de son cœur s'accélérèrent, lorsqu'elle le vit arriver en compagnie d'autres pompiers. Et même s'ils avaient tous un uniforme identique, à ses yeux aucun ne le portait mieux que lui.

Tous ces moments qu'ils avaient passés ensemble durant ces derniers mois l'avaient comblée de bonheur. Et elle n'était pas la seule. Le sourire de Liam dès qu'il voyait Jack manifestait clairement le plaisir qu'il prenait à sa présence.

Oui, elle avait changé, et retrouvé une joie de vivre qu'elle avait cru avoir perdue à jamais. Elle était redevenue celle qu'elle avait été — une infirmière, et une mère heureuse et sûre d'elle.

— Vous êtes la responsable ? demanda un monsieur élégant en approchant de son stand.

— En effet. Et la brigade propose toutes sortes d'emploi pour les bénévoles. Seriez-vous intéressé ?

— Merci, mais je pense que j'ai passé l'âge de faire des acrobaties sur les échelles, répondit-il en riant.

Cet homme aux cheveux blancs lui parut étrangement familier. Son regard, particulièrement…

— Le domaine souhaiterait faire une donation.

— Naturellement. Vous voulez dire… ?

— River's Bend. C'est notre domaine et nous tenons à apporter notre soutien à la BPR, sous forme de fonds commémoratif. J'envisage un don d'environ dix mille dollars — par an. Je suppose que vous acceptez les chèques ?

— Je… Oui, bien sûr, balbutia-t-elle, ahurie.

Elle n'en revenait pas. Elle qui avait espéré récolter quelques centaines de dollars avant l'arrivée de Jack… C'était incroyable !

— Mon fils fait partie de la brigade, mais il compte revenir travailler au domaine et vivre avec sa famille.

— Vous devez être très heureux.

— Oh oui. C'est un homme exceptionnel, vous savez…

Elle le félicita et le remercia chaleureusement au nom de la brigade. Mais où avait-elle pu déjà rencontrer ce monsieur ? Il remplit son chèque et le lui tendit. Elle obtint alors bien vite la réponse à sa question : sa signature était tout à fait lisible — « John Granville Keller ».

Elle releva lentement les yeux vers lui. Evidemment. Comment n'avait-elle pas reconnu ce sourire chaud, ces yeux bleus et vifs…

— Liesel…

Elle n'avait pas besoin de se tourner pour savoir que Jack approchait. Pas besoin et pas le désir, non plus. Elle était sous le choc. Ainsi il ne lui avait pas tout dit de lui !

Elle-même ne lui avait rien caché, mais avait gardé sous silence des éléments essentiels de sa propre vie. En fait, il la tenait à l'écart, comme un secret honteux.

Comment avait-elle pu ne pas s'en rendre compte ? Quelle idiote ! Et quelle humiliation. Et dire qu'elle avait été prête à changer de vie pour cet homme, qui ne lui avait même pas confié que son père vivait à deux pas, et qu'il envisageait de renoncer à la brigade pour retourner travailler au domaine familial. Comptait-elle si peu pour lui ?

Elle sentit la colère l'envahir. Son visage s'était empourpré, et les battements de son cœur cognaient à ses tempes. Relevant les yeux, elle les vit. Tous les deux. Le père et le fils.

Jack serra les dents. Il aurait pu prévenir la stupeur et l'indignation qu'il lisait à cet instant dans les yeux de Liesel. Mais il ne l'avait pas fait. Et maintenant, il allait devoir lui faire comprendre pourquoi.

— Je vois que tu as rencontré mon père, dit-il.

— Oui, en effet, répondit-elle d'un ton aimable qui contrastait avec la colère qui brillait dans ses yeux. Et il va faire une généreuse donation à la brigade au nom de…

Elle s'interrompit, relevant la tête vers M. Keller qui termina pour elle.

— … au nom d'Ava Keller. Et cette donation sera renouvelée tous les ans, dit-il, avant de se tourner vers son fils pour poser la main sur son épaule. Je sais que ta mère l'aurait souhaité.

Jack s'en sentait presque étourdi. Il savait que son père espérait que tous deux se réconcilient, mais son geste allait au-delà de ce qu'il aurait pu attendre.

— Merci, papa, répondit-il.

Et il l'étreignit avec émotion.

— Vous avez sûrement beaucoup de choses à vous dire, tous les deux, dit alors Liesel d'un ton un peu sec.

Il s'écarta aussitôt de son père, déterminé à couper court aux idées qu'elle pouvait se faire à cet instant.

— Nous avons tous des choses à nous dire, répondit-il en lui saisissant la main pour l'inclure dans leurs retrouvailles.

D'un coup d'œil, Liesel s'assura que Liam était toujours en sécurité dans le grand parc plein d'enfants, surveillé par plusieurs bénévoles. Il était le seul « homme » sur qui elle pouvait compter, finalement. D'autant plus qu'ils allaient se retrouver tous les deux. Une fois qu'ils en auraient terminé avec cette soirée, elle devrait se résigner à oublier Jack. Elle sentit les larmes monter à ses yeux. Comme si c'était possible…

Elle s'était raidie, lorsqu'il lui avait pris la main. Et malgré elle, elle avait éprouvé, comme toujours, cette incroyable sensation de sécurité qu'elle n'avait jamais connue qu'avec lui. Mais comment pouvait-elle encore se sentir en « sécurité » auprès de lui, alors qu'il l'avait bernée si tranquillement ?

Au moins se consolait-elle à l'idée qu'elle n'avait pas posé sa candidature à la BPR. Et peut-être ne serait-il pas trop tard pour proposer ses services à l'hôpital. D'autant plus que là, au moins, elle serait loin de Jack.

Elle ne parvenait pas à décolérer. Pourquoi ne lui avait-il rien dit ? Pourquoi lui avoir fait croire que la brigade était toute sa vie, alors qu'il avait, de toute évidence, d'autres projets ? Etait-ce parce qu'elle était une mère célibataire ? En tant qu'héritier du domaine viticole le plus réputé de toute la région, il devait avoir l'embarras du choix pour se trouver une épouse.

Le bon côté des choses, si l'on pouvait dire, était que s'il quittait la BPR pour travailler au domaine, elle n'aurait plus l'occasion de le rencontrer à la station.

— Papa, dit-il en les regardant tous les deux l'un après l'autre. Je te présente Liesel. Vous êtes les deux personnes les plus importantes de ma vie, et… tout vient de s'éclairer pour moi. Je vous dois à l'un comme à l'autre une explication. En fait, je serai très heureux de revenir vivre ici, à River's Bend, mais à deux conditions.

Elle vit son père hocher lentement la tête pour l'encourager à poursuivre.

— Premièrement, commença Jack, Becca continue à gérer le domaine, et tu m'utilises pour les travaux exceptionnels. Je reste à plein-temps dans la brigade, et je continue à en faire, autant que possible, la meilleure de la région. Et apparemment, ajouta-t-il en se tournant vers elle, nous bénéficierons peut-être bien de volontaires que je n'avais pas prévus.

Il leva la main pour l'empêcher d'intervenir.

— D'ici là, je suis prêt à participer aux moissons et à tout ce que Becca me confiera. Je lui fais confiance, elle saura m'occuper… Et sois tranquille, je ne la laisserai pas tomber. Mais il n'est pas question que je renonce à la brigade. Est-ce que ça te convient ?

Son père hésita, s'apprêtait visiblement à accepter, puis se ravisa.

— Continue. J'ai besoin d'entendre ta deuxième condition.

Liesel, intriguée malgré elle, inclina légèrement la tête.

— En fait, pour ça, je vais te demander de me laisser seul une minute avec Liesel, si ça ne t'ennuie pas.

— Pas de problème, répondit son père avec un sourire entendu. En attendant, je vais nous chercher de quoi nous rafraîchir.

Liesel se sentait presque étourdie par tout ce qui venait de se dire. Comment Jack avait-il pu lui cacher qu'il avait une famille qui comptait sur lui, ici même à River's Bend ? Une famille qu'il avait choisi de tenir à distance, le temps de mettre de l'ordre dans sa vie. Tout comme il l'avait fait avec elle. Eh bien, à ses yeux, ce n'était pas de l'amour. C'était… Ses réflexions s'interrompirent alors que Jack tournait son regard bleu intense vers elle. Puis, s'approchant, il prit ses mains entre les siennes.

— Ce qui compte avant tout pour moi, Liesel, plus que la brigade, plus que le domaine… c'est toi.

La gorge soudain nouée, elle était incapable de prononcer un mot.

— Et si mon rôle dans la brigade m'a appris quelque chose, poursuivit-il, c'est que la vie est trop précieuse pour laisser passer la moindre chance de bonheur. Je t'aime et je refuse de vivre un seul jour de plus sans toi. Liesel, acceptes-tu de devenir ma femme ?

Elle eut un petit vertige, puis se reprit après une longue inspiration. Avant de lui répondre, elle avait néanmoins certaines choses à éclaircir :

— Si la vie est si précieuse que tu le dis, et moi, aussi importante à tes yeux, alors pourquoi m'avoir caché ta famille ? A moins que ce n'ait été l'inverse ? Tu ne voulais pas qu'ils me connaissent ?

Il secoua la tête, mais elle vit qu'elle avait touché un point sensible.

— Et Liam ? demanda-t-elle.

Il serra ses mains dans les siennes.

— Si tu m'y autorises, je m'efforcerai d'être le meilleur père qui soit. Ça ne devrait pas être trop difficile, je l'aime déjà. Et peut-être pourrons-nous lui donner quelques frères et sœurs en cours de route…

— Je ne sais pas, Jack, répondit-elle en dégageant ses mains. Si tu maintiens ceux que tu dis aimer à distance, le temps d'être bien installé professionnellement, comment est-ce que je peux être sûre que tu seras là pour Liam et pour moi, lorsque nous aurons besoin de toi ?

Des larmes contenues lui piquaient les yeux, et elle vit le sourire de Jack s'effacer, tandis qu'il attrapait fermement ses mains.

— Je t'aime, Liesel. De tout mon cœur. De toute mon âme. Pourquoi en doutes-tu ?

— Eh bien, d'abord parce que tu m'as caché qui tu étais réellement !

— Pas vraiment, coupa Granville en arrivant avec trois verres de vin pétillant entre les mains, et un large sourire aux lèvres. Par contre, comment as-tu pu, toi, nous cacher cette adorable jeune femme aussi longtemps, Jack ?

— Si elle répond à ma question, nous aurons tout le reste de notre vie pour te l'expliquer.

Elle le dévisagea. Il l'aimait. Mais combien d'autres secrets avait-il encore à lui révéler ? Combien de temps devrait-elle attendre, pour qu'il soit vraiment prêt à s'investir dans une vie de famille ? Non, elle ne voulait pas vivre ainsi. L'amour ne fonctionnait pas de cette façon. C'était un sentiment puissant comme une lame de fond qui emportait tout, et c'était ce qu'elle éprouvait, mais s'il comptait vivre sa vie selon des règles que lui seul avait érigées… Non. Ce n'était pas du tout ce qu'elle attendait de l'amour.

— Je regrette, Jack. Je t'aime, tu le sais, mais je ne pense pas que ce que tu ressens pour moi soit assez fort, pour que ça puisse marcher entre nous.

— Mais pourquoi ? Parce que j'ai tardé à te parler de ma famille ?

— Je ne t'ai rien caché de moi, et tu savais que je ne voulais pas de mystères entre nous. Je ne veux plus attendre, je ne veux plus me poser de questions. Je ne veux plus de cette incertitude, tu comprends ?

Et lui tournant brusquement le dos, elle s'éloigna en courant. Seule. Elle voulait être seule. Liam et elle avaient été parfaitement heureux, avant que Jack n'entre dans leur vie. Elle refusait d'être ballottée ainsi, dans un doute constant. Hors d'haleine, elle récupéra Liam dans le parc et courut jusqu'à la voiture.

— Liesel ! Attends !

Elle venait de claquer la portière, après avoir installé Liam quand il apparut derrière la vitre.

— Ouvre-moi, Liesel, je t'en prie ! s'exclama-t-il en s'énervant vainement sur la poignée.

— Désolée, Jack, répondit-elle en secouant la tête.

Elle démarra et s'éloigna des pelouses entretenues, des hectares de cette merveilleuse nature qui auraient pu devenir aussi les siens, si… Levant les yeux vers le rétroviseur, elle vit la silhouette de Jack se découper sur la lisière sombre de la forêt. Puis son regard tomba sur son fils, qui posait sur elle des yeux écarquillés d'étonnement.

Elle passa la vitesse supérieure, et se concentra sur la route.

— Mais arrête, Liesel ! s'écria Cassie en l'empêchant de jeter aux ordures un autre de ces superbes bouquets qu'elle recevait régulièrement depuis une semaine.

— Prends-le, si tu veux. Moi je ne veux rien de ce menteur.

— Mais ce n'est pas un menteur ! Il a juste des problèmes à régler.

— Ce n'est pas une raison pour me cacher des choses essentielles. Il est clair nous n'avons pas la même conception de la confiance. Arrête de me distraire, maintenant, il faut que je fasse mes valises.

— Tu as trois semaines pour ça, et de toute façon tu n'as même pas encore trouvé un nouvel appart.

Soudain privée d'énergie, Liesel s'assit pesamment sur le canapé. Cassie prit place à côté d'elle.

— Liesel… Si notre amitié signifie quelque chose pour toi, alors crois-moi : cet homme t'aime, c'est évident. Que tu lui en veuilles, je comprends, mais son « crime » ne mérite pas que tu tournes le dos au bonheur que vous pourriez connaître, tous les deux — et même tous les trois, parce que d'après ce que tu m'as dit, il a l'air attaché à Liam. Maintenant, je te laisse, mais réfléchis bien avant de commettre l'irréparable.

Dès qu'elle fut partie, Liesel sortit de sa poche où elle l'avait glissée la petite carte qui avait accompagné le bouquet.

« Les coquelicots perdent leurs couleurs et les milk-shakes au chocolat n'ont aucun goût quand tu n'es pas là.

» Je t'aime,

Jack. »

Elle ne put contenir le sourire qui montait à ses lèvres. Cassie serait parfaite dans la rubrique « courrier du cœur ». Bien sûr qu'elle aimait toujours Jack. Elle ne comptait plus le nombre de fois où elle avait décroché le téléphone, avant de le raccrocher aussitôt. Mais elle avait besoin de quelqu'un de fiable, dans leur vie à Liam et à elle. De plus, elle avait enclenché les démarches pour déménager. Elle ne fuyait pas, non — elle allait de l'avant. Du moins était-ce ce dont elle essayait de se persuader. Elle eut un petit soupir. Peut-être un jour y parviendrait-elle…

Liesel considéra un instant la pièce claire et vide et le bureau immaculé qu'elle abandonnait. Les enfants lui manqueraient, bien sûr, mais avec ce nouveau job à l'hôpital, elle ne perdrait pas au change. Quitter Engleton, par contre, serait sans doute plus difficile qu'elle ne l'avait pensé.

— Mademoiselle ! Mademoiselle !

Kev, qui avait totalement récupéré de son pneumothorax, apparut sur le seuil de la pièce en lui faisant de grands signes pour l'inviter à le suivre.

— Quoi ? Que se passe-t-il ? demanda-t-elle en lui emboîtant le pas. Quelqu'un s'est blessé ?

— Il faut que vous veniez tout de suite sur le parking ! dit-il en l'incitant à courir avec lui.

Son silence l'inquiéta. Un accident ne serait pas la meilleure façon de dire au revoir à tout le monde pour son dernier jour à l'école, avant de quitter la ville discrètement. Fuir n'était pourtant pas son genre, mais tout le monde peut changer…

Arrivé devant les doubles portes, Kev se retourna brusquement avec un grand sourire.

— Mon capitaine de brigade veut vous dire un mot, mademoiselle…, annonça-t-il avant de s'éclipser.

Les portes s'ouvrirent, et il apparut, un milk-shake au chocolat dans chaque main — Jack Granville Keller III.

— Un petit tour à la campagne, ça te dirait ? demanda-t-il.

— Je ne peux pas. Il faut que je m'occupe de Liam.

— Non, je m'en charge, dit soudain la voix de Cassie dans son dos. Kev et moi allons l'emmener au cinéma voir un festival de dessins animés. Et comme ça commence dans dix minutes, on vous laisse.

— Viens, dit Jack, avant qu'elle ait eu le temps de réagir. On va faire un tour.

Il lui tendit un des milk-shakes, et prit sa main libre dans la sienne.

— Jack, c'est mon dernier jour ici et je…

— Chut, l'interrompit-il. Si tu me donnes ma chance, il pourrait aussi être le commencement de quelque chose de très important pour nous.

Intriguée, elle le suivit jusqu'à son camion dans lequel, sur son invitation, elle s'assit avant qu'il ne prenne place au volant.

— Où m'emmènes-tu ? demanda-t-elle, le cœur battant.

Il s'engagea sur la route avant de répondre.

— A River's Bend. Je veux que tu comprennes pourquoi j'aime cet endroit et t'expliquer, si tu le veux, ce qui se passe durant le Festival.

— Jack, je ne sais pas si c'est une bonne idée. Ma vie va changer, tu sais.

— Si tu parles de ton nouveau job à l'hôpital, je suis au courant. Eh oui, j'ai mes sources ! ajouta-t-il en riant devant son étonnement. Cassie me l'a dit. Et je suis très heureux pour toi. Sincèrement. Liesel, je suis prêt à tout pour regagner ta confiance.

— Il ne s'agit pas seulement de la mienne, mais de celle

de Liam. Je…, je ne peux pas faire entrer dans notre vie quelqu'un qui n'est pas sûr de nous vouloir dans la sienne.

Elle s'éclaircit la gorge. Il ne lui était pas facile d'éliminer l'émotion de sa voix, mais elle s'y efforçait. C'était plus fort qu'elle, elle aimait cet homme.

— Crois-moi, je sais, répondit-il.

— Tu sais ? Mais comment ?

— Parce que, jusqu'à présent, j'ai toujours soupçonné mon père de ne pas me faire confiance. Et c'était très douloureux.

— Pourtant vous aviez l'air très proches, l'autre soir.

— Grâce à toi, oui.

Comme ils franchissaient la grande barrière du domaine, Jack s'arrêta devant les interminables rangées de vignes, et après être descendu de voiture, contourna celle-ci pour venir lui ouvrir.

— Viens, on va faire un tour. Il est important que la future maîtresse de River's Bend fasse le tour du propriétaire, non ?

Elle le dévisagea, la gorge nouée.

— Jack, non. Je ne peux pas.

— Tu ne peux pas, ou tu ne veux pas ?

— Les deux. Pas tant que tu compartimenteras ta vie. Je n'ai pas envie d'avoir à te supplier pour connaître tes secrets, et il n'est pas non plus question que tu me réserves d'autres surprises avec des projets dont tu aurais « oublié » de m'informer. Je compatis pour tout ce que tu as vécu, mais ce qui me blesse, c'est que tu ne m'aies pas fait suffisamment confiance pour penser que j'aurais été là pour toi.

— Parce que tu m'as fait confiance, toi, pour Eric ?

Elle sursauta.

— Ce n'était pas la même chose. En fait, j'attendais de… d'être prête à lui dire adieu.

L'expression de Jack s'adoucit aussitôt.

— Oh ! Liesel… tu ne pourras jamais lui dire adieu.

C'est le père de ton fils. J'espérais seulement que tu aurais encore assez de place dans ton cœur pour m'y accueillir.

Elle se mordit la lèvre. Les larmes lui brouillaient la vue.

— J'aurais tout de même préféré savoir que tu étais l'héritier de tout ce domaine avant le Festival. Apparemment, tout le monde était au courant sauf moi.

— Si tu as bonne mémoire, tu te souviens peut-être que la fête a été un peu compromise. Et que, donc, mes intentions ont été… disons déviées vers d'autres impératifs.

— Tu voulais me le dire ce jour-là ?

— Eh oui. J'avais tout prévu — le cocktail, la présentation à la famille, une superbe bague, et même l'orchestre…

— Un orchestre ?

— Non, là, je plaisante. Mais le reste est vrai, ajouta-t-il en l'attirant dans ses bras. Rien ne sera assez beau pour la femme que j'aime. Et pour son adorable fils, que j'élèverai comme s'il était le mien. Au même titre que les frères et les sœurs que nous lui donnerons. Et toi ?

— Moi, quoi ?

— Ne me fais pas languir, Liesel.

— Tu veux savoir si je t'aime, moi aussi ? demanda-t-elle. A ton avis ?

— Je veux t'entendre le dire… Mais avant, je tiens à te donner une version courte de ma vie, afin que tu saches à qui tu t'adresses vraiment. Je suis né John Granville Keller, troisième du nom, d'Ava et de Granville Keller. J'ai vécu une enfance très heureuse ici, dans le domaine, avec ma sœur Becca. Un incendie, que je n'ai cessé de revivre depuis plus de vingt ans, a coûté la vie à ma mère que j'aimais, et qui avait été le grand et unique amour de mon père. Je me suis toujours reproché sa mort, et ai pensé toutes ces années, que mon père me haïssait en m'en rendant responsable. C'est ainsi que je me suis jeté dans une vie, non pas de petit délinquant, mais presque. Toutes les bêtises étaient bonnes à faire. Jusqu'à ce que mon père m'inscrive dans les rangs des pompiers d'Adélaïde, où j'ai découvert ma vocation. Après cela, je me suis totalement investi dans cette carrière en évitant ma famille, jusqu'à ce que, un jour, je rencontre la plus belle femme qui soit à mes yeux. Une femme intelligente, drôle, mère d'un adorable petit garçon qui sait me faire fondre d'un seul regard. Elle — elle s'appelle Liesel — m'a donné la force de guérir de mes vieilles blessures et de me réconcilier avec ma famille. Alors, aujourd'hui, rien ne me serait plus précieux, que de la voir accepter de devenir ma femme.

Elle soutint son regard quelques secondes, le temps d'y voir reflété le puissant sentiment qu'elle éprouvait pour lui.

— Je t'aime, Liesel, me feras-tu l'honneur de devenir mon épouse, et de me permettre d'être un père pour ton fils ? demanda-t-il en lui prenant les mains pour les serrer dans les siennes.

Heureuse, mais émue au-delà des mots, elle eut l'impression d'avoir perdu sa voix.

— Liesel ?

Elle secoua la tête, battit des paupières pour refouler les larmes qui lui montaient aux yeux.

— C'est si… si soudain, dit-elle enfin.

— Alors sois d'abord ma fiancée. Cela te donnera une année de préavis pour découvrir tous mes défauts, et décider en conséquence de ce que tu veux.

Son humour la fit sourire.

— Je reconnais que c'est une proposition intéressante.

— Alors, c'est oui ? Je t'en prie, tes hésitations me mettent au supplice.

Elle enroula les bras autour de son cou, et plongea son regard dans le sien.

— C'est oui, capitaine Keller. Oui, je veux devenir ton épouse.

Le cri de joie et de triomphe qu'il poussa alors la prit au dépourvu, mais elle rit avec lui lorsqu'il la souleva dans ses bras pour la faire tourner.

Et comme il la reposait avant de l'embrasser, elle

s'abandonna totalement à la perspective enivrante de tous ces instants de bonheur et de plaisirs qui les attendaient, elle, Liam, et Jack.

Une famille unie. Une famille heureuse. Enfin…

Composé et édité par HARLEQUIN

Achevé d'imprimer en mai 2015

BRODARD & TAUPIN

La Flèche
Dépôt légal : juin 2015

Pour l'éditeur, le principe est d'utiliser des papiers composés de fibres naturelles, renouvelables, recyclables, et fabriquées à partir de bois issus de forêts qui adoptent un système d'aménagement durable. En outre, l'éditeur attend de ses fournisseurs de papier qu'ils s'inscrivent dans une démarche de certification environnementale reconnue.

Imprimé en France